外国文学研究丛书

A Study on Motherhood in Toni Morrison's Fiction

托尼·莫里森小说中的母性研究

◎ 毛艳华 著

ZHEJIANG UNIVERSITY PRESS
浙江大学出版社

序

　　母性研究，作为西方性别研究的一个分支和重要概念，兴起于 20 世纪 70 年代，在后现代哲学思潮的渗透影响下，呈现出多元、开放的发展态势，影响力日益扩大。美国母性研究也从 20 世纪末开始引起理论界的广泛关注与积极探讨，美国黑人母亲的历史经历与生存现实得以挖掘与呈现。相比之下，对文学作品中母性的学术研究则仍处在起步阶段，还不够深入和系统。就此而言，毛艳华在本书中对非裔美国女性作家、诺贝尔文学奖获得者托尼·莫里森多部小说中的母性专题所做的系统研究，不仅触及了美国黑人母亲所面临和经历的身份困惑、生存遭遇与伦理选择等重要议题，而且还揭示了其背后的政治、社会与文化肇因，具有相当大的现实意义和学术价值，对文学中母性专题研究无疑有着相当大的推动作用。

　　在文本选择上，本书依循小说故事发生的时间背景，依次选择《慈悲》《宠儿》《秀拉》《最蓝的眼睛》《家》《爱》以及《上帝救助孩子》等七部作品进行分析和解读，内容丰富充实。在研究话题上，本书筛选并聚焦"流动性母性""母性愤怒""母女纽带的断裂与重续""母性异化与反思""母爱的缺失与对母性的认知重构""母性的幻灭与超越"以及"母女关系的伦理解读"等核心话题，审视莫里森对母性文化特质的全面而独到的思考。另外，全书实现了文本细读与理论研究的有效结合，揭示了美国黑人母亲在美国各个历史阶段所遭遇的生存问题，以及为获取母亲身份对种族、性别以及阶级等各种压迫制度的抵抗与消解，而且还能够把文本与具体的历史语境紧密结合起来，真实展现了美国黑人母亲的生存现实，在很大程度上展示出了一个年轻学者踏实的治学态度和深厚的学术功底。

在理论探讨上,本书也做到了有理有据,展示出了相当强的论证力度。后现代母性理论内容庞杂,又仍处在动态的发展之中,如何有效结合理论分析历史长河中的母性话题,是一个研究难题,具有相当大的挑战性。作者勇于接受挑战,在系统梳理西方母性理论的基础上,搭建自己的研究框架,提炼自己的研究议题,以小见大,审视母性的文化内涵。另外,在具体行文过程中,本书还把黑人母性与白人母性结合起来进行分析,总结出莫里森对母性的反思与重构意识。从本书八大章的内容来看,本书能够不拘泥于以往的研究定式,从人文视角对身体、情感、伦理关系等关乎母亲生存的具体议题进行细致解读,进而扩展到对制度化母性、母性主体性、母性经验等宏观问题的审视,具有相当高的创新性和思想高度。

本书是毛艳华在母性专题方面的第一本专著。相信经过持续不断的努力,她将会在这一文学专题方面取得新的突破和成就。

毛艳华是浙江万里学院的青年骨干教师,工作认真负责,深得领导、同事和学生的喜爱。作为我的博士生,她给我最深刻的印象是学术态度端正,认真踏实,思想敏锐,具有良好的学术潜质,这本著作也在相当大的程度上体现了她的这种治学精神和学术潜质。另外,她为人善良正直,淡泊名利,隐忍大度,表现出一个人文学者的良好风范和品格。

衷心祝愿毛艳华在接下来的学术道路上越走越远,学问越做越好!

是为序。

隋红升

2017 年冬

前　言

　　本书重点探讨获得诺贝尔文学奖的非裔美国女性作家托尼·莫里森（Toni Morrison，1931—　）小说中的母性主题。借助西方母性理论，结合美国黑人母亲的生存现实，以文本细读的方式梳理莫里森作品中所呈现出的母性内涵、历史发展以及现实观照，进而考察莫里森关于母性的独特思考与书写方式。

　　学界普遍认为，母性（motherhood）在现代化晚期（late modernity）才逐步发展成为一种显学。在 19 世纪中期以前，女性的母性地位得不到任何保障，只有父性才是被承认的（only fathers, and hence fatherhood existed in law）。随着女性主义运动的深入开展和女性权利的逐层获取，母性身份/母性权利才被社会认可，离异母亲拥有子女的抚养权是女性获取母亲权利的表现之一。然而，西方母性学者认为无论是父性还是母性，都既是一种基于生理结构的重要经历，又是建构性的概念表征，在为男女两性赋权的同时也呈现出一定的行为规约性，甚至是压制性。20 世纪后半叶，后现代主义思潮全面冲击西方学界，后现代主义哲学话语渗透在女性主义理论发展与批评实践中。而母性研究，作为女性主义的一个重要分支，在 20 世纪 70 年代末开始得到广泛热议和深度剖析，由此形成了后现代母性研究体系。这一时期涌现出了一批深具反思意识的母性研究专家，包括美国女性学者里奇（Adrienne Rich）、乔德罗（Nancy Chodorow）、哈弗（Lynne Huffer）与拉迪克（Sara Ruddick）等，法国女性学者伊里加蕾（Luce Irigaray）、克里斯蒂娃（Julia Kristeva）以及西克苏（Hélène Cixous）等。美国黑人女性学者胡克斯（Bell Hooks）与科林斯（Patricia H. Collins）关注美国黑人母亲的生存遭遇，对美国黑人母性的种族特质进行阐述分析，拓宽了西方母性研究的整体视域。总体上,西方母性研究致力于解构菲勒斯中心主义(phallocentrism),倡导母亲/女性解放;反对宏大叙事(grand narrative),关注微观的母性经验——身体、情感、伦理关系等;坚持多元、开放的后现代姿态,借助跨学科的研究方法,审视非传统的母性体验。

在母性话题上,西方女性作家通过文本叙述同样进行了深入探讨和立体诠释,与母性理论学者形成了良性的对话关系。莫里森便是这样一位优秀作家。在阐释母性方面,莫里森可谓独具匠心、眼光独到。莫里森的小说作品书写时间跨度大、反思意识强,把握时代脉搏,与时俱进地探讨母性问题。莫里森立足于美国女性主义运动的各种思潮波动,对美国黑人母性的历史、现实以及未来进行反思。此外,莫里森把母性话题放置于整个美国黑人的历史语境之中进行考察与讨论,从《慈悲》(A Mercy,2008)中的 17 世纪前殖民地时期,《宠儿》(Beloved,1987)中的奴隶制时期,《秀拉》(Sula,1973)、《最蓝的眼睛》(The Bluest Eye,1970)、《家》(Home,2012)与《爱》(Love,2003)中的民权运动前后,再到《上帝救助孩子》(God Help the Child,2015)中的后民权运动时期等全面审视美国黑人母性的历史演变,诠释不同时期黑人母性的独特内涵,以及黑人母亲所遭遇的身份困惑与所做出的伦理抉择。

本书选择具有一定时间跨度的小说作品,审视莫里森对母性话题的历史追溯、现实关怀以及未来构想。母性作为一种重要的伦理身份,在不同时代、不同语境中具有不同的内涵特征、规约限制以及能动力量。在前殖民地时期与奴隶制时期,黑人女性沦为给奴隶主生产更多奴隶的生育工具,母亲身份被无情剥夺。黑人母亲为了争取"做母亲"的权利,不惜采取反母性的行为予以反抗。《慈悲》中无名黑人母亲选择卖女为奴、《宠儿》中黑人母亲塞丝杀死亲生女儿便是极端反母性行为的例证,体现出对压制人性的奴隶制度的有力控诉。奴隶制被废除之后,黑人母亲虽然获得了母亲身份,并得到制度化母性的保护,然而,根深蒂固的种族歧视仍是黑人母亲主要的生存障碍。"保姆妈妈"(mammy)、"女家长"(matriarch)、"福利皇后"(welfare queen)等控制性的刻板命名严重阻碍美国黑人母亲建构自主、独立的主体身份。在其小说作品中,莫里森通过塑造情感细腻、坚强自尊的黑人母亲形象对刻板命名进行逆写。《最蓝的眼睛》中的麦克希尔太太在女儿眼中是爱的化身,深沉的母爱不仅引导女儿学会自尊自爱,同时也提供给无家可归的佩科拉无比渴望的情感庇护。《爱》中的黑人女性 L 更是以博大的母爱情怀关心、保护柯西家族的女性,在构建女性之间互帮互助的姐妹情谊的过程中发挥着重要作用。L身上所体现的正是拉迪克等女性主义学者所极力倡导的母性关怀伦理观。此外,莫里森立足于美国黑人母亲的生存现实,立体呈现"女家长"等刻板形象背后的形成动因,而不是简单地对其予以否定与批判,体现出伟大作家的思辨意识。《秀拉》中的伊娃、《家》中的艾达以及《最蓝的眼睛》中的波琳等都是"女家长"形象的典型代表。莫里森赋予每位"女家长"自我言说的机会,对黑人母亲诸多迫不得已的为母之道进行解释,进而揭示出白人主流社会对黑人母亲简单、粗暴的定位,并谴责白人社会借助对黑人女家长的批评推卸社会责任的事实。

性别话题也是莫里森阐释母性的一个重要切入点。在西方母性学者看来,母性既是一种经历,又是一种制度。由于美国黑人母亲特殊的历史遭遇与生存现实,母性受到了种族、性别与阶级等制度的交互压迫,控制性更强。自美国黑人踏入美洲大陆之日起,种族制度就构成压制母性的束缚力量,而性别压迫则是随着美国黑人民权运动的展开逐渐暴露出来的,显示出对母性的另一层控制。对此,莫里森在小说《爱》中予以深刻的揭示。黑人女性克里斯汀成人后投入到轰轰烈烈的民权运动的浪潮之中。在"革命需要同志,不需要父亲"的口号影响下,克里斯汀七次流产,遭遇母性幻灭。同时,为了团结革命同志,黑人群体内部男性对女性的侵犯与凌辱也没有被揭发与禁止。莫里森的后期创作多对性别问题带给母性的禁锢进行揭示与批评。

以小说故事发生的时间背景为参照,纵向分析莫里森小说中母性的历史演进是本研究遵循的主线之一。此外,本书也把莫里森对母性的思考放入整个西方母性理论的发展之中,进行横向比较研究,进而审视黑人母性理论与白人母性理论之间的对话关系。作为美国黑人女性作家的杰出代表,莫里森始终不忘黑人女性的种族身份,与白人女性主义学者进行对话交流,拓宽了西方女性主义与母性研究的整体思路。本书专辟一章,以"莫里森小说中制度化母性的存在悖论"为题,举例论证莫里森对白人母性话题的反思性认知。在小说《宠儿》的序言中,莫里森呼吁白人女性主义者在大力倡导同工同酬、考虑是否生育的同时,关注黑人母亲被剥夺了母亲身份的历史经历。以此,莫里森对某些激进派女性主义学者否定母亲身份的做法提出了质疑与反思。莫里森的母性观无疑构成对白人母性理论研究有益的补充,促进白人母性理论拓宽自身的研究视域,强化自身的理论思辨力。

莫里森的母性书写始终与西方母性研究保持着一定的对话关系,在对母性的普遍观照进行探讨的同时,对母性的种族特性予以解读,拓展了西方母性研究的整体视域,体现出伟大作者所具备的理论反思与人文关怀意识。本研究在广泛阅读与系统梳理西方母性理论研究的基础上,对莫里森的小说作品进行观照研究,并以小说文本为解读落脚点,构建莫里森小说中的母性理论体系与书写方式。通过分析莫里森的多部小说作品,系统归纳莫里森对母性话题的独特阐释,进而审视美国黑人母性与西方母性之间的对话关系。这是本书的理论价值所在。当代母亲面临着新的机遇与挑战,承受着不同的社会压力。虽然处于不同的历史文化语境之中,但莫里森笔下的黑人母亲在所承担的母亲角色上与当今女性有着许多相通之处,对于当今女性具有一定的借鉴作用,有助于她们观照自我角色扮演和思考为母之道。这则是本研究的现实意义。

缩略语对照

（本书引用以下小说作品内容时，直接用缩写和英文原著页码注明，
具体版本信息见参考文献）

AM	*A Mercy*	《慈悲》
BL	*Beloved*	《宠儿》
SL	*Sula*	《秀拉》
TBE	*The Bluest Eye*	《最蓝的眼睛》
HM	*Home*	《家》
LV	*Love*	《爱》
GHC	*God Help the Child*	《上帝救助孩子》

目 录

导　论　母性研究与莫里森小说创作

　　托尼·莫里森是当代美国著名的黑人女性作家、文学评论家。因"用诗意的语言和非凡的想象力把美国现实生活的一个方面给写活了"①而荣获 1993 年的诺贝尔文学奖,是第一位也是迄今为止唯一一位荣获诺贝尔文学奖的非裔美国女性作家。

　　莫里森于 1931 年出生于美国中部俄亥俄州洛雷恩镇的一个黑人家庭,出生时被取名为克洛依·阿德利亚·沃福德(Chloe Ardelia Wofford),从小深受黑人文化的影响与熏陶。18 岁时,莫里森进入位于华盛顿市的霍华德大学,主修英语,辅修古典文学。本科毕业后她到康奈尔大学攻读文学硕士学位,主要研究意识流小说家弗吉尼亚·伍尔夫(Virginia Woolf)和威廉·福克纳(William Faulkner)。获得硕士学位后,莫里森先后到得克萨斯南方大学和霍华德大学教书。其间,结识了牙买加建筑师哈罗德·莫里森(Harold Morrison),并与其结婚,生育两个儿子。然而,这段婚姻并没有维持太久,1964 年二人选择离婚,莫里森成为单身母亲,独立抚养两个儿子。在锡拉丘兹的兰登出版社担任编辑一年半后,莫里森于 1967 年到纽约的兰登出版社担任编辑,因工作出色而成为出版社的资深编辑。工作期间,她开始编撰记述美国黑人 300 年历史的《黑人之书》(*The Black Book*,1974)。这本书是关于非裔美国人历史的文件汇编,成为莫里森日后文学创作的主要素材来源。辞去出版社的工作后,莫里森又陆续在纽约州立大学、加州大学伯克利分校与普林斯顿大学任教。

---

　　① Davis, Jane. *The White Image in the Black Mind*. Westport, CT: Greenwood Press, 2000: 153.

莫里森在工作之余开始文学创作。1970 年她的第一部小说《最蓝的眼睛》(*The Bluest Eye*)由华盛顿广场出版公司出版,主要讲述种族主义带给黑人女性的精神创伤和性格扭曲。她的第二部小说《秀拉》(*Sula*, 1973)是《最蓝的眼睛》的故事延续,以俄亥俄州大奖章镇为背景,通过对黑人女性青年生活的生动描写来揭示当时的种族问题,抨击虚伪的社会伦理以及描述黑人女性追寻自我的艰辛。《所罗门之歌》(*Song of Solomon*, 1977)是莫里森的第三部小说,主要关注黑人男性自我追寻、自我成长的故事,记叙了一个黑人家庭长达一个世纪的历史。莫里森的第四部小说《柏油娃娃》(*Tar Baby*, 1981)以虚构的加勒比海岛为背景探讨了现代社会中白人文化和黑人传统间的冲突与对立问题。《宠儿》(*Beloved*, 1987)是莫里森的第五部小说,小说的成功使莫里森一跃成为当时最重要的非裔美国作家之一。这部小说取材于现实事件,讲述了黑奴母亲为使亲生女儿免受奴隶制压迫而将其杀害的故事,描写扭曲的母爱,抨击罪孽深重的奴隶制度。她的第六部小说《爵士乐》(*Jazz*, 1992)以尖刻的笔触描写了 20 世纪 20 年代在一座神秘之城里几名非裔美国人的生活。1997 年莫里森出版了她的第七部小说《天堂》(*Paradise*),讲述了俄克拉荷马州鲁比镇的男人和生活在修道院里的一群妇女之间发生的故事,探讨性别差异与男女平等问题。《爱》(*Love*, 2003)是莫里森的第八部小说,在这部小说中,莫里森探讨了爱的多种主题:家庭之爱、男女情爱、自我之爱、邪恶之爱与幸福之爱等。莫里森于 2008 年出版了她的第九部小说——《慈悲》(*A Mercy*),继续母爱主题的描写,探讨了美国殖民地时期的奴隶制问题和黑人人权问题。小说《家》(*Home*)出版于 2012 年 5 月,揭示了战争带给黑人男性和黑人集体的精神创伤以及美国黑人寻求自我、寻找家园的主题。莫里森最近一部力作《上帝救助孩子》(*God Help the Child*, 2015)则超越了种族问题的探讨,聚焦儿童创伤、家庭伦理等社会热点话题。

截至目前,莫里森已发表 11 部长篇小说、1 部文学批评论文集《游戏于黑暗之中:白人性与文学想象》(*Playing in the Dark*:*Whiteness and the Literary Imagination*, 1992)以及各类时事论文等。她荣获多种文学奖项,除诺贝尔文学奖外,1977 年《所罗门之歌》荣获了美国国家书评奖,1988 年《宠儿》荣获了普利策小说奖和罗伯特·F.肯尼迪图书奖。此外,莫里森本人还被授予了美国国家图书基金会美国文学杰出贡献奖章(1996 年)和美国国家人文奖章(2000 年)。

第一节　西方母性研究与非裔美国文学中的母性书写

　　母性(motherhood)具有"母亲身份""母亲气质""母性制度"等多重概念指向。根据在线的《英语词源词典》①的解释,后缀"-hood"表示两层含义:一是条件或状态(the state or quality of being);二是身份或资格(the character or status of),在表示身份或资格时,经常出现在 manhood、womanhood、fatherhood、motherhood、brotherhood、sisterhood 等词语中。"母性"最首要的含义就是"母亲身份"。母亲气质、母性制度等其他含义则是随着女性主义运动的发展而逐步形成的。"母亲气质"可以说是"女性气质"的子概念,而"女性气质"相对于"男性气质",是指对女性一系列的行为描述和标准规范。从性别研究的视角出发,"气质"是建构性概念,兼备保护性与控制性的双重特点,而且"女性气质"比"男性气质"的压制性更强。由此,不少女性主义学者,包括波伏娃(Simone de Beauvoir)、米利特(Kate Millett)、肖瓦尔特(Elaine Showalter)等都对"女性气质"进行了系统分析,批判了"女性气质"对女性的束缚与控制。而"母性"作为重要的女性角色在赋予女性一定权力的同时,蕴含对母亲的行为规约,构成女性实现自我的羁绊,勾勒出母性制度性的维度。

　　西方母性研究诞生于后现代的大语境之中,自理论提出之初便表现出一种明显的解构姿态,致力于解构制度化母性,倡导多元、开放的母道体验,发展基于母性的关怀伦理观。以里奇与乔德罗为代表的美国母性研究理论家虽与法国精神分析学派的母性理论学者在方法论上存在差

---

① http://www.etymonline.com/search? q=-hood

异，但都主张重构女性主义的母性理论，即在父权文化之外重塑母性。而一直深受父权文化与种族文化双重困扰的黑人女性在白人母性研究的基础上进一步深化、补充以及拓宽了美国母性理论，为西方母性研究做出了理论与实践方面的突出贡献。胡克斯、科林斯等一批黑人女性主义学者对黑人母亲的生存现实、身份困惑以及种族内涵进行了细致分析，而以莫里森、内勒（Gloria Naylor）、汉斯贝利（Lorraine Hansberry）以及麦克米兰（Terry McMillan）等为代表的黑人女性作家则以细腻的笔触书写黑人母亲的情感经历、基本诉求以及伦理抉择等。本节以母性研究中制度化母性、母性体验以及母性内涵三大关键议题为点，以母性文学书写为面，点面结合，对后现代语境下的西方母性研究进行梳理与评价，并着意呈现非裔美国文学中的母性内涵与书写方式。

1. 对制度化母性的辩证认知

在女性主义者看来，做母亲是父权社会所有女性的最终归宿。美国母性学者里奇、乔德罗以及哈弗等都曾围绕父权制度对母亲身份的塑造以及影响进行了鞭辟入里的剖析，认为"在父权制度下，做女人就意味着做母亲"①，而做母亲就意味着接受父权文化的角色规约，接受女性主体性被压制、被湮没的可能。由此，制度化母性成为女性主义学者重点剖析的对象，旨在为重塑女性/母亲主体性寻找出路。然而，与西方第二波女性主义否定与摒弃母亲身份的主张有所不同的是，后现代母性理论学者针对制度化母性，即母亲身份的建构性展开了辩证式解读与分析，强调重塑母亲主体性的前提是冲破制度束缚、拓宽母性内涵以及提防生理本质论。

制度化母性（institutionalized motherhood）一词由里奇首先提出使用。她在首次出版于 1976 年的母性研究奠基之作《生于女性：经历与制度化的母性》（*Of Woman Born*：*Motherhood as Experience and Institution*）中强调，母性既是一种人生经历，又是一种体制，并与其他体制具有互动关系。事实上，把母性视为一种制度并不能认为是里奇的原创性观点，法国

---

① Huffer，Lynne. *Maternal Pasts，Feminist Futures*：*Nostalgia，Ethics，and the Question of Difference*. Stanford：Stanford University Press，1998：15.

女性主义哲学家波伏娃早在首次出版于 1949 年的《第二性》(*The Second Sex*)中就论及"女人不是天生的,而是后天造就的",直接指出女性身份的建构性。在波伏娃看来,女性身份/女性气质建构性源于其生理特性:"只有通过获得身为母亲的经验,女性才能实现身体的命运;这是她的自然'召唤',因为她整个的有机结构是为繁衍种族而设计的。"[①]女性的生理与身体特点经过文化和社会性地诠释之后就确定了女性必然充当母亲的角色。女性身份总是同母亲身份联系在一起:在父权文化中,做母亲是女人一生的归宿,但是,女性/母亲被排斥在文明与主体性之外,不被认作完整的主体。把女性/母亲看作建构性、制度性的存在,并把生理特征与社会建构区别开来是波伏娃突出的理论贡献。然而,波伏娃却忽视了女性身体的能动力量,认为女性主体身份的建构要在超越身体的基础上完成,并以自身的实际行为表示出对母亲身份的摒弃。正如当代美国性别研究学家巴特勒(Judith Butler)对波伏娃性别理论的再发展,里奇等母性学者也对波伏娃的母性观进行了修正与拓展。

具体而言,里奇主要从个人经历以及人类学、心理学、文学、女性主义理论等视角审视母亲身份,将其置于社会文化语境中追溯其制度化过程。此外,里奇通过对母亲复杂情感的认可与对母亲人性的展示来接纳母亲的存在,力图摆脱投射在母亲生理上的阴影,肯定生育活动的积极意义,强调女性要突破制度化母性的束缚,重构女性主义的母职观,"摧毁这一制度并非要废除母亲身份"[②]。在里奇出版《生于女性:经历与制度化的母性》两年后,乔德罗编写的《母道的再生:精神分析与性别的社会学》(*The Reproduction of Mothering*:*Psychoanalysis and the Sociology of Gender*,1978)一书面世。乔德罗在该书中运用精神分析领域的心理学客体关系理论,讨论母道/母职(mothering)如何在各种社会历史文化力

---

　　① Beauvoir, Simone de. *The Second Sex*. Trans. H. M. Parshley. Harmondsworth:Penguin Books Ltd., 1972:501.

　　② Rich, Adrienne. *Of Woman Born*:*Motherhood as Experience and Institution*. New York:W. W. Norton and Company,1986:280.

量作用下在女性身上代代复制,指出"角色训练、认同与强化都与某种性别角色的获得有关系"①。在重申母性建构性的基础上,乔德罗还指出改变旧的性别分工制度,让男性参与到母职工作中是结束性别不平等的重要途径。可见,乔德罗的母性观进一步扩展了母性的内涵,在重新肯定母性力量的同时,暗合关怀伦理观的主张,有助于母性研究的步步深入。

立足于北美女性主义传统、采取法国式研究方法的哈弗对于美国母性研究而言同样功不可没。在《母性的过去、女性主义的未来:怀旧、伦理学以及差异问题》(*Maternal Pasts*, *Feminist Futures*: *Nostalgia*, *Ethics*, *and the Question of Difference*, 1998)一书中,哈弗把母亲视为"一个强有力的文化象征":"这一象征足以决定西方思想的主体结构。"②哈弗独特的理论创见在于"怀旧"(nostalgia)这一概念,"怀旧"本身蕴含着本质论的倾向,是哈弗提醒女性主义者要警惕的问题。在哈弗看来,怀旧具有一个基本结构,即要以回归作为出发点。父权制确立了男性相对于女性的优势地位,因此在男性占主导地位的父权体制下,"女性已经象征性地沦落为以有生育能力的身体为表现形式的肉体的、物质的东西"③。一直把父权制视为批判矛头的女性主义理论往往采取"怀旧"立场。哈弗指出女性主义常常把冥王普路托(Pluto)强奸珀尔塞福涅(Persephone)并迫使她与母亲得墨忒耳(Demeter)分离的传说当作女性主义的起源神话。这种主张虽有助于强调母女同一感,恢复母亲身份,但在哈弗看来,这样的怀旧模式同弗洛伊德的俄狄浦斯情结理论具有同样的缺陷,即本质论倾向,而不能指向任何有建设意义的结论。哈弗以"怀旧"为关键词,对女性主义本质论立场提出警示,把母性话题继续往前推进:重塑母亲主体身份不仅要打破制度化母性的束缚,同时也要避免陷入

① Chodorow, Nancy. *The Reproduction of Mothering*: *Psychoanalysis and the Sociology of Gender*. Berkeley: University of California Press, 1978: 34.

② Huffer, Lynne. *Maternal Pasts*, *Feminist Futures*: *Nostalgia*, *Ethics*, *and the Question of Difference*. Stanford: Stanford University Press, 1998: 7.

③ Huffer, Lynne. *Maternal Pasts*, *Feminist Futures*: *Nostalgia*, *Ethics*, *and the Question of Difference*. Stanford: Stanford University Press, 1998: 11.

本质论的陷阱。

从对以上三位母性研究理论家的观点梳理中可以看出,美国母性研究深受后现代文化语境的影响。与法国派母性理论学家伊里加蕾、克里斯蒂娃以及西克苏有所不同的是,她们立足于美国女性主义研究传统,对实践中的母亲身份进行剖析,与第三波女性主义思潮遥相呼应。与这些理论学者不谋而合的是具有不同族裔身份(尤其是非裔)的女性主义作家,她们以细腻的笔触描绘美国黑人母亲复杂的情感、坚韧的品格以及不可避免的身份困惑。莫里森在诺贝尔文学奖获奖作品《宠儿》中对制度化母性进行了反思。莫里森通过追溯黑人母亲在奴隶制时期的悲惨遭遇以及对"做母亲"的基本诉求,形成以黑人历史为参照的母性观:母性作为一种制度在压制女性主体性的同时也为母亲身份的获取提供了保障,即制度化母性兼具压制性和保护性的双面性。如果全盘否定母亲身份,甚至生育活动,母亲何以成为母亲?母亲的主体性何以谈起?莫里森对制度化母性的认知与里奇的主张不谋而合,里奇在《生于女性:经历与制度化的母性》的前言中强调,"该书并非对家庭或母职的攻击(除非这一母职受到父权制度的定义与限制)"①。可见,后现代母性理论并不是要全面否定与消解制度化母性,而是主张对母亲存在构成压迫与否定的父权文化进行批判。无论是理论家还是作家都表达出对制度化母性的辩证认知,为西方母性理论的向前发展提供了保障。

此外,莫里森借助《宠儿》的文本叙事还表达出女性在"做母亲"之外实现自我的观点主张,呼应着乔德罗与哈弗对母性的定位。《宠儿》中黑人母亲塞丝一直生活在当年亲手杀女的追悔之中。当宠儿借体还魂回来索取母爱的时候,塞丝毫无保留地偿还,把女性自我完全湮没在对女儿的照顾之中,结果,塞丝被这种失而复得的母亲身份折磨殆尽,病入膏肓。最后,男友保罗·D以"你才是最宝贵的,塞丝。你才是呢"(BL 346)唤醒了迷失的塞丝。"你才是最宝贵的"表明女性应该在承担母职之外认识到

---

① Rich, Adrienne. *Of Woman Born: Motherhood as Experience and Institution*. New York: W. W. Norton and Company, 1986: 14.

自身价值,并构建母亲的主体性。依赖于母道经验/生理机制,女性可以获取存在意义与价值,但完全把自我湮没在母职之中,女性不仅无法成就自我,同时也会再次陷入父权文化所依仗的生理决定论之中,正如哈弗所提醒的,"怀旧"无法为女性存在提供任何有建设性的发展方向。

2. 多元、开放的母性体验

西方母性研究在理论探讨与文学实践层面都不仅把解构制度化母性视为唯一目标,同时,还系统探讨母性作为一种体验对于为女性赋权的积极意义。作为母亲的体验,母性以关注母亲-子女关系为核心,那么,问题是,什么样的母性体验才能够为女性赋权? 不具备合法母亲身份的女性(包括未婚妈妈、替养母亲、同性恋母亲等)在养育子女的过程中能否享受母亲权利? 立足于文化多元、开放自由的当代社会现实,西方母性研究学者积极倡导多元、开放的母性体验,努力为母亲赋权。

里奇在分析母亲合法身份时指出,"当时的财产法规定,一个女人与她的孩子必须在法律上属于某个男人,如果他们不属于某个男人,他们肯定就是无足轻重的人,法律上规定的每一条条款都将对他们非常不利"①。也就是说,只有后代是"合法的",母性才是"神圣的"。这种对母亲身份的父权制规约也受到后现代母性研究的质疑与挑战。继里奇、乔德罗以及哈弗之后,又出现了一批研究后现代语境下母亲身份的学者,包括埃伦萨福特(Diane Ehrensaft)、唐钦(Anne Donchin)以及瑞萍(Elayne Rapping)等。她们多从分析生育技术与母性的关系入手,探讨非传统母性体验的可能以及带来的问题。美国女性学者埃伦萨福特在《当男人与女人共同承担母职时》("When Women and Men Mother")②一文中采用心理学与社会学的视角分析男女两性共同分担母道职责给双方以及

---

① Rich, Adrienne. *Of Woman Born: Motherhood as Experience and Institution*. New York: W. W. Norton and Company, 1986: 122.

② Ehrensaft, Diane. "When Women and Men Mother". *Women, Class, and the Feminist Imagination: A Socialist-Feminist Reader*. Eds. Karen V. Hansen & Ilene J. Philipson. Philadelphia: Temple University Press, 1990: 399-421.

子女带来的影响,并指出分担养育是一项有意义的政治变革。她的主张
与乔德罗有不少契合之处。唐钦在论文《母职的未来:生育技术与女性主
义理论》("The Future of Mothering:Reproductive Technology and
Feminist Theory")①中,结合生育技术在美国被开发和使用的时代背景,
探讨女性主义对生育技术变革的回应。瑞萍的论文《母性的未来:一些不
切实际的幻想》("The Future of Motherhood:Some Unfashionably
Visionary Thoughts")②也对生育技术与女性主义之间的关系进行了探
讨,认为不能对生育技术持简单的批评与否定态度,应看到技术对人类社
会所具备的潜在的促进与改善作用。毋庸置疑,生育技术的变革对传统
性别观与母性观提出了巨大的挑战,而对后现代女性主义以及母性研究
而言也是一个崭新的可探讨空间。母性研究者在警惕生育技术介入后带
来的伦理问题之外,也要看到技术革命带来的进步力量,要重视生育技术
带给更多想成为母亲的女性的积极贡献。从理论层面上讲,这种变革也
构成对生物性母亲身份的挑战,并有助于提倡多元、开放的母亲身份,为
更多不具备合法母亲身份却践行着母道的女性赋权。

　　美国黑人女性主义研究者在倡导多元、开放的母亲身份方面也做出
了突出的贡献,与白人女性主义研究者存有共识,同时也有差异之处。立
足于美国黑人女性/母亲的生活现实,胡克斯与科林斯等黑人女性主义学
者对母性的性别问题与种族问题进行了梳理挖掘,概括出黑人母亲独特
的文化身份,其中一点便是替养母亲(surrogate mother/other mother)与
社区母亲(community mother)。这两种母亲身份虽然不是通过生育来践
行母道,却以黑人文化所提倡的爱的文化履行母性职责,同样拓展了母亲
身份的范围,扩大了母性内涵。科林斯在《黑人性别政治:非裔美国人、性

---

　　①　Donchin,Anne."The Future of Mothering:Reproductive Technology and
Feminist Theory".*Hypatia*,1986(Fall):121-137.

　　②　Rapping,Elayne."The Future of Motherhood:Some Unfashionably Visionary
Thoughts".*Women*,*Class*,*and the Feminist Imagination*:*A Socialist-Feminist Reader*.
Eds. Karen V. Hansen & Ilene J. Philipson. Philadelphia:Temple University Press, 1990:
537-548.

别与新种族主义》(*Black Sexual Politics：African Americans，Gender and the New Racism*，2004)一书中对替养母亲的出现进行过细致分析，"奴隶制剥夺了黑人母亲的婚姻权、公民权,甚至人权,黑人女性从来不曾享受全职母亲的权利。当亲生母亲由于各种原因出现缺位之时,替养母亲即担当起照顾年幼儿童的责任"[①]。由于特殊的历史原因(奴隶制度),替养母亲成为美国黑人群体一个重要的文化身份,以实际的母道体验消解了母性生理本质论(biological essentialism),展现出非生物性母亲(non-blood mother)的能动力量。正如学者奥利维拉(Natália Fontes de Oliveira)所强调的,"母性是女性反抗与自我赋权的场域,而对黑人母亲而言,尽管可能性很小,她们也可以通过成为母亲、替养母亲以及社区母亲等方式来挑战白人奴隶主的权威"[②]。更为鲜活地呈现替养母亲这一文化身份的当属黑人文学作品,莫里森的《慈悲》以及内勒的《妈妈·戴》(*Mama Day*，1988)便是极好的例证。

《慈悲》中黑人女孩弗洛伦斯 8 岁时由于母亲"卖女为奴"的决定来到白人雅各布的庄园。自然而然地,庄园里最年长的女仆莉娜成为弗洛伦斯的替养母亲,为后者提供物质与精神上的母性指导。显然,莉娜的替养母亲身份有违母性生理本质论。母性生理本质论事实上是父权文化的产物,把生育子女视为女性气质的一部分,认为只有生育子女,女性才能成为真正的女性,同时又只有生育过子女的女性才能做母亲。在《慈悲》中,莉娜也曾感慨,"有一些圣灵关照着武士与猎人,还有一些圣灵守卫着处女与母亲,而我哪个都不是"(*AM* 74),但她却从未放弃反抗,以非生物母亲的身份,通过关爱子女以及享受子女的爱践行母道,为边缘处境中的母亲赋权。胡克斯也曾表达过类似观点,"边缘化处境不单单表明权利被剥夺,同时更是一个进行反抗与实现自我赋权的场域。它在让我们活下去

---

① Collins，Patricia Hill. *Black Sexual Politics：African Americans，Gender and the New Racism*. London：Routledge，2004：125.

② Oliveira，Natália Fontes de. "Motherhood in Toni Morrison's *Sula* and *A Mercy*：Rethinking (M)Othering". *Aletria*，2015(3)：67-84.

的同时,也滋养了我们反抗的意识与能力"①。《妈妈·戴》则从母性乌托邦的话题切入,讲述黑人女性精神领袖戴对黑人子女的养育与引领作用。戴是集坚韧、神秘、独立、奉献等非洲传统母性特质于一身的替养母亲,虽然自己不曾生育,却以切身体验践行母道行为,培养顽强、自信的黑人子女,传承母性传统。

社区母亲是黑人女性另外一个重要的文化身份。正如伊瓦-戴维斯(Yuval-Davis)所言,"妇女不仅是民族的生物性再生产者,还是民族文化的再生产者"②。与替养母亲有所不同的是,社区母亲指的是多位女性共同承担养育子女的责任。然而,从根源上讲,二者的产生语境是相同的,都与黑人的生活现实密切相关。奴隶制度剥夺了黑人女性为人母的基本权利,骨肉分离的现象非常普遍,替养母亲也随之出现。奴隶制度被废除之后,黑人母亲虽获得了母亲身份,但做全职母亲是生存条件所不允许的,外出工作的母亲经常会把孩子交给社区其他母亲照看。关于这种现象,科林斯进行过细致阐述:"对黑人女性而言,工作和家庭是不可能对立的。其次,在黑人家庭里严格的性别角色分工并不常见。黑人母亲在家庭里的影响往往比男性更大。再者,好母亲必须待在家里,使当母亲成为全职工作,也绝不是黑人母亲的现实。"③工作与家庭两方面都需要黑人母亲投入大量的精力,因此,在照顾、养育子女的过程中黑人母亲往往暴露出情感粗糙、疏于关爱的一面。黑人子女的成长创伤成为黑人文学的一个重要主题,莫里森的《爱》《家》以及新近作品《上帝救助孩子》等都是书写母爱缺失与成长创伤的重要文本。而在故事中,与子女遭遇母爱创伤并行不悖的讲述线则是社区母亲的出现。社区母亲往往在引导黑人子女走出创伤、重构对母性的积极认知方面发挥着重要作用。社区母亲作

---

　　①　Hooks, Bell. *Yearning: Race, Gender, and Cultural Politics*. Boston: South End Press, 1990: 160.

　　②　伊瓦-戴维斯. 妇女、族裔身份和赋权:走向横向政治//陈顺馨,戴锦华. 妇女、民族与女性主义. 秦立彦,译. 北京:中央编译出版社,2004:42.

　　③　Collins, Patricia Hill. *Black Sexual Politics: African Americans, Gender and the New Racism*. London: Routledge, 2004: 75.

为一种特殊的黑人母亲文化身份,最突出的贡献在于其对黑人子女的精神引领作用。社区母亲以积极的生活态度与坚韧的人格品质为黑人子女树立榜样,引导他们在遭遇亲情创伤之后获取重新生存下去的力量,并对亲情创伤背后的种族问题进行辨识。

后现代语境中,美国黑人母性书写汲取后现代哲学的思想精华,博采白人母性研究的开放立场,对母亲身份的传统定位予以解构,倡导多元、开放的母亲身份与母性体验。立足于美国黑人母亲的历史发展与生活现实,黑人女性学者与作家归纳、描写以及讲述替养母亲、社区母亲等文化身份,形成对传统的、单一母亲身份规范的冲击与消解,同时,与白人女性主义学者以关注同性恋母亲、单身母亲的多元化母亲身份对非传统的母性体验的肯定与倡导方面形成合力,一起推动美国女性主义理论与实践的向前发展。

3.关怀伦理观的母性内涵

西方母性研究在剖析制度化母性、倡导多元开放的母性体验的同时,还把母性置放于人类伦理关系之中加以体察与审视。顾名思义,母性的研究对象是具有情感、欲望以及反思能力的人,而呈现这种人类属性的着力点在于母亲与他人,尤其是与子女之间的伦理关系。探讨美国黑人母亲的伦理取向以及伦理困惑,可以借助美国女性主义学者吉利根(Carol Gilligan)、诺丁斯(Nel Noddings)、拉迪克的女性主义关怀伦理学(ethics of care)。

关怀伦理学把关怀分为自然关怀和伦理关怀。自然关怀源于爱的情感,如母亲照顾自己的孩子,是一种自然反应,不需要伦理上的努力。伦理关怀源于对自然关怀的记忆,要以自然关怀为基础。以母性思考走向和平未来是关怀伦理学的理论核心。吉利根在《不同的声音:心理学理论与妇女发展》(*In a Difference Voice:Psychological Theory and Women's Development*,1993)①一书中从分析客体关系入手,强调女性往

---

① Gilligan, Carol. *In a Difference Voice:Psychological Theory and Women's Development*. Cambridge, MA: Harvard University Press, 1993.

往将自我置于各种关系之中,通过对他人负责而不是从权利的角度解决冲突。诺丁斯也认为"关爱"是基于女性经历,在女性关照他人的过程中形成基本道德。① 而拉迪克主要从母亲/女性的视角谈关怀,坚持关怀伦理的女性立场,呼吁建立属于女性的伦理体系。② 女性主义学者提出关怀伦理,对应的是传统的义务伦理观。以康德哲学为代表的义务伦理观强调人的理性、原则、权利和自主性等,而关怀伦理学则强调一种女性的视角与声音,注重情感和人们之间的关系,以及同情、仁慈等女性特质。

由于本质主义的倾向、对权利话题的忽视以及把男性对立起来的做法,关怀伦理学曾遭到不少非议与诟病。然而,女性主义关怀伦理学强调女性以情感、关爱来进行道德判断与伦理选择并不是要夸大女性的生理属性,相反,它提倡以一种女性的关怀视角来进行非功利、非理性的道德行为。女性主义关怀伦理学主张关怀不是女性的专利,男性也可以加入关怀的行列,和女性一起构建真正的关怀伦理学。此外,关怀伦理学并不放弃对权利的追求,正如拉迪克所言,"我并不否认权利与公正……相反,权利对于被虐待的人是必不可少的。关怀伦理赞赏的是保护性距离和不可侵犯的完整性,而这正是'权利'一直要保障的。我们的任务是将'权利'发展的情景重新概念化,以便权利不再保护一个被辩护的和去辩护的个体,而是去证明支持尊重人的行为和集体的责任,'一个社会靠的是它自己'"③。当代关怀伦理学避免了女性主义理论容易陷入的观点误区,有力削弱了现代道德理论的基础,通过性别来审视道德发展观,使女性视角与女性知识的合法性被提上了议事日程,为人们确定伦理准则提供了新的思维方式。

关怀伦理学消解了情感-理性、直觉-原则、女性-男性之间的二元对

---

① Noddings, Nel. *Caring: A Feminine Approach to Ethics and Moral Education.* Oakland: University of California Press, 1984.

② Ruddick, Sara. *Maternal Thinking: Towards a Politics of Peace.* Boston: Beacon Press, 1989.

③ 肖巍."关怀伦理学"一席谈——访萨拉·拉迪克教授.哲学动态,1995(8):38-40.

立关系,认为情感、关怀等品质并不仅与女性的生理结构有关,更多地来源于女性受压迫、被边缘化的生存地位。[①]父权语境下的女性从不拥有权力,不会以权力视角处理伦理关系,而关怀伦理就在女性的交往方式中自然形成。美国黑人的母性书写中饱含关怀伦理学的女性内涵,积极倡导一种基于关怀且不忘权利斗争的伦理观。莫里森的最新力作《上帝救助孩子》虽以"童年创伤"为叙事切入点,却以倡导一种男女共同参加母职工作、从自然关怀过渡到社会关怀的关怀伦理观而收篇。黑人女孩布莱德由于黝黑的皮肤从小受到父母的情感虐待,长大后,恰逢"白即是美—黑也是美"的美国文化转向,以黑皮肤获得了事业的成功。此时的布莱德利用手里的经济权力对母亲进行情感报复,却步步陷入身体异化、身份缺失的生存困境之中。后来,她在白人女性伊芙琳与黑人男友布克的姨妈奎因的情感关怀下,走出创伤,与母亲达成精神上的和解。难能可贵的是,同样遭遇过童年创伤的布克也在布莱德的行为与情感启发下,克服了消极的生活态度,计划与布莱德一起迎接他们的孩子,共同分担养育子女的职责。莫里森是一位深具人文情怀的伟大作家,以女性的独特视角,聚焦黑人生存现实,创作出了一部部挖掘人性、传播情感的优秀作品。

此外,美国黑人女性剧作家汉斯贝利的《阳光下的葡萄干》(*A Raisin in the Sun*,1959)同样蕴含着关怀伦理价值观。故事主人公丽娜身上兼具黑人母亲坚韧自尊与女家长的双重性格,在与子女互动的过程中,她身上的母性关怀意识逐步显现,日益成熟。儿子沃尔特被虚幻的美国梦所蛊惑,导致父亲的死亡抚恤金被败尽,一家人的生活陷入窘境。此时的丽娜以母性的关怀让儿子重新意识到黑人的种族自尊与家庭的温情,并让他从此摆脱不切实际的发财梦。最为关键的是,一家人最后决定共同面对种族歧视,搬往白人区居住,为黑人群体的权利而战。可见,关怀伦理观虽然提倡以女性视角营造和平、互爱的新的伦理观,但从不放弃对权利的力争。

---

① O'Reilly, Andrea. *Encyclopedia of Motherhood* (1—3). Thousand Oaks: Sage, 2010: 363.

作为西方母性研究的一个分支,黑人母性研究具有与白人母性研究的共通性和异质性。立足于美国黑人母亲的历史遭遇与生存现实,母性研究者与黑人女性作家对制度化母性、母性体验与母性伦理等核心话题进行深入探讨,在拓宽西方母性研究整体思路的同时,诠释并呈现出黑人母性的种族内涵。

第二节　莫里森作品中的母性主题

作为美国黑人女性作家,莫里森在多部作品中以黑人女性为写作对象,主要探讨美国黑人女性的身份困惑、生活抉择以及情感问题等。母性是莫里森探讨黑人女性生存问题的一个重要切入点。莫里森以细腻的笔触、高超的叙事技巧,把母性放置于整个黑人历史发展中进行体察与审视,集中揭示了黑人母性的内在矛盾性、复杂性以及发展性。学者科林斯曾强调:

> 非裔美国群体尤为重视母性的价值,然而,有一点需要澄清:黑人母亲对种族歧视、阶级偏见以及性别压迫的应对能力不可直接视为她们已经超越了这些限制。母性的确可以为黑人女性赋权,但黑人母亲由此也付出了沉重的代价。黑人母亲对制度化母性的矛盾态度以及对践行母道的迟疑抉择都反映出母性的矛盾本质。①

这种母性的矛盾性与复杂性恰是莫里森通过多部作品所努力呈现的不同侧面。莫里森在小说中描述了不同的母亲行为:《宠儿》中的塞丝为了争取"做母亲"的权利而选择杀死亲生女儿;《慈悲》中的无名黑人母亲通过"卖女为奴"彰显自己的母亲权利;《最蓝的眼睛》中的波琳由于白人

---

①　Collins, Patricia Hill. *Black Feminist Thought*: *Knowledge*, *Consciousness*, *and the Politics of Empowerment*. New York: Routledge, 2002: 133.

主流价值的内化,把黑人的自我憎恨情绪转移至女儿佩科拉身上,导致后者严重的生存危机;《秀拉》中的黑人母亲海伦娜深受父权文化母性制度性的影响,在处理母女关系中忽视女性的个人独立性,导致母女双方遭遇女性主体性的严重迷失;《爵士乐》中维奥莱特的母亲罗丝不堪生活重负投井自杀,放弃对母亲身份的追求与坚守;《家》中黑人母亲艾达与继祖母丽诺尔也由于生活重压与种族歧视遭遇母性缺失,给子女带来难以愈合的童年创伤。在充满敌意的生存环境中,黑人母亲深受奴隶制度、种族歧视、性别压迫以及阶级偏见等多种体制的困扰与束缚,经常陷入母性缺失、母性异化、母性幻灭等困境之中。杀女、卖女、杀子等引人深思的反母性行为频繁上演,成为莫里森小说中反复出现的文学母题。

"反母性"(counter motherhood)是莫里森作品中经常出现的一个母性主题。莫里森通过对反母性行为的独特刻画,一方面揭示出多种控制性力量(种族、性别、宗教以及阶级等)对黑人母亲的束缚与压迫,另一方面也对西方母性理论的相关主张进行反思。《秀拉》中的黑人母亲汉娜在追求女性主体性的过程中,忽视母性职责,疏于对女儿秀拉的关心与照顾。结果,成长于以女性为主导的家庭环境之中的秀拉从小独立、自我,拥有较强的女性独立意识,但与此同时,秀拉也形成了对母亲以及做母亲的抵触情绪,"我可不要造什么人,我要造就我自己"(SL 145)。秀拉以摒弃母亲身份成就自我的想法与西方第二波女性主义浪潮反母亲的主张如出一辙。然而,秀拉最终未能成功构建起女性的主体身份,以此,莫里森对女性主义反母亲身份的做法进行了深刻反思,体现出作者高度自觉的女性意识。20 世纪 80 年代,美国女性主义运动风起云涌,不少女性主义者主张放弃母亲身份而追求女性独立自由,借此时机,莫里森创作了小说《宠儿》,对母亲身份之于黑人女性的意义进行了探讨,也对白人女性主义者放弃生育与做母亲的主张做出了反思。

除了描述诸多反母性行为,莫里森还通过塑造替养母亲、社区母亲等非生物性母亲形象突显母性的种族文化特性。由于特殊的历史发展背景,替养母亲成为黑人社区中一种重要的文化身份。《所罗门之歌》中的佩拉特、《慈悲》中的莉娜、《爱》中的 L、《家》中为遭遇创伤的茜疗伤的社区女性等都是替养母亲的代表。她们虽不具备合法的母亲身份,却践行真实的母性经验为自我赋权,同时,也帮助黑人子女克服心理创伤、领悟黑人文化、实现自我成长与发展。

无论是反母性行为还是替养母亲行为等,其所代表的非传统母性体验都构成一种有力的消解与批判力量,矛头指向的正是白人主流社会对黑人母亲的刻板形塑。学者科林斯通过对美国黑人母亲的历史发展与生存现实的分析,总结出白人主流社会对美国黑人女性的几种典型的刻板定位——"保姆妈妈""女家长""福利皇后"等。① 这些刻板形象实际上是一种控制性命名。美国黑人女性学者卡比(Hazel Carby)也表示,"类型化命名不在于反映或揭示一个现实,相反,是为了掩盖、神话化某些特定的社会关系"②。而被命名者一旦看出类型化命名背后的歧视性或控制性逻辑,就转而会去挑战、反抗与解构,使建构自主身份成为可能,正如科林斯所言:"强加给美国黑人女性以保姆、女家长、福利皇后等称号正是对黑人女性进行压迫的表现。与此同时,挑战与解构这些命名是黑人女性自我赋权的重点所在,也一直是黑人女性思想的核心主题。"③ 莫里森在作品中也通过塑造感情细腻、独立自主、坚韧自尊的黑人母亲形象对困扰黑人女性的刻板形象进行了消解。《宠儿》中的黑人母亲塞丝在争取母亲权利的过程中,不仅表现出勇敢、独立的一面,同时也充分展露出黑人母亲细腻、强烈的母性情感。她对借体还魂归来的宠儿百般呵护,尽情释放女性的母爱力量,构成对刻板形象的逆写。《爱》中的黑人女性L则以无私的母性关爱彰显出黑人女性的情感力量与关怀意识。《上帝救助孩子》中黑人母亲甜甜依靠勤劳的双手养活家人,拒不接受社会救济,改变主流社会把单身母亲等同于福利皇后的粗暴定位。长期以来,美国

---

① Collins, Patricia Hill. *Black Feminist Thought：Knowledge，Consciousness，and the Politics of Empowerment*. New York：Routledge, 2002：74.

② Carby, Hazel. *Reconstructing Womanhood：The Emergence of the Afro-American Woman Novelist*. New York：Oxford University Press, 1990：22.

③ Collins, Patricia Hill. *Black Feminist Thought：Knowledge，Consciousness，and the Politics of Empowerment*. New York：Routledge, 2002：69.

黑人母亲被赋予了"全能、有韧性、甘于奉献、善解人意、明智"的形象特点,"她们忍耐力强,无所不能,而且从不犯错"①。然而,文学作品从不简单地塑造刻板化的母亲形象,相反,是通过描述不同的母性经验来呈现母性的复杂性与动态性的。

正如美国母性理论学者里奇所强调的,母性不仅是一种制度,还是一种经历,母性经历主要体现在母子/女关系的互动之中。母子/女关系也是莫里森极为关注的母性主题。通过探讨黑人母子/女关系中黑人母亲的情感变化与伦理困惑,莫里森审视了黑人母子/女关系的种族特性。学者弗格森(Rebecca Hope Ferguson)认为,"母子/女关系之所以成为莫里森作品中的重要主题,一方面是因为这一主题(以及从广义上讲,黑人女性的经历)长期被黑人男性作家所忽略,另一方面还是由于母性主题更能突出黑人的传统与责任"②。而且,相比于母子关系,莫里森更为关注母女关系,这与美国黑人的历史遭遇密切相关。自奴隶时期以来,黑人母亲经常被视为生育工具,为奴隶主以及后来的白人社会生产更多的劳动力。黑人女性受到的伤害往往比黑人男性更严重、更深。由此,在如何对待与养育女儿方面,黑人母亲往往遇到更大的困惑。

莫里森在作品中探讨与呈现黑人母女之间强有力的纽带关联,强调黑人母女同遭父权文化与种族歧视的影响与束缚,经常陷入主体迷失的困境中。而且,莫里森不仅仅谈论母爱缺失带给女儿成长的不利影响,同时也会以母亲为主要讲述者交代黑人母亲自身的主体困惑,即同时聚焦如何成为母亲,以及如何被母亲养育。学者戴利(Brenda Daly)与雷迪(Maureen Reddy)强调,很少有作家像莫里森一样从母亲的角度阐释母

---

① Wade-Gayles, Gloria. "The Truths of Our Mothers' Lives: Mother-Daughter Relationships in Black Women's Fiction". *Sage: A Scholarly Journal on Black Women*, 1(2): 8-12.

② Ferguson, Rebecca Hope. *Rewriting Black Identities: Transition and Exchange in the Novels of Toni Morrison*. Brussels: Peter Lang, 2007: 16.

性。①《宠儿》以黑人母亲塞丝为故事主人公,细致讲述了黑人母亲在奴隶制时期的悲惨遭遇以及对成为母亲的强烈渴望。《慈悲》《最蓝的眼睛》《家》以及《上帝救助孩子》等小说虽然不是以黑人母亲为核心人物,但同样给黑人母亲提供了解释与言说的机会,为读者理解、把握母性的内涵提供了良好契机。加拿大母性研究学者欧瑞利(Andrea O'Reilly)通过解读莫里森小说中的母性话题后指出,"莫里森以独特的母性哲学对非裔美国人的生存,尤其是美国黑人母亲的解放事业进行再呈现、再思考以及再塑造,充分展现作者作为社会评论家与政治理论家的一面"②。

在莫里森的小说中,黑人母亲的经验复杂性得到了充分呈现。瓦格纳-马丁(Linda Wagner-Martin)在分析了莫里森的多部小说后指出,"莫里森笔下多变的母性角色以及不同的母道经验为理解母性提供了极为丰富的素材"③。莫里森在其作品中不仅解构了白人主流社会对黑人母亲的刻板定位,同时也对"母性是女性自我实现的羁绊"等白人女权主义式的说法提出了质疑和挑战。莫里森通过书写母性的复杂性与种族性,还原黑人女性的母性力量,揭示压制黑人母亲的种族、性别、宗教以及阶级等多种因素。较之于种族因素,性别歧视对黑人母亲的影响是在民权运动过程之中逐步暴露出来的。对美国黑人母亲而言,她们的女性身份问题一直掩藏于种族斗争之下,性别矛盾与性别权利随着白人女性主义运动的高涨成为黑人女性关注的焦点。可以说,白人女性与黑人女性在思考母性问题上存在一定的时间差,当白人女性在思考如何摆脱制度化母性的束缚之时,黑人女性还在为获取种族身份而斗争。然而,这也并不意味着黑人作家仅把创作视野局限在母性问题上,相反,她们往往立足于本种族的问题,对全人类的女性问题做出回应与反思,这种"圈内局外人"的

---

① Daly, Brenda & Maureen Reddy. *Narrating Mothers: Theorizing Maternal Subjectivities*. Knoxville: Tennessee University Press, 1991.

② O'Reilly, Andrea. *Toni Morrison and Motherhood: A Politics of the Heart*. Albany: State University of New York Press, 2004: xi.

③ Wagner-Martin, Linda. *Toni Morrison and the Maternal: From "The Bluest Eye" to "Home"*. New York: Peter Lang, 2014: 3.

立场更有利于引发大众对女性问题产生辩证、全方位的认知。白人女性主义者在为女性赢得母性权力时,格外强调女性在照顾、养育子女方面的天生能力。这种做法虽赢得了母性权力,但与此同时埋下了两大隐患:本质论的做法阻碍了女性主体性的形成,同时在划定母性标准时忽略了母亲身份的多元性和复杂性。而莫里森则以黑人女性的独特视角对母性话题进行追问与反思,拓宽了西方母性研究的整体视域。莫里森对黑人母性复杂性的呈现,以及对西方母性研究的拓展是本书研究的立足点与出发点。

第三节　本书的结构与研究思路

本书以莫里森作品中的母性话题为分析重点,以莫里森对母性与时俱进的诠释与定位为主线,审视其对西方母性理论的反思态度。由此,本书不以莫里森作品的发表时间为研究顺序,而是遵循小说中故事的发生背景,以便清晰有序地阐释莫里森对不同时代、不同语境中黑人母性话题的思考与态度,呈现莫里森作为黑人女性作家始终如一的反思意识和责任担当。

参照小说故事发生的时间背景,本书依次选择《慈悲》《宠儿》《秀拉》《最蓝的眼睛》《家》《爱》以及《上帝救助孩子》等七部作品进行批评分析,聚焦"流动性母性""母性愤怒""母女纽带的断裂与重塑""母性异化与反思""黑人母爱的缺失与对母性的认知重构""母性的幻灭与超越"以及"母女关系的伦理解读"等核心话题,审视莫里森对母性全面而深刻的思考。在母性话题的探讨上,本研究主要遵循三大基本立场。第一,母性作为一种体制,呈现出种族、性别、宗教以及阶级等多因素的交互影响性。黑人母亲在消解外部控制力量的过程中,努力实现自我赋权与子女发展。第二,特殊的历史遭遇与生存现实让黑人母亲深受刻板形象的困扰与束缚,而冲破刻板定位成为黑人母亲成就自我的重要着力点。莫里森通过塑造情感细腻、自尊自爱、独立坚强的黑人母亲形象构成对刻板形象的逆写。第三,黑人母性具有与白人母性的相通性与异质性。莫里森立足于美国黑人母亲的生活现实,勾勒出母性的种族独特性,同时又对西方母性研究进行观照与反思。下面对本书各章节的内容进行简单介绍,呈现本书的整体思路与主要意义。

　　小说《慈悲》虽然面世于 21 世纪,但莫里森却把故事背景放置在美国前殖民地时期,以几位来自不同族群、不同文化的主要人物所构建起的小伊甸园为活动背景,通过讲述他们各自不同的生活经历以及相处之中的矛盾与合作,探讨了复杂多样的主题。而作为重要主题之一的母性话题,同样呈现多元化、流动性的特征与内涵,由此,本书第一章将以"流动性母性"(fluid motherhood)为关键词,论证莫里森如何通过塑造多元化的母亲形象、描述具有解构力量的母性反抗与母道经验以及肯定母性的传承力量等方式多维度地展现母性的流动性。无名黑人母亲(unnamed black mother)、白人丽贝卡(Rebekka)的母亲与伊玲(Ealing)以反母性的行为对母性背后的种族、宗教等压制性力量进行挑战与消解,体现出母性自身的抵制性。而混血女子索罗(Sorrow)与印第安女性莉娜(Lina)以未婚生育、担任替养母亲的方式展现自主与开放的母性,冲破了母性单一、本质论的建构模式。多位母亲以不同经历汇集成新一代女性形象弗洛伦斯(Florens)成长的母性力量,发扬了母性的传承精神。本章将指出,莫里森以后现代的叙事技巧,对母亲身份进行了辩证思考:母性在呈现出压制性的同时,也赋予女性消解制度、自我赋权以及引导子女发展的积极力量,而这种力量恰是母性的流动性所在。

　　《宠儿》所讲述的故事发生在奴隶制时期,以黑人母亲塞丝(Sethe)杀死亲生女儿为主要事件对奴隶制语境下的母性进行反思。本书第二章将聚焦"母性愤怒"(mothering anger)这一核心话题,结合认知心理学的相关概念对塞丝的母性愤怒机制进行分析,审视其心理成因,把握愤怒情感产生的整个认知过程。从认知科学与文化研究相结合的角度透视母性愤怒的情感内涵,即母性愤怒是导致反母性行为的最初动机,而反母性则是宣泄愤怒情感的出口,二者之间相辅相成的辩证关系有力揭示出奴隶制时期压制母性的种族偏见,同时情感也在母性建构过程中发挥着多维度的影响。此外,该章还将论证在 20 世纪 80 年代美国女性主义运动关于母性何为的追问下,莫里森对黑人母性的历史与现实所进行的反思。在当时的白人女性主义者看来,制度化母性是重构女性主体的羁绊所在,解构制度化母性,或消解母亲身份是女性解放的关键一步。然而,对于美国黑人女性而言,制度化母性却是她们的选择悖论。在奴隶制时期,黑人女性渴望获取母亲身份而不得,制度化母性无法为黑人女性提供帮助。莫里森作为黑人女性作家,在关注本种族女性命运的同时,亦对白人女性主义运动的激进行为做出了回应,展现出伟大作家的反思意识与人文关怀。

《秀拉》是一部描写 20 世纪 20 年代前后黑人社区内部生活的小说,聚焦黑人母女关系展开对母性的进一步反思。在小说中,在以罗谢尔(Rochelle)、海伦娜(Helena)、奈尔(Nel)为代表的罗谢尔家族,女儿发现母亲缺乏自我主体性,便切断与母亲的联系而选择追随父权律法,母女纽带出现层层断裂。以伊娃(Eva)、汉娜(Hannah)、秀拉(Sula)为代表的伊娃家族虽然对父权文化持鲜明的对抗态度,却因对母爱的理解错位而存在母女关系隔阂,由爱生恨的情感变化使母女纽带断裂现象得以强化。母女纽带的断裂导致女性生存的种种危机以及主体身份的不完整性。而秀拉回归母体的死亡方式以及奈尔对秀拉的最终认同则象征着母女关系的理解深入与母女纽带的重续。具体而言,本书第三章将以西方母性理论为参照,并结合美国黑人母亲的生活现实,从分析导致母女纽带断裂的外因和内因——弑母文化与母爱理解的错位入手,重点论证重续母女纽带的方式与条件:一方面需要母女双方具有主体间性(inter-subjectivity),相互独立又相互影响,另一方面要求开展母女间的积极交流,构建健康的女性话语体系。

《最蓝的眼睛》是莫里森的第一部小说,主要对 20 世纪 40 年代种族制度所引发的母性异化问题进行探讨分析。本书第四章将继续以西方母性理论为参照,从分析黑人母亲波琳(Pauline)母性异化的表征,即对佩科拉(Pecola)所造成的不利的成长影响入手,进而对母性异化的演变进行伦理分析,强调波琳的母性异化主要由内外两大原因所导致。她从小缺乏归属感,因为跛脚而自卑,从美国南方移居北方后备受白人排斥,婚后遭遇家庭暴力，这一系列的人生经历成为她母性异化的外在原因，同时，她自己对黑人身份的自主舍弃以及对白人主流价值的盲目追随构成了不可忽视的内因。本章最后将重点阐释克劳迪娅（Claudia）姐妹对波琳母性异化带来的毁灭性后果所做的反思式解读。作者莫里森聚焦黑人社区内部生活，以细腻的笔触逐层揭示出导致母性异化的多维度成因，并以不断追问的反思式写作方式对母性异化的深远影响进行了探讨，留给读者巨大的思考空间。

　　20 世纪 50 年代是小说《家》的故事发生背景年代，故事重点探讨社区女性的母性力量带给黑人子女——弗兰克（Frank）与茜（Cee）的疗伤作用。黑人子女在充满敌意的生存环境中，受到了母爱缺失带来的极大的创伤影响。本书第五章将继续借助西方母性理论，并结合美国母性的文化内涵，通过文本细读的方式，论证小说《家》对母性的深度剖析和积极定位。具体而言，首先，本章将主要分析小说《家》中母性缺位带给黑人子女成长的负面影响；其次，回到历史现场审视种族问题对母性的形塑与建构，以此论证母性缺位的伦理成因；最后，本章将指出，莫里森通过让茜借助女性社区的母性关怀建构自我独立意识以及对母性的新认知，突出强调了母性力量在治愈黑人身心创伤、重建黑人精神家园等方面的重要作用与意义。

　　《爱》是本书第六章重点解读的小说文本。小说故事发生的时间是美国民权运动前后。莫里森在小说《爱》中探讨了三种不同类型的母性问题——缺失、幻灭以及超越，体现出母性的动态性、复杂性与解构性。黑人母亲梅（May）在宗教与家族梦的蛊惑下放弃母亲身份，致使她与克里斯汀（Christine）的母女关系演变成一种权力与利用的关系。克里斯汀与希德（Heed）则在家庭与社会所构成的不利环境中丧失了做母亲的权利，由母性缺失到人格异化。而柯西（Cosey）家族的厨师兼管家 L 则以精神母亲的身份发挥出保护以及引导女性发展的母性作用，让故事充满人性关怀和生存希望。莫里森在小说《爱》中继续她怀有执念的爱的主题。故事叙述者 L 用爱拯救、感染以及影响柯西家族的每一个人。她的爱是一种广义的母性之爱，出于对他人的保护、养育与教化。在 L 的映照之下，梅的母性是缺失的、异化的,而她一手造就的母女之间的权力关系把女儿克里斯汀置于被放逐的危险境地,是导致后者生存危机的重要原因。从小关系要好的希德和克里斯汀在父权文化和种族运动的负面影响下双双失去成为母亲的权利,出现人格缺陷。故事的启发意义在于 L 的母性之爱最终赋予她们顽强生存、相互理解的力量。由此,本章继续以西方母性理论为参照,并结合民权运动前后的黑人母亲的生存现实,探讨小说中母性的幻灭、缺失与超越等话题,进而审视作者莫里森对母性与时俱进的独特思考与诠释。

第七章将重点分析莫里森的最新力作——《上帝救助孩子》。在《上帝救助孩子》中,浅肤色的黑人母亲甜甜(Sweetness)对女儿露拉·安(Lula Ann)黝黑的皮肤深感不安,甚至厌烦,由此秉持"女家长"的作风而疏于给予女儿情感关爱。在"女家长"的外衣下隐藏着甜甜对母亲地位权力的坚守,以及对女儿享受母爱权利的剥夺。一度深受母亲情感虐待的露拉·安成人后改名为布莱德(Bride),并对母亲进行情感报复,报复的武器是事业成功所带来的经济权力。布莱德是母亲晚年不得不依靠的经济支柱,却从不归乡探望母亲,剥夺了母亲享受天伦之乐的权利。母女之间的伦理关系在"地位权力—经济权力"的角逐与转化中遭遇异化。经历一系列的成长事件之后,母女双方最终通过反思自身不当的权力行为冰释前嫌,达成和解,表达出对健康的母女伦理关系的强烈诉求。由此,该章将首先分析"女家长"黑人母亲甜甜由于过度行使地位权力带给女儿的童年创伤,以及成人后的布莱德借助 21 世纪美国社会的文化转向获取事业成功,借助手中的经济权力对母亲进行的情感报复。本章指出,母女伦理关系的重塑有赖于母女间真挚的情感关怀,而非权力关系的错用。深具人文关怀意识的伟大作家莫里森对母性的新特征与新困惑进行了深度解读与诠释,同时也对如何构建母女伦理关系进行了新的思考。

第八章将以莫里森对制度化母性的反思为例,透析莫里森对母性的深刻思考。总体而论,莫里森对制度化母性一直持有极其矛盾的审视态度。一方面,制度化母性有助于黑人女性获取合法化的母亲身份;另一方面,制度化母性同时又是黑人母亲被刻板化、被污名化的源头,是压制女性主体性的外在力量。莫里森通过《宠儿》《慈悲》《秀拉》以及《爱》等多部小说对制度化母性进行了深刻反思:黑人女奴塞丝杀死亲生女儿、无名黑人母亲"卖女为奴"等极端行为表达出了她们对黑人母亲身份合法化的诉求,对得到制度化母性的庇护的渴望。塞丝、无名黑人母亲因母亲身份缺失所做出伦理失范行为成为白人社会诋毁黑人母亲的借口,反映出制度化母性压制人性的一面,而塞丝、海伦娜等以白人母性标准行使母亲权利时同样陷入了主体迷失的状态。莫里森笔下多位母亲的母性经历成为黑人母亲拥护或摒弃制度化母性的一个个典型案例。本章不再以单部作品作为分析重点,而选择以"对制度化母性的反思"为核心话题对多部小说中的母性话题进行系统梳理,审视作者莫里森对母性的深刻思考,以及对西方母性理论的反思与回应。

第一章　流动性母性：
《慈悲》对母亲身份的反思

　　2008 年,莫里森推出她的第九部小说——《慈悲》(*A Mercy*,又译作《恩惠》,或《一点慈悲》等)。该小说被列入"2008 年度美国十部最佳小说",反响极大。在《慈悲》中,莫里森把故事时间背景放置在美国前殖民地时期,以几位来自不同族群、不同文化的主要人物所构建起的小伊甸园为活动背景,通过讲述他们各自不同的生活经历以及相处之中的矛盾与合作,探讨了复杂多样的主题。种族、宗教、性别与家国等话题皆被囊括其中。国内学者王守仁、吴新云主要剖析小说的"奴役"本质,认为"莫里森'超越种族'的视角彰显了她对历史、社会和人心的深刻洞察"①。学者隋红升围绕故事主人公弗洛伦斯(Florens)的女性成长困惑,对小说中的女性气质进行了伦理反思。②学者胡俊重点探讨了小说中的家园主题,总结出:"通过勾勒出一幅不同族裔人群曾经共建家园、和睦相处的图景,莫里森一方面试图还原不同族裔人民都参与的美国国家建构的历史,另一方面则表达出她对一个理想国家的期待:它应是'不同种族人的家但绝对不是种族主义者的家'。"③可以说,多重主题的交织使小说对人性的挖掘更为深刻,而母性话题也成为学者们探讨小说深刻意蕴的一个重要切入点。

---

① 王守仁,吴新云.超越种族:莫里森新作《慈悲》中的"奴役"解析.当代外国文学,2009(2):35-44.

② 隋红升.莫里森《慈悲》对西方传统女性气质的伦理反思.外国文学研究,2017(2):93-100.

③ 胡俊.《一点慈悲》:关于"家"的建构.外国文学评论,2010(3):200-210.

学者蒙克(Steve H. Monk)认为"母性不仅是推动小说情节发展的重要线索,同时也是人物成长的潜在力量"①;怀亚特(Jean Wyatt)强调"莫里森在《慈悲》中呈现母女间信息不对等的现象,由此揭示奴隶制度对美国黑人的伤害"②;国内学者尚必武则从修辞叙事的视角审视小说人物、叙述者以及读者围绕"卖女为奴"事件所做出的阐释判断、伦理判断和审美判断③。总体上,这些研究多集中选择无名黑人母亲与女儿弗洛伦斯之间的母女关系与情感纠葛来阐释母性话题,而对小说中其他的母亲形象则关注较少。后来,学者奥利维拉通过比较分析《秀拉》与《慈悲》两部小说,指出"在莫里森的作品中,母性是一种流动的、复杂的经历"(motherhood becomes a fluid and complexly-developed experience)④。把母性视为流动的、复杂的显然有利于把多元化的母亲形象纳入讨论视域,深化莫里森作品中的母性主题,但遗憾的是,奥利维拉没有在指出母性流动性之后探索其背后的深层原因以及流动的母性可能具备的影响力量。由此,本章将继续"流动性母性"这一话题,进一步审视莫里森在《慈悲》中所呈现出的多元、动态的母性体验与母亲身份。

作为一个学术概念,"流动性母性"贯穿于整个西方母性书写传统之中,构成对母性本质论的有效解构。母性不仅是一种制度,还是一种经历。作为一种制度,母性体现出性别、种族、宗教以及阶级等不同制度对女性的交互压制性,同时也为消解与改变各种体制提供了契机。作为一种经历,母亲在与子女互动的过程中不仅能够自我赋权,还可以引导子女实现成长与发展。而母性的流动性就体现在对各种体制的消解、践行母

---

①　Monk，Steve H. "What Is the Literary Function of the Motherhood Motif in Toni Morrison's *A Mercy*?". *Humanities and Social Sciences*，2013(9)：1-6.

②　Wyatt, Jean. "Failed Messages, Maternal Loss, and Narrative Form in Toni Morrison's *A Mercy*". *MFS Modern Fiction Studies*，2012(1)：128-151.

③　尚必武. 被误读的母爱:莫里森《慈悲》中的叙事判断. 外国文学研究,2010(4):60-69.

④　Oliveira，Natália Fontes de. "Motherhood in Toni Morrison's *Sula* and *A Mercy*：Rethinking (M)Othering". *Aletria*，2015(3)：67-84.

道以实现自我赋权与子女发展的过程之中。具体到小说《慈悲》中,莫里森通过塑造多元化的母亲形象、描述具有解构力量的母性反抗与母道经验,以及肯定母性的传承力量等方式多维度地展现了母性的流动性。无名黑人母亲(unnamed black mother)、丽贝卡(Rebekka)的母亲与伊玲(Ealing)采取反母性的行为挑战与消解压制母亲自身能动性的外在束缚;索罗(Sorrow)与莉娜(Lina)则通过践行非传统的母道经验解构母性本质论,释放母性的情感关爱力量。不同的母性行为带给弗洛伦斯反思人性、赢回自我的多重契机,进而展示出母性的传承力量。本章以西方母性理论为参照,首先从正义的反母性行为、非传统的母性体验两方面论证流动性母性的解构力量,进而围绕母性的传承探讨流动性母性带给子女的积极影响。本章指出,莫里森以后现代的叙事技巧,对母亲身份进行了辩证思考:母性在呈现出压制性的同时,也赋予女性消解制度、自我赋权以及引导子女发展的积极力量,而这种力量恰是母性的流动性所在。

第一节　正义的反母性行为

按照亚里士多德的观点,女性的身体只是一种容器,是为男人传宗接代的中间介质,而黑人女性在商品化的过程中,则是奴隶主生产更多奴隶的工具,是"免费的再生产的财产"(BL 291)。在这非人性的奴役过程中,黑人母亲往往会做出一些反母性的行为,比如《宠儿》中塞丝的亲手杀女、《秀拉》中伊娃的火烧儿子以及《最蓝的眼睛》中波琳对女儿的厌弃等。同样,对于白人母亲而言,性别和宗教的强势规约使得反母性行为屡次发生,如古希腊故事《美狄亚》("Medea")中美狄亚杀子报复丈夫的背叛、《榆树下的欲望》(Desire Under the Elms, 1924)中爱碧(Abbie)杀子来证明自己的清白。而在《慈悲》中,无名黑人母亲选择"卖女为奴"导致弗洛伦斯始终被一种不安全感所困扰,白人丽贝卡的母亲全心投身于宗教事业,不惜使女儿成为"邮购新娘"、远嫁他乡,寡妇伊玲日夜鞭打女儿简(Jane)致其流血不止。莫里森在单部小说中刻画如此多的反母性行为,有力揭示出母性作为一种制度对母亲/女性的压制,以及女性对制度化母性所进行的反抗。

小说中,无名母亲"卖女为奴"的反母性行为所揭示的是性别压迫和奴隶制度对女性的双重控制。首先,这一行为违背了男权社会对母性的期待:无私奉献、爱护子女、任劳任怨等等。《慈悲》中对"卖女为奴"事件进行直接描述的共有三人:母亲、女儿弗洛伦斯和买弗洛伦斯的白人——雅各布(Jacob)。除去母女二人针对这一事件所形成的误解与隔阂,雅各布的描述则颇能说明 17 世纪末北美大陆上所盛行的男权思想。商人雅各布来到朱伯里奥庄园收债,发现庄园主德奥尔特加(D'Ortega)除了出售奴隶已无力偿还债务。雅各布对买卖奴隶充满反感,却声称要无名黑人母亲来抵债,因为他认为德奥尔特加不会同意出售这位厨师兼情人的女奴。果然,德奥尔特加不同意,而雅各布却十分坚持,买卖陷入僵持状态。这时,小说中"匪夷所思"的一幕出现了。

就在这时,那个小女孩从她母亲身后走了出来。她的脚上穿着一双过大的女鞋。也许正是那种无所畏惧的感觉,那种刚刚恢复的不顾一切的鲁莽和轻率,连同从一双夸张的破鞋中竖起的仿佛两根柴棍似的细小的双腿的模样,使他放声大笑。那是种对这次拜访的戏剧性伴随着胸部起伏的朗声大笑,是出奇愤怒的大笑。他的笑声在那个背着小男孩的女人走上前来时也没有止歇。她的声音几乎高不过耳语,但其急迫性却不容置疑。

"求您了,先生。别要我。要她吧。要我女儿吧。"

雅各布的目光从那孩子的脚上抬起来看她,他的嘴依旧因为发笑而张开着,但那女人眼中的恐惧瞬时触动了他。他的笑声戛然而止,他摇着头,心想,上帝保佑,但愿这不是笔最凄惨的生意。(AM 27-28)①

---

① 本书中涉及 *A Mercy* 小说的译文参考了以下版本(部分文字做了更改):莫里森.恩惠.胡允桓,译.海口:南海出版公司,2013.

"卖女为奴"的震撼一幕不仅让雅各布不知所措,也让读者把道德的天平偏向弗洛伦斯的一边。后来,当看到"散发着丁香气味的女人扑通一下跪在地上,还闭上了眼睛"(*AM* 28),雅各布选择买下弗洛伦斯。根据无名黑人母亲在小说最后一章的讲述,她认为雅各布是位较为开明的白人,"心里没有野兽"(*AM* 180),是可以托付的对象。然而,即使是无名黑人母亲充分信任的雅各布同样表现出了他潜意识中对反母性行为的不解甚至厌恶。他把弗洛伦斯看成"被母亲抛弃的可怜孩子",声称"只要处于成年人的监管之下,他们的命运就不至于那么凄惨,哪怕他们在父母或主人的心目中还不如一头奶牛重要"(*AM* 34)。可见,雅各布虽然应无名黑人母亲的哀求买下了弗洛伦斯,却还是把无名黑人母亲看成是一位残忍、决绝的反母性的母亲,言语之中透露出对无名黑人母亲的谴责,为有违自己良知的买卖奴隶的行为寻找借口,但没有对"卖女为奴"背后的深层原因——奴隶制度进行指责,这也为他后来从事奴隶买卖而受到致命惩罚埋下了伏笔。

无名黑人母亲在小说最后对自己的反母性行为进行了解释,揭示出压制母性的另一主要因素——奴隶制度。无名黑人母亲从非洲被贩卖到美洲,被转卖、被轮奸、饱受白人蹂躏的经历让她宁愿选择骨肉分离也不愿女儿重走自己的老路。

> 我不知道谁是你的爸爸。四下太黑,我看不清他们任何人。他们是夜里来的,把我们三个,包括贝丝,带到了一个晾烟棚里。一个个黑影坐在桶上,然后站起来。他们说他们被要求强行进入我们。完全没有保护。在这种地方做女人,就是做一个永远长不好的裸露伤口。即使结了疤,底下也永远生着脓。(*AM* 180)

无名黑人母亲的自述和《宠儿》中黑人母亲塞丝的回忆存在极强的互文性。塞丝也知道在奴隶主眼中,自己是一个难得的奴隶,"他说她做得一手好墨水,熬得一手好汤,按他喜欢的方式给他熨衣领,而且至少还剩十年能繁殖"(*BL* 291)。黑人女奴的利用价值让她们的命运更加悲惨。所以,当无名黑人母亲看到女儿弗洛伦斯已经发育,并引起了白人主子的注意时,她出于对女儿的保护而选择卖女,只为女儿能够免遭自己所经历过的各种凌辱。可以看出,无名黑人母亲以一种反母性的行为对当时的奴隶制度进行了有力的控诉,甚至反抗。学者艾克德(Paula Eckard)曾强调:"较之于男性奴隶,女性奴隶由于具备生育能力,受伤害的概率更大。"[1]由此,"在充满种族歧视的环境中,黑人的生命不被重视,奴隶母亲为了保护孩子而选择不惜一切代价对奴隶制度进行反抗"[2]。尽管黑人母亲的反抗方式有限,成功可能性极小,但无名黑人母亲仍然尽自己之所能去保护子女,正如学者帕特南(Amanda Putnam)所讲,"无名黑人母亲跪求雅各布买下女儿,是因为在她看来,这不仅可以保护自己的儿子(当时儿子年幼,离开母亲成活概率很小),还可以让女儿免遭白人主子的侵犯。无名黑人母亲放弃可能让自己生活得更好的机会而成全了子女"[3]。无名黑人母亲的做法反映出她以自己的方式努力践行自己的母亲权利,是对白人剥夺黑人母亲身份的有力回应。此外,从无名黑人母亲在最后一章向女儿的倾诉和解释中,可以看出黑人母亲的朴实智慧与强烈情感。她之所以让雅各布买下女儿,而不是自己,是因为她看出雅各布与白人主子有所不同。

　　　一个机会,我想。同样没有保护,但有不同。你穿着那双鞋
　　站在那儿,那高个子男人哈哈大笑,说要用我抵债。我知道先生
　　不会答应的。我说:你。带走你,我的女儿。因为我看见那高个

---

① Eckard, Paula. *Maternal Body and Voice in Toni Morrison*, *Bobbie Ann Mason*, *and Lee Smith*. Columbia, MI: University of Missouri Press, 2002: 18.

② Hooks, Bell. *Yearning*: *Race*, *Gender*, *and Cultural Politics*. Boston: South End Press, 1990: 44.

③ Putnam, Amanda. "Mothering Violence: Ferocious Female Resistance in Toni Morrison's *The Bluest Eye*, *Sula*, *Beloved* and *A Mercy*". *Black Women*, *Gender* & *Families*, 2015(5): 25-43.

子男人把你看成一个人的孩子,而不是八枚西班牙硬币。我在他面前跪下。希望奇迹发生。他说行。

这不是一个奇迹。不是上帝赐予的奇迹。这是一份恩惠。是一个人施予的恩惠。我一直跪着。跪在尘土里,我的心将每日每夜地留在那里,尘土里,直到你明白我所知道并渴望告诉你的事:接受支配他人的权利是一件难事;强行夺取支配他人的权利是一件错事;把自我的支配权交给他人是一件邪恶的事。(AM 187)

从这段推心置腹的言谈中,可以看出,无名黑人母亲并不像白人主流价值观对黑人母亲刻板定位的那样缺乏对子女的关爱,甚至反母性。相反,无名黑人母亲对"把自我的支配权交给他人是一件邪恶的事"的坚持表明她不仅具有智慧,同时也怀有对黑人女性独立自主的渴望,以及对白人压迫的反抗。

莫里森在故事中并不止于讲述黑人母亲反母性行为背后的奴隶制度和性别压迫,同时也把白人母亲纳入讨论视域,揭示母性与宗教之间复杂的互动关系。丽贝卡是雅各布的妻子,在她嫁到新大陆之前,很少得到父母的关爱,自小形成孤僻与叛逆的性格。丽贝卡的父母把全部热情投入到宗教事业之中,无暇管教女儿。结果,16 岁的丽贝卡在父母的擅自主张下成了"邮寄新娘",远渡重洋,嫁给未曾谋面的雅各布。在这里,白人母亲同时做出一种反母性的行为。面对女儿以"出售"的形式出嫁,丽贝卡的母亲虽然表示过反对态度,但她的反对"并不是出于爱惜或需要自己的女儿,而是因为这位准丈夫是生活在野蛮人中的非教徒"(AM 81)。宗教信仰让丽贝卡的母亲失去了对子女的真挚关爱与母性保护。

寡妇伊玲是弗洛伦斯寻找铁匠途中所遇到的一位白人母亲。她的女儿简由于一只眼睛天生斜视,被当地基督徒们视为魔鬼的化身,面临被驱逐的危险。为了保护女儿,伊玲同样做出了令读者不解的反母性举动——日夜抽打女儿简致其流血。但她的行为背后的理由更让读者震撼:"女儿的那只眼睛斜视是因为上帝就那样造的,并没有什么特异功能。

瞧瞧,她说,瞧瞧她的伤。上帝的孩子在流血。我们流血,魔鬼从不流。"
(*AM* 123)出于对女儿的爱,伊玲像无名黑人母亲一样采取了反母性的行
为。她们宁愿被人谴责为坏母亲也要选择保护自己的子女。如果说,无
名黑人母亲的举动揭示出奴隶制度对母性的压制,那么,丽贝卡的母亲与
伊玲的行为则暗示出宗教对母性的变向控制。不同的是,丽贝卡的母亲
出于对宗教的顺从做出反母性的行为,而伊玲的反母性行为则反映出对
宗教的无声反抗。

　　中世纪宗教所传下来的"圣母崇拜"要求母亲能够牺牲子女而保持对
上帝的忠诚信仰。"从母性殉道者的经历中可以看出,母爱必须屈从于宗
教信仰,即使情愿把孩子作为宗教祭品,这样的母亲仍然被看作是好母
亲。"①丽贝卡的母亲和中世纪那些放弃家庭而一心致力于宗教追求的虔
诚母亲极为相似,她把女儿献给远在蛮荒之地的雅各布。关于宗教对
丽贝卡的母亲的母性压制,丽贝卡在对童年经历的回忆中进行了揭示
与反思。丽贝卡从小就目睹过17世纪中后期欧洲大陆的宗教狂热,她
两岁时第一次见识了绞刑,后来还和家人一起目睹过分尸之刑的场景。
丽贝卡对人们把这些迫害视为全民狂欢或国家庆典活动的行为甚是不
解,于是她变成了父母眼中"顽固执拗、问题太多、管不住自己嘴巴的女
儿"(*AM* 81)。这也是母亲选择"出售"女儿的另一原因,希望女儿去经受
各种磨难以回归对宗教的虔诚信仰。可以说,对上帝的无条件信奉导致
了丽贝卡的母亲反母性行为的产生,揭示出宗教对母性的控制性规约。
相比之下,伊玲的反母性行为则是对宗教规约下的制度化母性的消解。
伊玲不仅是鞭打女儿的残忍母亲,更是违背宗教信仰的坏母亲。层层悖
论的叠加促使读者对伊玲的行为进行辩证审视,伊玲采取生理上的反母
性行为(抽打女儿)掩盖对宗教层面上的反母性(献出女儿以证明自身的
虔诚信仰),以此保全女儿的性命,与无名黑人母亲的行为初衷不谋而合。

　　美国母性研究学者里奇曾表示"制度化的母性束缚并贬低了女性的
潜能……要求女性具有母亲的'本能'而不具有智慧,要求她们无私而不

---

① 　张亚婷.《坎特伯雷故事集》中"不合适"的母亲. 国外文学,2013(2):127-133.

是自我实现"①。母性作为一种制度，本身就具有一定的压制性，呈现出男权社会对母亲职责的期待。而当男权意识与其他制度交织起来，对母性施加影响时，母性则体现出更为严重与复杂的压制性，从而引发反母性行为。反母性行为在揭示多种制度对母性的影响时也引导读者对母性进行道德判断之外的多维度关注。笔者之所以把《慈悲》中的反母性行为定位成"正义"的，意在强调反母性行为本身对制度化母性的揭示、消解与反抗，并肯定由此所体现出的母性流动性的积极力量。

第二节　非传统的母性体验

《慈悲》中，与无名黑人母亲、丽贝卡的母亲和伊玲这三位母亲有所不同的是，混血女子索罗和印第安女人莉娜则在积极利用母性体验的过程中完成了身份建构，展现出母性作为一种经历对女性自我赋权的意义。索罗和莉娜在母性体验中所获取的母性力量使她们有能力克服来自性别、种族甚至阶级层面上的歧视与压迫。同时，她们的未婚母亲与替养母亲身份也从另一侧面展示出母性的流动性：索罗的经验表现母亲身份并不是传统观念所规定的单一、固定的构建模式，而莉娜的替养母亲经历则解构了母性本质论，展现非生物性母亲的身份建构可能性。在非传统的母性体验中，挑战关于母性既有的认知模式无疑为建构流动的母性提供了良好的契机。

故事中的索罗来历不明，经交易活动被卖到雅各布的庄园。在农场上，索罗一直到处闲逛，和其他人格格不入，在莉娜眼里，"那姑娘像拖着尾巴似的拖着苦难"（*AM* 65）。索罗不和他人交流，只与她的自我幻影"双胞"（twin）说话。她多次怀孕而不知孩子的父亲是谁，用丽贝卡的话来讲，索罗只不过是男人的玩物。然而，举止另类、我行我素的索罗却在完成生育的过程中确立了自我身份，并把自己的名字从"悲哀"

---

① Rich, Adrienne. *Of Woman Born*: *Motherhood as Experience and Institution*. New York: W. W. Norton and Company, 1986: 48.

(Sorrow)改为"完整"(Complete)。她看上去的愚蠢、呆滞、精神分裂都在生育孩子的那一刻而终止,而且"确信她自己单独完成了一件极为重要的事"(*AM* 157)。

> 在第一次阵痛发作时,她拿上一把刀和一条毯子向河岸走去。她待在那里,无依无靠,不得已时便高声尖叫,之间昏睡片刻,直到身体再次凶蛮撕裂,呼吸再次加剧。几分钟,几小时,还是几天——索罗说不清过了多长时间……(*AM* 156-157)

生育活动赋予索罗一种自我独立精神以及把自己从过去的悲哀之中解救出来的能力。甚至"作为一名母亲的合法身份"(*AM* 148)让索罗有胆量去和女主人丽贝卡进行交流,暗示出女性在生育过程中的自我赋权。而且,伴随着孩子的出生,"双胞"也消失不见,说明索罗最终获取了个体完整性,正如蒙克所言,她们最终"如此和谐地融合在一起,再也分不清你我。孩子的出生使索罗在身体与精神层面都实现了完整"①。

> "双胞"走了,无影无踪,唯一一认识她的那个人对她没有丝毫留恋。索罗也停止了游荡。如今她开始料理日常杂务,一切围绕着宝宝的需要来安排,对别人的抱怨一概充耳不闻。她曾凝视过女儿的眼睛,在那里面看到当一艘船在大风里航行时,冬季大海上闪泛的那种灰白色的光。"我是你的妈妈,"她说,"我的名字叫**完整**。"(*AM* 148)

索罗的母性体验冲破了传统观念对母性的规范性要求,以未婚生育的母亲形象解构了关于母性的僵化定位。在 17 世纪的美洲新大陆,未婚的母亲常常被人设想成女巫。而且,非婚生子还与财产法的要求相违背。

---

① Monk, Steve H. "What Is the Literary Function of the Motherhood Motif in Toni Morrison's *A Mercy*". *Humanities and Social Sciences*, 2013(9): 1-6.

里奇曾强调,"当时的财产法规定,一个女人与她的孩子必须在法律上属于某个男人,如果他们不属于某个男人,他们肯定就是无足轻重的人,法律上规定的每一条条款都将对他们非常不利"[1]。也就是说,只有后代是"合法的",母性才是"神圣的"。显然,索罗的母亲身份是不合法的,但她却以自己的实际行动颠覆了这种传统的母性观。她坚守自己所认定的母亲身份,并在践行母亲身份的过程中为自己赋权,使自己成为完整的女性。

如果说索罗以未婚生育展示母道经验的非传统性,那么莉娜则以替养母亲的身份解构了母性本质论,进一步呈现出母性的流动性与多元性。印第安女人莉娜是雅各布的庄园中资历最老的仆人,她的家人死于一场欧洲人带来的瘟疫灾难。为了活下来,她接受白人的教化,承认自己属于野蛮部落。

> 因为担心再次失去住所,害怕没个家孤独地活在世上,莉娜只得承认她是不信教的野蛮人,任凭自己被这些大人物们净化。她得知赤身裸体在河里洗澡是一种罪孽,从果实累累的树上采摘樱桃是偷窃行为,用手抓玉米糊吃是种怪癖。上帝最憎恨的就是懒惰,因此望着旷野为母亲或玩伴哭泣就会招来诅咒……无论她怎么奋力斗争,叫麦瑟琳娜的那部分还是抑制不住地爆发了,而长老会连一声再见都没嘀咕便抛弃了她。(AM 52-53)

面对白人的教化,莉娜起先为了生存表现出不得已的顺从,但后来的经历让她意识到来自白人对自己种族身份的剥离,于是"决定将母亲在极度痛苦地死去前教给她的那些东西拼凑起来,以使自己变得强大。依靠记忆和自己的才智,她把被忽略的习俗胡乱攒集在一起,把欧洲医术和本族医术,把经文和口头传说相结合,回想起或创造出蕴含于事物当中的意

---

① Rich, Adrienne. *Of Woman Born*: *Motherhood as Experience and Institution*. New York: W. W. Norton and Company, 1986: 122.

义"(*AM* 53)。她逐渐成为自己的母亲,这种独特的为母之道催生了她身上的"母性饥渴"(mother hunger)。所以,当莉娜第一眼看到弗洛伦斯时,"便爱上了她。不知怎的,那孩子在一定程度上缓解了莉娜对自己曾经拥有的那个家细微而又抹不去的思念。或许是因为她自己不能生育,她才更强烈地想要去爱,去奉献。不管怎样,莉娜就是想要保护她,让她远离堕落"(*AM* 65)。从此,她们俩一起洗澡,一块儿睡觉,俨然一对亲密的母女。在某种程度上,莉娜成为弗洛伦斯的替养母亲,不仅给予她身体上的呵护,还给了她思想上的启蒙。她通过讲述母鹰为保护幼鸟而牺牲自我的故事让弗洛伦斯明白母亲不能一直守在子女身旁,子女需要学会自我生存。莉娜甚至还提醒弗洛伦斯要有双坚硬的脚底板,回应着无名黑人母亲对弗洛伦斯生存能力的期待与要求。

在奴隶制时期,替养母亲是一种常见的现象。美国黑人女性主义学者科林斯曾就此进行过分析,"奴隶制剥夺了黑人母亲的婚姻权、公民权甚至人权,黑人女性从来不曾享受全职母亲的权利。当亲生母亲由于各种原因出现缺位之时,社区母亲或替养母亲即担当起照顾年幼儿童的责任"[1]。在年仅 8 岁的弗洛伦斯被卖到雅各布庄园之后,莉娜很自然地成了她的替养母亲。莉娜和弗洛伦斯在特殊环境中所建立起的母女关系对双方的存在都意义重大,不仅缓解了弗洛伦斯对母爱的饥渴,同时也让莉娜在践行为母之道的过程中实现了自我赋权。"想为人母及想有母亲的渴望使她们俩晕眩,莉娜知道,这渴望至今仍很强烈,它还在骨头中游走穿行。"(*AM* 68)从理论层面上讲,在践行母道经验的过程中,莉娜也以自身的行动消解了母性生理本质论(biological essentialism),展现出非生物性母亲的能动力量,正如学者奥利维拉所强调的,"母性是女性反抗与自我赋权的场域,而对黑人母亲而言,尽管可能性很小,也可以通过成

---

[1] Collins, Patricia Hill. *Black Sexual Politics*:*African Americans*,*Gender and the New Racism*. London:Routledge,2004:57.

为母亲、替养母亲以及社区母亲等方式来挑战白人奴隶主的权威"①。母性生理本质论事实上是父权文化的产物,把生育子女视为女性气质的一部分,认为只有生育子女,女性才能成为真正的女性,同时又只有生育过子女的女性才能做母亲。就此观点,女性主义学者波伏娃就曾进行过论述:"只有通过获得身为母亲的经验,女性才能实现身体的命运;这是她的自然'召唤',因为她整个的有机结构是为繁衍种族而设计的。"②在《慈悲》中,莉娜也曾感慨,"有一些圣灵关照着武士与猎人,还有一些圣灵守卫着处女与母亲,而我哪个都不是"(AM 74),但她却从未放弃反抗,以非生物母亲的身份,通过关爱子女以及享受子女的爱践行母道,为边缘处境中的母亲赋权。黑人女性主义学者胡克斯也曾表达过类似观点,"边缘化处境不单单表明权利被剥夺,同时更是一个进行反抗与实现自我赋权的场域。它在让我们活下去的同时,也滋养了我们反抗的意识与能力"③。

此外,渴望成为母亲的莉娜也渴望能够拥有自我。她的自我身份就建立在这种母性担当上,她不仅关爱弗洛伦斯,还以"保姆妈妈"的身份照顾着雅各布庄园,然而,她所做的牺牲又并非是毫无主体意识的母性行为,"她的忠诚并非是对太太或弗洛伦斯的屈服,而是她自我价值的一种体现——守信,又或许是道义"(AM 166)。可见,莉娜并没有把自我湮没在纯粹的母性奉献之中,相反,她积极利用母性经验成就自我。莉娜自小失去了所有的家人,依靠白人活命。虽然她勤劳能干,生存能力强,但她清楚"我跟你们不一样,我在这里背井离乡"(AM 64)。失去家园的莉娜在母性经验中赢得了存活下去的理由:她照顾弗洛伦斯,帮助丽贝卡度过失子之痛,在大雪封道的寒冬,"拿起一只篮子和一把斧头,勇敢地踏入齐大腿高的积雪,顶着吹得人头脑发僵的寒风,来到了河边。她从冰层下捞

① Oliveira, Natália Fontes de. "Motherhood in Toni Morrison's *Sula* and *A Mercy*: Rethinking (M)Othering". *Aletria*, 2015(3): 67-84.

② Beauvoir, Simone de. *The Second Sex*. Trans. H. M. Parshley. Harmondsworth: Penguin Books Ltd., 1972: 501.

③ Hooks, Bell. *Yearning: Race, Gender, and Cultural Politics*. Boston: South End Press, 1990: 160.

出足够多的鲑鱼供大家食用"(*AM* 111)。总之,莉娜在践行母性经验的过程中确立起女性的自主身份。

索罗与莉娜在与子女及其他人互动的过程中赢得了自主权和构建自我身份的机会。虽然她们不具备合法的母亲身份,但真实的母性经验却赋予她们存在的权利,而且,用莫里森的话讲,"只要条件准许,女性就有潜能在身为母亲的情况下同时保全其个体性"①。在充满敌意的生存环境中,她们努力践行自己所坚守的非传统的母亲身份,并以此获取自我存在的价值,发挥出伟大的母性传承力量。在她们积极正面的母性经验的影响下,弗洛伦斯汲取了生存下去的力量与本领,对母亲与母爱有了更深和更为积极的理解与认知,赢得了构建女性主体的宝贵机会。

第三节 母性的传承力量

无名黑人母亲与伊玲的反母性行为在消解制度化母性的过程中彰显出母性的力量,而索罗与莉娜则勇于冲破对母性的传统定位,展现多元开放的母亲身份,母性的流动性就暗藏在这些非传统的母性行为之中。此外,流动、零散的母性经验在弗洛伦斯的叙述之中凝聚成巨大能量,成为她成长的原初动力。无名黑人母亲对自己的抛弃以及伊玲对女儿简的抽打刺激着弗洛伦斯正视并领悟种族、宗教等制度面前母亲的反抗力量,而索罗的母性成长和莉娜的母性关怀则成为弗洛伦斯重拾对母爱的信心的前提保障。可以说,弗洛伦斯从这些母亲的身上同时领悟到母性反抗和母性关怀这正反两种力量,并通过诉说的方式呈现出这种情感领悟和认知提升,最终获取女性自主性,体现出传承中的母性流动性。

针对"卖女为奴"事件,弗洛伦斯一直对母亲心存不解和憎恨。"求你了,先生。别要我。要她吧。要我女儿吧"(*AM* 27)成为弗洛伦斯挥之不

① Ghasemi, Parvin & Rasool Hajizadeh. "Demystifying the Myth of Motherhood: Toni Morrison's Revision of African-American Mother Stereotypes". *International Journal of Social Science and Humanity*, 2012(6): 477-479.

去的梦魇。无名黑人母亲的反母性行为是弗洛伦斯存有人格缺陷的主要原因,由被母亲抛弃的恐惧转变成对母爱的极度渴望使得弗洛伦斯一直处于讨好别人以赢得呵护的生存状态之中,"她对每一点喜爱都深深感恩,哪怕只是拍拍脑袋,抑或赞许的微笑"(AM 61)。这种讨好他人的习惯曾让弗洛伦斯一度迷失在对自由黑人铁匠的依赖之中,这种毫无自我的依赖在莉娜看来是极为危险的:

> 他已经毁掉了弗洛伦斯,因为她拒不正视自己渴望得到的是一个连再见都不屑于跟她说的男人的事实。当莉娜试图启发她,说"你是他树上的一片叶子"时,弗洛伦斯摇摇头,闭上眼,答道:"不,我是他的树。"而莉娜唯一可以希冀的一次沧海巨变却不是这一切的重点。(AM 61)

后来,在雅各布染上天花离世之后,女主人丽贝卡也未能幸免,染上天花,生命垂危。为了救丽贝卡的命,弗洛伦斯踏上寻找铁匠的征途。而这次旅行不仅是弗洛伦斯自我建构的过程,同时也是达成与母亲和解的契机所在。在旅途中,弗洛伦斯经历了白人对她身体的粗暴检查、铁匠对她的无情抛弃等唤醒她自我意识的事件。归途中,弗洛伦斯终于脱下母亲当年不允许她穿上的鞋子,"妈妈,你现在可以开心了,因为我的脚底板和柏树一样坚硬了"(AM 161)。至此,母女二人达成象征层面的和解。弗洛伦斯随之摆脱了依附他人的存在状态,具备了身体与精神上的独立与自主。

无名黑人母亲与弗洛伦斯之间更多的是心灵上的和解和呼应,因为直到小说结尾她们母女二人都没有进行过面对面的交流。相反,白人伊玲和女儿简之间的故事则是弗洛伦斯直面的事实,是促使她理解母亲、走近母亲的外在契机。里奇在谈论母女关系时曾表示:"处于逆境中的母亲所采取的生活方式是她能传授给女儿的最重要的东西。一位自信的女人,一位生活的斗士,一位不断努力创造生存空间的母亲事实上已为女儿展示了生活的可能性。"①伊玲明白那些宗教徒是想打着上帝的旗号赶走她们母女,以霸占她们的土地获取经济利益,所以她通过不停地鞭打女儿来保护后者:"我们流血,魔鬼从不流。"(AM 123)伊玲俨然一位女斗士,以反母性的方式保护自己的女儿,而这种态度让弗洛伦斯进一步明白母亲在保护子女的过程中所做出的努力和抗争。伊玲与女儿简之间的对话也一直萦绕在弗洛伦斯的脑海之中,引导她反思自己与母亲之间的关系,找寻当年母亲"卖女为奴"行为的真实原因。

> 那是一种更像歌唱的方式。因此我知道,是女儿简说,我怎么能证明我不是魔鬼呢?是寡妇说,嘘,那得由他们定夺了。沉默。沉默。随后她们又你一句我一句地交谈起来。他们渴望得到的是牧场,妈妈。那为什么不是我呢?下一个可能就是你。至少有两个人说他们看见过那个黑巨人,还说他……寡妇伊玲停下来,好一阵儿没再吱声,随后又说,天一亮我们就知道了。他们会认为我是,女儿简说。她们同时说着话。认知属于他们,真相属于我,真相属于上帝,那么,什么样的凡人能够审判我呢?你讲话像个西班牙人,听着,求你听着,老实点儿,以免主听到你。主不会抛弃我。我也不会。可你抽得我血肉模糊。跟你说过多少次了,魔鬼不流血。(AM 116-117)

伊玲与简的故事成为弗洛伦斯重新审视她与母亲之间关系的一个重要起点。她开始重新看待自己对母亲的恨,思考梦中的母亲到底想要向她解释什么。逐渐地,弗洛伦斯意识到母亲想要她明白作为黑人女性随时会遭遇危险,"没有那封信,我就是个被人抛弃的虚弱的小牛犊,一只没有壳的海龟,一个没有主人标志的奴仆"(AM 121)。离开伊玲母女之后,弗洛伦斯向母亲走近了一步,并表示"此刻我一无所惧。太阳渐渐离去,

---

① Rich, Adrienne. *Of Woman Born: Motherhood as Experience and Institution*. New York: W. W. Norton and Company, 1986: 247.

把黑暗丢在后面,而那黑暗就是我"(*AM* 121)。弗洛伦斯的坚强与独立建立在她从伊玲母女故事中所获取的精神能量与反思结果。

> 我还记得很久以前老爷还没死时你就告诉我的话。你说你见过比自由人还自由的奴隶。一个是披着狮子皮的驴。另一个是披着驴皮的狮子。你说是内在的枯萎使人受奴役,为野蛮打开了门。我知道我的枯萎是在寡妇的那间储物室里诞生的。我知道长着羽毛的那东西的爪子确实对着你爆发了,因为我没法阻止它们想要照你撕裂我那样把你撕开。不过,还有一点。一头公狮认为它的鬃毛就是一切。而母狮并不这样认为。我是从女儿简那里得知这个的。流血的双腿没能阻止她。她冒险,冒一切险来拯救被抛弃的这个奴隶。(*AM* 170)

弗洛伦斯从无名黑人母亲和伊玲那里获取的是母亲反抗的力量,沉重且刻骨铭心。相比之下,她从索罗和莉娜身上所得到的则是愉悦而又积极的母性情感,是成就自我人格的重要保障。小说中,面对完成生育活动的索罗,弗洛伦斯被她强大的母性力量所深深吸引,"我喜欢她对她女儿的尽心尽意。她不再被叫作'悲哀'了。她把她的名字改了,并且计划着逃跑。她想让我跟她一起走"(*AM* 168)。索罗的经验也帮助弗洛伦斯克服了被母亲抛弃后所产生的母性恐惧,因为曾经"哺育着贪婪的婴儿的母亲让我害怕"(*AM* 5),贪婪的婴儿对应的是弗洛伦斯的弟弟,弗洛伦斯一直认为母亲是因为偏爱弟弟而抛弃了自己,因而她对贪婪的婴儿/弟弟怀着深深的妒忌与敌意。在弗洛伦斯的自述中,我们可以发现她经常被同一个可怕的梦所惊醒,就是母亲怀抱着弟弟,而不是自己,"我知道当她们做出选择时眼神是什么样的。她们抬起双眼死盯着我,说的什么我完全都听不见。说着对我来说十分重要的事,手里却握着小男孩的手"(*AM* 5)。这种被抛弃的愤怒情绪完全控制了弗洛伦斯,使她的关注焦点不在母亲说的是什么上,她只知道母亲手里握着的是小男孩的手。而且,弗洛伦斯从来都是用"小男孩"来指称自己的弟弟,而没有直呼他为"弟弟",透露出弗洛伦斯的嫉妒心理以及家庭亲情的疏离。这种情绪在她目睹与感受到索罗的母爱后得到极大缓解,而弗洛伦斯的个人成长也随之向前推进一步。

莉娜给予弗洛伦斯的则是更为直接、更为浓烈的母爱。朝夕相处让她们俩俨然成为一对亲密的母女,除了提供身体上的保护之外,莉娜还传授给弗洛伦斯更宝贵的生存经验。正如里奇所言:"母亲与女儿一直都在交流着某种知识,它超越了女性遗留下来的一种书面学问的传承,这种知识是潜意识的、看不见的和超语言的。"[①]在寻找铁匠的路上,孤身一人的弗洛伦斯依靠莉娜传授给她的生存技能渡过重重难关。面对陌生与危险的户外环境,弗洛伦斯想到的是莉娜的爱和坚强。"脚下是新生的小草,浓密,茂盛,柔软得好似小羊身上的毛。我弯腰去摸,想起莉娜多么喜欢解开我的头发。这么做让她开怀大笑,她说这证明我的确是只小羊羔。我问她,那你呢? 她回答是一匹马,还甩了甩她的鬃毛。"(AM 114)莉娜就像那匹保护小羊羔的母马,时刻庇护着弗洛伦斯,引导她走向成熟与独立。除了传授生存技能之外,莉娜所给予弗洛伦斯的还有思想上的启迪,从某种程度上讲,莉娜替无名黑人母亲完成了母性职责。下面这段描写就是故事中莉娜和弗洛伦斯两人的生活日常,其中反映出莉娜对弗洛伦斯的情感关爱以及精神启蒙。

多少个令人难忘的夜晚,她们躺在一起,弗洛伦斯开心而又不厌其烦地听着莉娜讲的故事。恶毒的男人砍掉忠贞妻子的头颅的故事;主教们带着好孩子的灵魂去一个时间本身也很年幼的地方的故事。尤其吸引她的是那些母亲从狼口和自然灾害中拼命抢救她们的孩子的故事。莉娜的心都要碎了,她回忆起弗洛伦斯最喜爱的一个故事,以及总是紧随其后的那段小声的对话。

[①]　Rich, Adrienne. *Of Woman Born*: *Motherhood as Experience and Institution*. New York: W. W. Norton and Company, 1986: 247.

故事说……它(母鹰)尖叫着,下落,下落。掠过碧绿的湖,穿过永恒的铁杉和被彩虹划破的云朵,向下落去。它尖叫着,尖叫着,被代替翅膀的风带走了。

这时,弗洛伦斯会悄声说:"它现在在哪儿?"

"还在下落,"莉娜会这样回答,"它永远在下落。"

弗洛伦斯几乎无法呼吸。"那、那些蛋呢?"她问。

"它们自己孵化。"莉娜说。

"它们活了吗?"她低低的声音变得急切。

"我们活下来了。"莉娜说。

弗洛伦斯这时会叹口气,把头靠在莉娜的肩上,直到睡着了,小姑娘的嘴角依然挂着微笑。想为人母及想有母亲的渴望使她们俩晕眩,莉娜知道,这渴望至今仍很强烈,它还在骨头中游走穿行。(*AM* 87)

在《生于女性:经历与制度化的母性》中,里奇强调"男权文化以二元对立的方式把女性与自然归为客体,认为女性与自然不具备认知与想象的能力"[①]。而莉娜作为印第安女性,一位替养母亲,却充分展现出她智慧的一面,教育弗洛伦斯要学会独立、坚强,尤其是要拥有自己,回应着无名黑人母亲对弗洛伦斯的规劝,"把自我的支配权交给他人是一件邪恶的事"(*AM* 187)。莉娜的教导质朴、实际,在与无名黑人母亲以女性视角感悟生活方面具有高度的一致性。根据弗洛伦斯自己的回忆,"莉娜说,这样下去的话我的脚就会变得很没用,就会太娇嫩,难以适应生活,而且永远都不会拥有生存所必需的那种比皮革还要坚硬结实的脚掌"(*AM* 5)。经历过亲生母亲的无奈抛弃、伊玲的反母性行为、索罗的母性启发以及莉娜的母性关怀,弗洛伦斯获得了对母性更为积极而辩证的认知。她开始正视自己的黑人奴隶身份,脱掉鞋子,拥有一双坚硬

[①] Rich, Adrienne. *Of Woman Born: Motherhood as Experience and Institution*. New York: W. W. Norton and Company, 1986: 62.

的脚底板。

曾经由于对母爱的极度渴望和自身存在的不安全感,弗洛伦斯把自己完全交给铁匠,结果被铁匠指责为"脑瓜空空,举止粗野"(AM 156)。最终,她正视自己的身份,在母性思想的启发下活出了自我。小说中,弗洛伦斯的成长是通过诉说与书写的方式呈现出来的。获取独立意识的弗洛伦斯在雅各布新房子的墙壁上刻写出自己的成长经历:"你要是活着或者什么时候康复了,你将不得不弯下腰来读我的诉说,在一些地方也许还得趴下。不便之处还请见谅。有时指甲尖会滑开,词句的结构就乱了套……我只是在油灯熄灭的时候才停止诉说。然后我就睡在我的文字当中。诉说在继续,没有梦,等我醒来,很费一番功夫才离开……"(AM 174)弗洛伦斯的诉说对象正是铁匠,她曾经如此依赖于他,犯下母亲所说的最大的罪恶之事。而铁匠不过是弗洛伦斯自己建构的男性神话,是她切断与母亲的联系之后选择投奔的父权文化,而这种神话本身就是虚妄的。

学者隋红升强调,"事实上,铁匠自己反而并不相信男性神话,没有以女性的拯救者自居,他也更不想看到弗洛伦斯因为对他的爱恋和痴迷而丧失自我"①。弗洛伦斯所经历的第二次"抛弃"(第一次被母亲抛弃,第二次被铁匠抛弃)成为她真正成长的良好契机,也是她重续母女纽带②的起点所在。离开铁匠,弗洛伦斯拥有了前所未有的自我独立意识,"失去了你——那个我一直认为是我的生命和让我远离伤害的那个人,也是那个认真地看了我几眼就把我逐出门外的人——之后,我脚下的路才变得清晰起来"(AM 184)。成长了的弗洛伦斯并未仅仅记恨于铁匠,相反,她理智地向他诉说,以语言的力量对男权文化进行着回应,同时也表明语言与诉说对于女性成长的重要意义,正如胡克斯所说:"语言是找回自我的

---

① 隋红升.莫里森《慈悲》对西方传统女性气质的伦理反思.外国文学研究,2017(2):93-100.

② 关于"母女纽带"话题,这里不做展开,将在本书第三章"《秀拉》中母女纽带的断裂与重续"中重点探讨。

一个场域,在这里我们可以与过去和解,重新开始。我们的语言不再是毫无意义的,而是一种行动,一种反抗行动。"①

小 结

评论家利维斯(Desiree Lewis)指出,"对任何一位作家而言,其笔下的母性都不可能仅仅被描述为女性的一种经历,而是重在揭示由种族、性别等多种因素交互影响下的女性心理发展过程"②。作为荣获诺贝尔文学奖的伟大作家,莫里森关注黑人社区的内部矛盾,选择黑人女性为研究对象,以细腻的笔触描述出黑人母亲在性别、种族以及宗教面前所产生的情感变化和艰难抉择。

《慈悲》中的无名黑人母亲、丽贝卡的母亲以及伊玲直面性别、宗教与种族对母性的交互式压制力量,以反母性的行为进行无声而有力的揭示与反抗。莫里森特意把故事放置在美国前殖民地时期,在美国社会矛盾(包括种族冲突、阶级分层)还未充分暴露之际,呈现出影响母亲身份建构的多重原因——父权文化、种族制度以及宗教力量等等,以不同母亲的反母性行为为讲述重点对之进行逐层逐面的揭示。而且,莫里森总能紧紧抓住读者的好奇心,并以出其不意的故事设计引导着读者对行为背后的动因进行追问与反思。"卖女为奴""出售女儿"以及鞭打女儿等一系列触目惊心的反母性行为将母性问题典型化、伦理化,构成极大的阅读冲击力。面对无名黑人母亲的"卖女为奴",白人庄园主雅各布表现出不满,甚至愤怒,而没有去思考无名黑人母亲如此选择的动机所在,暴露出其自身的父权思维模式。在父权文化体系中,母亲常被赋予"全能、有韧性、甘于奉献、善解人意、明智"的形象特点,"她们忍耐力强,无所不能,而且从不

① Hooks, Bell. *Talking Back*: *Thinking Feminist*, *Thinking Back*. Boston: South End Press, 1999: 34.

② Lewis, Desiree. "Myths of Motherhood and Power: The Construction of 'Black Woman' in Literature". *English in Africa*, 1991(1): 35-51.

犯错"①。无名黑人母亲的举动无疑有悖于男权文化对母亲的期待。

对丽贝卡的母亲与伊玲反母性行为的描述则透露出莫里森对宗教的深刻思考,展现了一位伟大作家的宽广视野。母性作为一种制度,与多种其他体制产生交互影响。宗教作为文化规约同样渗透到母性行为之中,"母性崇拜"便是例证之一。"母性崇拜"以宗教信仰为幌子对人性进行压制。从母性殉道者的经历中可以看出,母爱必须屈从于宗教信仰,即使情愿把孩子作为宗教祭品,这样的母亲仍然被看作是好母亲。丽贝卡的母亲就是这样一位虔诚的基督徒,为了保持虔诚的宗教信仰,宁愿"出售"女儿,把女儿远送到仍是一片蛮荒的北美新大陆,而丽贝卡就这样成了母亲的宗教祭品。相比之下,白人寡妇伊玲的行为则更为复杂。以"母性崇拜"的宗教观为标准来审视伊玲的行为,可以说她不仅是鞭打女儿的残忍母亲,更是违背宗教信仰的坏母亲。多重悖论的叠加让母亲伊玲的行为动机更具深意,她采取生理上的反母性行为来挑战宗教对母性的压制,来保全女儿的性命,与无名黑人母亲的行为初衷如出一辙。丽贝卡的母亲对宗教的顺从,以及伊玲对宗教的反抗都揭示出宗教对母性的控制与束缚。莫里森以正反两种反母性行为呈现出规约母性行为的复杂因素,启发读者对母性进行多维度、多层面的审视与思考。作者莫里森的文学功力至此也得到了充分的体现与彰显。

母性在呈现各种体制的交叉影响之外,也成为女性/母亲进行反抗与自我赋权的场域所在。莫里森在故事中聚焦多元化的母性体验,审视母性作为一种经历对女性/母亲自我赋权的意义所在,以非婚生子的索罗与作为替养母亲的莉娜为例消解了传统单一的母性建构模式。索罗的非婚生子行为显然有悖于传统观点对母亲身份的合法化定位。正如里奇所言,只有孩子是合法的,母性才是神圣的。尤其是在中世纪及以后,生育私生子的母亲常常面临被放逐、被严惩的危险。"这些未婚母亲成为一种

---

① Wade-Gayles, Gloria. "The Truths of Our Mothers' Lives: Mother-Daughter Relationships in Black Women's Fiction". *Sage: A Scholarly Journal on Black Women*, 1984, 1(2): 7-17.

象征符号,代表着某种臭名昭著的污染源,她们必须被逐出人们极力维持的社会、婚姻、道德、法律、宗教秩序空间,消除由于类别危机感而引起的群体耻辱感和恐惧感,保持社会的纯洁性和完整性。"[①]然而,莫里森并没有让索罗遭遇毁灭性的命运,相反,她赋予了索罗构成主体完整性的机会。索罗把名字从"悲哀"(Sorrow)改为"完整"(Complete),以自身的母性行为证明非传统的母亲身份同样可以为女性赋权。莫里森描述 17 世纪的传统社会,把索罗置于其中,反映出作者前卫的母性思想,与后现代母性理论构成极为强烈的呼应关系。

印第安女性莉娜以替养母亲的身份对母性的生理本质论进行了消解,从另一侧面展示出母性体验对女性的赋权意义。美国母性研究学者哈弗曾强调,"在父权制度下,做女人就意味着做母亲"[②]。父权制度下,女性只有生育才能做母亲,而只有做母亲才能享受相应的母性权利,但莉娜的母性体验显然对之提出了质疑,她作为弗洛伦斯的替养母亲享受养育子女以及被子女爱的权利,并以此实现自我的存在价值。从索罗与莉娜非传统的母性体验中可以看出,母亲身份并非只有单一、固定的建构模式,而是多元、开放、流动的。此外,在与子女积极互动的过程中,母亲获取身为母亲的权利,并以此凸显、建构起女性/母亲的主体性。

无名黑人母亲、丽贝卡的母亲、伊玲、莉娜以及索罗等女性人物共同勾勒出了一幅母亲群像图。她们的反母性行为以及真实的母性体验从正反两方面影响了新一代女性人物弗洛伦斯对母性的深层次理解。故事中,弗洛伦斯由于当年被亲生母亲"卖女为奴"而一直受困于童年的创伤记忆,对母爱有种本能的渴望与恐惧。这种矛盾的心理让弗洛伦斯找不准自我存在的位置,因而依附于别人(铁匠)成为她难以避免的选择。弗洛伦斯被动、盲从的自我迷失状态恰是无名黑人母亲之前最大的担忧。

① 张亚婷.中世纪英国文学中的母性研究.北京:中央编译出版社,2014:201-202.

② Huffer, Lynne. *Maternal Pasts*, *Feminist Futures*:*Nostalgia*, *Ethics*, *and the Question of Difference*. Stanford:Stanford University Press, 1998:15.

"接受支配他人的权利是一件难事;强行夺取支配他人的权利是一件错事;把自我的支配权交给他人是一件邪恶的事。"(*AM* 187)无名黑人母亲朴实的黑人生存观并不是不经世事的弗洛伦斯所能轻易领悟的。直到经历被铁匠无情抛弃的惨痛,完成脱掉高跟鞋①的仪式性活动,弗洛伦斯才逐渐参透黑人女性的生存之道,并与母亲达成和解。同时,在弗洛伦斯的成长道路上,母性反抗与母性关怀始终发挥着张弛有度的重要作用。莫里森的小说创作在带给读者极大的阅读冲击力的同时,也让读者感受到人性的温暖。莉娜毫无保留的母爱、索罗以"成为母亲"构建完整自我的经历都让弗洛伦斯重拾对母爱的信心,走出创伤阴影,最终实现自我成长。

总之,莫里森的文学作品从不简单地塑造刻板化的母亲形象,相反,这些作品通过描述不同的母性经验来呈现母性的复杂性与动态性。而本章所强调的流动的母性就鲜明地体现在对制度化母性的揭示与消解、践行母道体验实现女性的自我赋权和子女的健康发展之中。

---

① 高跟鞋(high-heeled shoes)是小说中一个重要的文化符码,是女性气质的能指。弗洛伦斯从小对高跟鞋有着极大的热情,表明她对主流社会所规约的女性气质的盲从。这种盲从与弗洛伦斯身为黑人女性奴隶的身份现实形成强烈的反讽意味,同时映衬出美国黑人女性的生存现实:黑人女性必须有坚硬的脚底板,才能在充满敌意的环境中生存。故事最后,弗洛伦斯脱下高跟鞋(其中也有被迫的成分),仪式性地表明她获得了生存下去的本领与斗志。

第二章 《宠儿》中母性愤怒的情感研究

小说《宠儿》(*Beloved*，1987)是莫里森的诺贝尔文学奖获奖作品，在小说的序言中作者有这样一段感慨：

> 我回头想，是思想解放的冲击令我想去探究"自由"可以对女人意味着什么。20 世纪 80 年代，辩论风起云涌：同工同酬，同等待遇，进入职场、学校……以及没有耻辱的选择。是否结婚。是否生育。这些想法不可避免地令我关注这个国家的黑人妇女不同寻常的历史——在这段历史中，婚姻曾经是被阻挠的、不可能的或非法的；而生育则是必须的，但是"拥有"孩子、对他们负责——换句话说，做他们的家长——就像自由一样不可思议。在奴隶制度的特殊逻辑下，想做家长都是犯罪。(*BL* ii)[①]

生存自由是女性主义者奋斗的永恒目标，然而，对于白人女性与黑人女性而言，自由的寓意则由于历史、社会与种族等多种因素的影响而有所不同。对黑人女性而言，生育子女、为人父母这种看似天经地义的行为却"像自由一样不可思议"，是"犯罪"行为。奴隶制度剥夺了她们基本的人权，由此，在奴隶制度的深远影响下，一些反人性的愤怒行为自然生发，比如《爵士乐》中维奥莱特的母亲罗丝不堪生活重负投井自杀，《秀拉》中母亲伊娃火烧儿子，《慈悲》中无名黑人母亲"卖女为奴"以及《上帝救助孩

[①] 本书中涉及 *Beloved* 小说的译文参考了以下版本(部分文字做了更改)：莫里森.宠儿.潘岳，雷格，译.海口：南海出版公司，2006.

子》中浅肤色黑人母亲甜甜对深黑色皮肤女儿布莱德的情感虐待等。而《宠儿》中黑人母亲塞丝(Sethe)杀死亲生女儿则是最为极端的反母性行为。从女性主义角度来看,杀子/女是挑战制度化母性的典型举动,但莫里森作品中的女性愤怒行为却更多地表明,"黑人母亲所要反抗的是奴隶制度"①,而不仅仅是父权文化。抛开矛盾指向不论,这些反母性行为可以统称为母性愤怒(mothering anger)行为。

母性愤怒指的是母亲极端情感的发泄,以自残或伤害他人,尤其是自己子女的方式,来宣泄对生活的不满。具体到小说《宠儿》,学者们也对其中的母性愤怒行为进行了解读与诠释。学者哈里斯(Trudier Harris)直接把塞丝看成"恶魔式的女人",认为"《宠儿》延续了《秀拉》中关于女性动物化描写的模式,无论是塞丝还是宠儿都做了让人匪夷所思的非人性行为"②。鲁特尼克(Tadd Ruetenik)则直接从动物学的视角探讨塞丝杀女行为的非人性特征,强调"莫里森的小说是人类改善论的一个可悲例证,但同时也为我们证明人类的利益与对动物的利用问题的考虑有着难以割裂的关系提供了一个有益的范例"③。而帕特南通过研究《最蓝的眼睛》《秀拉》《宠儿》以及《慈悲》等多部小说中的母性,把黑人母亲不同形式的极端行为统一定义为"母性暴力"(mothering violence)。④总体上,这些研究虽然提法有所不同,但都重在分析塞丝母性愤怒行为的种族与性别成因,而没有对母性愤怒情感的产生机制进行剖析,也不曾从

① Hirsch, Marianne. "Maternity and Rememory: Toni Morrison's *Beloved*". *Representations of Motherhood*. Eds. Donna Bassin, Margaret Honey & Meryle Mahrer Kaplan. New Haven: Yale University Press, 1994: 92-110.

② Harris, Trudier. "*Beloved*: Woman, Thy Name is Demon". *Toni Morrison's* "*Beloved*": *A Casebook*. Eds. Andrews L. William & Nellie Y. Mckay. New York: Oxford University Press, 1999: 127.

③ 鲁特尼克. 动物的解放或人类的救赎:托尼·莫里森小说《宠儿》中的种族主义与物种主义. 外国文学研究,2007(1):39-45.

④ Putnam, Amanda. "Mothering Violence: Ferocious Female Resistance in Toni Morrison's *The Bluest Eye*, *Sula*, *Beloved* and *A Mercy*". *Black Women*, *Gender* & *Families*, 2015(5): 25-43.

研究情感本身出发探讨母性愤怒背后的文化内涵。

然而，我们知道，愤怒是人类情感中的重要一种，如果从情感认知的视角予以探讨，则可总结出愤怒行为的形成机制，以及认知活动与文化内涵之间的复杂关系，进而对母性愤怒进行全方位的深度剖析。由此，本章将从情感认知的角度，以文本细读的方式探讨《宠儿》中母性愤怒的情感内涵。具体而言，本章首先结合认知心理学（cognitive psychology）的相关概念对塞丝的母性愤怒机制进行分析，审视其心理成因，把握愤怒情感产生的整个认知过程。其次，本章从认知科学与文化研究相结合的角度透视母性愤怒的情感内涵，即母性愤怒是导致反母性行为的最初动机，而反母性则是宣泄愤怒情感的出口，二者之间相辅相成的辩证关系有力揭示出奴隶制时期压制母性的种族偏见，而情感在母性建构过程中发挥着多维度的影响作用。而且，小说对黑人母亲丰富情感的强调也构成对黑人母亲情感粗糙、缺乏母爱等刻板形象的逆写，有助于突显黑人母亲的人性特点。

第一节　母性愤怒的认知机制

作为人类情感中的重要一种，愤怒是遭遇刺激后的生理反应，而这一反应具有极为复杂的认知形成机制。从认知心理学角度讲，愤怒是当事人面对具体情境进行评估判断后所产生的情感变化。认知活动先于情感的发生，而认知的复杂性、联想性使情感具有极大的可探讨空间。《宠儿》中多处可见愤怒情感的爆发，而塞丝亲手杀女的愤怒行为则最具典型性，下文将以此为案例分析母性愤怒的认知机制，揭示愤怒情感的生发过程以及影响。

> 六七个黑人从大路上向房子走来：猎奴者的左边来了两个男孩，右边来了几个女人。他用枪指住他们，于是他们就原地站着。那个侄子向房子里面偷看了一番，回来时手指碰了一下嘴唇示意安静，然后用拇指告诉他们，要找的人在后面。猎奴者于

是下了马,跟其他人站到一起。"学校老师"和侄子向房子的左边挪去;他自己和警官在右边……侄子向那个老黑鬼走去,从他手里拿下斧子。然后四个人一起向棚屋走去。

里面,两个男孩在一个女黑鬼脚下的锯末和尘土里流血,女黑鬼用一只手将一个血淋淋的孩子搂在胸前,另一只手抓着一个婴儿的脚跟。她根本不看他们,只顾把婴儿摔向墙板,没撞着,又在做第二次尝试。这时,不知从什么地方——就在这群人紧盯着面前的一切的当儿——那个仍在低吼的老黑鬼从他们身后的屋门冲进来,将婴儿从她妈妈抢起的弧线中夺走。(*BL* 189)

以上描写是整部小说中最具震撼力、最令人匪夷所思的部分,也是评论家把塞丝的行为定义为恶魔般、动物性的依据所在。在小说中,塞丝疯狂的愤怒举动让当时的旁观者也认为她"出了毛病",甚至让黑人社区的精神领袖——婆婆贝比(Baby Suggs)对一切产生了怀疑。杀死幼女的塞丝看起来甚是可怕,"看上去就像她没有眼睛似的。眼白消失了,于是她的眼睛有如她皮肤一般黑,她像个瞎子"(*BL* 191)。可以看出,愤怒让塞丝失去了理智,目光变得呆滞。认知心理学家弗里达(Nico H. Frijda)指出:"愤怒是对当前事件的必要性与不可避免性的否定,是对改变局势的决心。"[1]读者知道,塞丝是在白人奴隶主从南方追到北方要把自己与子女带回"甜蜜之家"(Sweet Home)的紧急情况下才做出如此疯狂的举动的。她的愤怒行为只有一个目的,即不让自己的子女被押回南方,过上像她一样的被羞辱、被奴役的生活,"我止住了他,我把我的宝贝儿带到了安全的地方"(*BL* 207)。出于母性保护,塞丝宁愿终结孩子的生命,把子女送到天堂,也不让他们被带回充满伤痛与羞辱的南方庄园。

如果要对塞丝的母性愤怒行为进行深入的认知分析,可以借助认知心

---

① Frijda, Nico H. *Emotions and Beliefs*: *How Feelings Influence Thoughts*. Cambridge: Cambridge University Press, 2000: 199.

理学领域的评价理论(appraisal theory)。评价理论认为"关于愤怒的认知模式表明愤怒体验主要来源于对事件的高层次的评估/判断"①。愤怒情感的生发具有三个基本特征:一是非法性,认为当前的事件触犯了社会规范;二是迁怒于他人,认为他人应对不可控制的局面负责;三是应对能力,坚持自己有权处理局面。②结合塞丝当时的反应,可以看出,她的愤怒情感产生的心理动机首先是对奴隶制度的本能抵抗,认为奴隶制度是非法的、非人性的,是导致黑人骨肉分离的直接原因;其次是对奴隶主的痛恨,认为"学校老师"(schoolteacher)与其侄子的恶行让她痛不欲生,是她与子女无法正常生活的直接原因;最后一点极为重要,塞丝坚持自己有权处理局面,以亲手杀女的反抗方式表达自己的愤怒。塞丝从"甜蜜之家"逃离,投奔居住在北方自由城市的婆婆贝比,但她清楚地知道《逃亡奴隶法案》(Fugitive Slave Act)赋予白人奴隶主追捕黑人奴隶的权利,他们随时有被抓回去的危险。塞丝为了自由,为了自己做家长的权利,以母性愤怒的情感释放对当时的奴隶制度进行了极具震撼力的控诉与抨击。正如弗里达所言,"愤怒蕴含着希望,同时也表明反抗是有意义的,这是愤怒情感的积极意义"③。

此外,愤怒情感的产生并不是即时的、单向度的,而是多维度的,且具有联想性。认知心理学家伯科威兹(Leonard Berkowitz)认为,"愤怒与负面情绪、记忆以及攻击倾向之间有着紧密联系"④,也就是说,以往的创伤经历会影响到当事人对眼下局势的判断,进而产生不可名状的愤怒情感。学者史密斯(Greg Smith)也讲到"情感的联想性暗示出情感的产生有多

---

① Cox, David E. & David W. Harrison. "Models of Anger: Contributions from Psychology, Neuropsychology and the Cognitive Behavioral Perspective". *Brain Structure Function*, 2008(3): 371-385.

② Kim, Sue J. *On Anger: Race, Cognition, Narrative.* Austin: University of Texas Press, 2013: 18.

③ Frijda, Nico H. *Emotions and Beliefs: How Feelings Influence Thoughts.* Cambridge: Cambridge University Press, 2000: 429.

④ Berkowitz, Leonard. "On the Formation and Regulation of Anger and Aggression: A Cognitive Neoassociationistic Analysis". *American Psychologist*, 1990(4): 481-496.

种输入源"①。具体到塞丝的母性愤怒行为，我们可以发现，让塞丝深感愤怒的不仅仅是担心"学校老师"会把他们一家带回南方，此外还因为白人奴隶主的突然到来让她联想起了不堪回首的过往经历。他们鞭打她，在她后背留下一棵永久的"苦樱树"。相比于皮肉之苦，塞丝更为愤怒的是白人奴隶主吸干了她留给自己孩子的奶水。"还想要我的奶水"是塞丝挥之不去的梦魇。奶水是母亲身份的所指，被抢夺奶水意味着对她母亲身份的否定，这让塞丝处于极为愤怒的境况之中。结合莫里森在小说序言中所突出描述的"在奴隶制度的特殊逻辑下，想做家长都是犯罪"（BL ii），我们不难发现，在塞丝遭遇的诸多创伤经历中，她最无法忍受的就是骨肉分离、失去做母亲的权利与自由。根据塞丝自己的回忆，她从来不知道自己的母亲是谁，"还是一个看小孩的8岁孩子指给她的呢——从水田里弯腰干活的许多条脊背中指出来。塞丝耐心地等着这条特别的脊背到达田垄的尽头，站起身来。她看到的是一顶不同于其他草帽的布帽子，这在那个女人们都低声讲话、都叫作太太的世界里已经够特别的了"（BL 39）。塞丝自身母爱的缺失让她更加珍惜与子女团聚的机会，然而，她同样清楚地知道母子/女团聚的权利不在黑人手里，而是在奴隶主的把控之中。这种痛彻心扉的联想让塞丝的愤怒情感达到极点，直至做出亲手杀死亲生骨肉的反母性举动。

　　此外，还有一点需要说明，塞丝选择杀死的第一个孩子是不满一周岁的女儿，此举看似无奈，实则有意。塞丝明白生为女性奴隶，遭遇危险和羞辱的可能性更大。她清楚地知道，在奴隶主"学校老师"的眼中，自己是一个难得的奴隶，"他说她做得一手好墨水，熬得一手好汤，按他喜欢的方式给他熨衣领，而且至少还剩十年能繁殖"（BL 291）。对于黑人女奴而言，她们的主要功能是为奴隶主繁衍更多的劳动力，黑人女性的身体被看作孵化器。黑人女性的母性情感完全被否定，因为黑人子女被当作奴隶随意贩卖、母子/女分离的现象司空见惯。婆婆贝比也曾回忆起奴隶主经

---

　　①　Smith, Greg. *Film Structure and the Emotion System*. Cambridge：Cambridge University Press，2003：3.

常强迫黑人奴隶进行配种，由此，很多黑人母亲不知自己的丈夫是谁，更不知孩子流落何方。黑人女性经历的骨肉分离的伤痛比黑人男性更多更深，为此，塞丝选择杀女来表达自己强烈的愤怒情感。

从上述分析中可以看出，愤怒情感的生发具有一定的认知机制，是行为当事人对特定情境的情感反应，而情感迸发又是在一系列的认知活动中得以形成的。认知活动的复杂性与联想性又透露出情感生发的多重形成原因。黑人母亲塞丝的愤怒情感一方面是在遭遇白人奴隶主追捕的情急之下的应付反应，另一方面又是由白人追捕所引起的负面回忆的强化。情感产生的即时性和联想性在塞丝的愤怒案例中得到充分体现。而且，一旦情感爆发，便会引出无可挽回的，甚至超乎想象的巨大能量，使她们以极端的反母性行为向奴隶制度发起挑战。

第二节　母性愤怒的情感力量

在奴隶制度盛行的年代，黑人女性只有生育的义务（为奴隶主生育更多的奴隶），是"再生产财产的财产"，而没有做母亲的资格。塞丝不知道自己的母亲是田间耕作的哪一位，贝比也不清楚自己生育的子女流落在何方。在白人主流社会的偏见性认知中，黑人母亲不会，也不宜展现母性情感，黑人常被划分为动物的一类。这种对黑人母亲情感的剥离以及黑人母亲形象的刻板定位是白人主流社会用以压制母性的一个重要方面。莫里森通过塑造极端的母性愤怒展现黑人母亲情感，构成对刻板形象的逆写，同时，又以反母性的行为对奴隶制度所带来的母性压迫进行了消解。

愤怒不仅是对外在刺激即时的、激烈的情感表达，同时也会揭示深层次的文化成因。正如学者金（Sue J. Kim）在论证愤怒情感时所强调的，"愤怒具有一定的认知机制，但也具备其深刻的文化内涵，研究愤怒要从认知科学和人文社会两种看似互不兼容的领域入手"[①]。塞丝愤怒情感

---

① Kim, Sue J. *On Anger*: *Race*, *Cognition*, *Narrative*. Austin: University of Texas Press, 2013: 33.

的爆发一方面体现出即时刺激与过往回忆的交织影响,另一方面则直击非人性的奴隶制度,揭示出愤怒背后的文化与社会成因。关于愤怒情感对奴隶制度的控诉,莫里森通过高超的后现代叙事技巧,即不同人物围绕同一事件(塞丝于愤怒之中亲手杀女)的阐释,将母性愤怒的情感力量与文化内涵无限充盈起来。

首先,在了解到塞丝亲手杀女的真相之后,"甜蜜之家"男性奴隶的唯一幸存者保罗·D(Paul D)情绪复杂地评论道:"你的爱太浓了。"(*BL* 208)塞丝的回答则透露出她对母爱的理解:"要么是爱,要么不是。淡的爱根本就不是爱。"(*BL* 208)保罗·D将塞丝的愤怒行为看成是动物性的、不理智的、极其反母性的,但塞丝的坚定回答则有力地表明奴隶制度下的母爱必须是浓烈的,淡的爱只会让女儿重走黑人女性毫无尊严的被奴役之路。作为一位无法维护子女生存尊严的黑人母亲,塞丝选择剥夺女儿的生存权,对奴隶制度进行最震撼人心的控诉。黑人母亲的爱是浓烈的,而这份浓烈的爱会在无法掌握的局面下演变成悲剧。塞丝曾向保罗·D诉说:

我成功了。我把大家都弄了出来。而且没有靠黑尔。到那时为止,那是唯一一件我自己干成的事。铁了心的。然后事情很顺利,跟设想的一样。我们到了这里。我的每一个宝贝,还有我自己。我生了他们,还把他们弄了出来,那可不是撞大运。是我干的。我有帮手,当然了,好多呢,可还是我干的;是我说的,走吧,我说的,快点。是我得多加小心。是我用了自己的头脑。而且还不止那些。那是一种自私自利,我从前根本不知道。感觉起来很好。很好,而且正确。我很大,保罗·D,又深又宽,一伸开胳膊就能把我所有的孩子都揽进怀里。我是那么宽。看来我到了这儿以后更爱他们。也许是因为我在肯塔基不能正当地爱他们,他们不是让我爱的。可是等我到了这里,等我从那辆大车上跳下来——只要我愿意,世界上没有谁我不能爱。你明白我的意思吗?(*BL* 205)

塞丝发自肺腑的感叹直接揭示出黑人母亲对子女的强烈情感,黑人母亲的爱是浓烈的,而非吝啬的、不可得的。莫里森借助黑人母亲塞丝关于母爱的评价有力解构了白人主流社会对黑人母亲情感粗糙、与动物无异的刻板化形塑,同时也对剥夺黑人女性"做母亲"权利的奴隶制度进行了有力控诉。

其次,在塞丝逐渐意识到走进124号房屋的神秘女子正是她当年亲手夺走生命的女儿时,她以实际行动加倍偿还对女儿的母爱。她不断地向女儿解释当年行为背后的无奈,缓解宠儿的复仇情绪,再次展示母性愤怒的情感力量:

> 任何一个白人,都能因为他脑子里突然闪过的一个什么念头,而夺走你的整个自我。不只是奴役、杀戮或者残害你,还要玷污你。玷污得如此彻底,让你都不可能喜欢你自己。玷污得如此彻底,能让你忘记了自己是谁,而且再也不能回想起来。尽管她和另一些人挺了过来,但是她永远不能允许它再次在她孩子身上发生。她最宝贵的东西,是她的孩子。白人尽可以玷污她,却别想玷污她最宝贵的东西,她的美丽而神奇的、最宝贵的东西——她最干净的部分。(BL 318)

塞丝的这段独白蕴含着震撼人心的情感力量,发人深思,正如学者弗尔茨(Lucie Fultz)所言,"不仅控诉了奴隶制度,同时对那些恶意中伤黑人母亲的人予以了反击,那些人往往把黑人母亲贬低为缺乏母性情感、对子女不闻不问的冷血动物"[①]。十八年后归来的宠儿无休止地索要母爱,让塞丝生活在既兴奋又自责的复杂情绪之中。这种非正常的母女关系虽然让塞丝不时地陷入困境,但同时也让她有机会尽情释放黑人母爱,展现

---

① Fultz, Lucie. "Images of Motherhood in Toni Morrison's *Beloved*". *Double Stitch*: *Black Women Write about Mothers and Daughters*. Ed. Patricia Bell-Scott. Boston: Beacon Press, 1991: 34.

丰富的母性情感，进而打破白人主流价值观对黑人母亲的刻板印象。在奴隶制度的影响下，黑人奴隶被物化与客体化，被视为缺乏人类情感的族群，而莫里森采用奴隶叙事的方式赋予塞丝言说、解释的权利，彰显了强烈的母性情感和人性特征。

> 塞丝乞求着饶恕，一遍遍历数着，罗列着她的原因：说什么宠儿更重要，对她来说，比她自己的生命更珍贵。她随时都愿意交换位置。放弃她的生命，生命中的每一分钟、每个小时，只为换回宠儿的一滴眼泪。她知道蚊子咬她的小宝贝时她痛苦不堪吗？知道她把她放在地上，而自己跑进大房子时心急如焚吗？知道离开"甜蜜之家"之前的每天夜里，宠儿不是睡在她胸脯上，就是蜷在她后背上吗？（*BL* 306）

然而，宠儿对母爱的渴望与需求愈演愈烈，而塞丝只顾着偿还对女儿的母爱，结果"宠儿长得越大，塞丝缩得越小"（*BL* 317）。这份浓烈的母爱差点要了塞丝的命，她如此渴望保护与照顾自己的女儿，充分享受与女儿在一起的时光，不再出去工作赚钱养家。然而，在一个只能靠她工作才能存活下去的家庭，丢掉工作几乎意味着生命的终结。正如黑人女性主义学者科林斯所言，"使当母亲成为全职工作，绝不是黑人母亲的现实"[①]。而这恰又呼应了莫里森在小说序言中所评论的，"'拥有'孩子、对他们负责……就像自由一样不可思议"（*BL* ii）。可以看出，塞丝的悲剧有力揭示出奴隶制度与种族歧视带给黑人的生存阻力，以及对母性情感的压制。塞丝与宠儿之间的母女关爱是奢侈的、愤怒的，然而，最终却是毁灭性的。

再者，塞丝愤怒中的杀女行为也给婆婆贝比带来了摧毁性却又深具反思性的情感力量。贝比在黑人社区里辛苦构建起来的恩赐与宽恕在塞丝

---

① Collins, Patricia Hill. *Black Feminist Thought，Knowledge，Consciousness，and the Politics of Empowerment*. New York：Routledge，2000：48.

的愤怒行为中瞬间崩塌,"她的忠诚、她的爱、她的想象力和她那颗伟大的心,在她儿媳妇到来之后的第二十八天开始崩溃"(BL 113)。同时,贝比由此产生了对上帝的质疑与谴责,"上帝令她迷惑,而她为上帝感到耻辱,耻辱得都不能去承认"(BL 223)。她不像社区黑人(包括善良的斯坦普)那样责怪塞丝,但同时也没有赞同她的行为。贝比只是对上帝感到羞耻,因为上帝竟然允许白人如此惨烈地压迫黑人,不给黑人任何生存希望,至此对美国的种族问题进行了警醒式的反思。贝比是黑人社区的精神领袖,她鼓励黑人学会爱自己,掌握独立与自主的生存能力。然而,塞丝的行为让她不再回避问题,而是直面种族歧视,并提醒家人记住这一事实。

> 贝比·萨格斯累了,在床上常卧不起,直到她那伟大而苍老的心停止跳动。除了不定期的对色彩的要求,她实际上一语不发——直到她生命中最后一天的那个下午,她下了床,慢悠悠地颤到起居室门口,向塞丝和丹芙宣告她从六十年奴隶生涯和十年自由人的日子中学到的一课:这世界上除了白人没有别的不幸。"他们不懂得适可而止。"她说道,然后就离开她们,回到床上,拉上被子,让她们永远地记住那个思想。(BL 223)

总体而言,塞丝的母性愤怒行为具有耐人寻味的情感力量。她的杀女行为受到强烈的道德谴责,被保罗·D片面评价为"四条腿"的动物才会做的事情,被宠儿用作索回母爱的借口,她自己也一直受困于内心的愤怒。然而,塞丝的愤怒情感让贝比婆婆在深感困惑的同时,开始直面白人所犯的罪行,进而对奴隶制度进行有力的控诉。自小性格孤僻、不与外界交往的小女儿丹芙(Denver)也逐渐意识到种族问题带给家庭的沉重影响,理解母亲当年行为的背后成因,并走出家庭的封闭空间,获得了社区女性的帮助。此外,让读者深感震撼的是,当年亲手杀女中的母性愤怒转化成十八年后母女重逢后相爱相杀中的愤怒情感,逼迫塞丝重新审视过去、正视历史,进而走出阴影,迎接崭新的未来。然而,所有这些愤怒的对象最终都指向压制母性的奴隶制度,展现出母性愤怒情感背后的文化内涵。此外,愤怒情感的表达也是凸显黑人母亲人性的一种方式,是对黑人母亲刻板形象的有力解构。

第三节　走出愤怒的情感交流

作为一种情感,愤怒能够释放当事人即时的心理压力,甚至缓冲以往的压抑情绪,然而,无论是从认知层面还是从文化维度,愤怒仍然无助于构建完整的自我,实现自我提升。正如黑人女性主义学者胡克斯所强调的,"愤怒是黑人情感释放、凸显自我存在的关键所在,然而,在表达愤怒的同时,还要具备有利于黑人解放的其他因素,包括团结、治愈与救赎等"①。莫里森在《宠儿》中也将健康的情感交流视为走出愤怒的重要途径,而这些情感交流主要发生在塞丝与贝比、保罗·D以及宠儿之间,同时,黑人社区的互助互爱也起到了很好的缓解愤怒情感的作用。

在整个故事中,塞丝生活在对过去痛苦经历的追忆之中,不堪回首的过往让她始终被一种愤怒情绪所困扰,"我塞满了他妈的两个长着青苔般牙齿的家伙,一个吮着我的乳房,另一个摁着我,他们那知书达礼的老师一边看着一边做记录。到现在我还满脑子都是那事呢,见鬼!"(BL 89)而当年愤怒至极点的杀女行为更是她生活中的最大困扰,使她的生活充满恐怖色彩,房间经常闹鬼,两个儿子也被逼着离家出走,从未归来,而最小的女儿丹芙也因少与外界接触而养成孤僻、胆怯的性格。塞丝所居住的蓝石路124号的房子像一座孤零零的坟墓,鲜有邻居与亲友造访。愤怒,连同不堪回首的历史在极端释放后被一直压抑。虽然塞丝和丹芙选择遗忘过往,但过去不会随风而逝,"124号充斥着恶意。充斥着一个婴儿的怨毒。房子里的女人们清楚,孩子们也清楚。多年以来,每个人都以各自的方式忍受着这恶意,可是到了1873年,塞丝和女儿丹芙成了它仅存的受害者"(BL 3)。最具魔幻色彩的是,当年亲手杀死的女儿借体

---

① Hooks, Bell. *Killing Rage: Ending Racism*. New York: H. Holt and Co., 1995: 12.

还魂，回来索取母爱。宠儿的归来让塞丝重新拥有"做母亲"的机会，同时也为她提供一个走出愤怒情绪的良好契机。

宠儿是塞丝直面过去的一位最为直接的刺激人物，她的出现充满魔幻色彩，可以说她是为报复塞丝当年愤怒行为而来，为索回她应得的母爱而来。宠儿与塞丝的直接对话多是追问与解释，一逼一退的节奏让塞丝不断衰弱下去。"渐渐地，丹芙明白了，就算塞丝不在哪一天早晨醒来抄起刀子，宠儿也会这样做的。"（BL 307）她们母女间的交流有力量但也极具破坏性，是愤怒情绪的一种延伸。不同于宠儿，女儿丹芙所做的努力则是积极而健康的。丹芙常年陪母亲生活在闹鬼的房子里，少与外人接触，形成一种孤僻性格。她第一个认出闯入她们家的神秘女子正是当年塞丝亲手杀死的女儿，也就是她的姐姐。多年生活在孤独状态之中的丹芙极为珍惜宠儿的陪伴，甚至嫉妒宠儿对母亲的依恋。然而，母女的重逢演变成一场不可避免的灾难，丹芙发现家中充斥着一种新的愤怒，即女儿对母亲的报复。

> 宠儿长得越大，塞丝缩得越小；宠儿两眼越是炯炯放光，那双过去从不旁观的眼睛越是变成两道缺少睡眠的缝隙。塞丝不再梳头，也不再用水洗脸了。她坐在椅子里舔着嘴唇，像个挨打的孩子似的，同时宠儿在吞噬她的生命，夺走它，用它来使自己更庞大，长得更高。而这个年长的女人却一声不吭地交出了它。（BL 317）

丹芙逐渐意识到如果要避免灾难的再次发生，自己必须走出去，寻找社区人们的帮助，以积极的情感交流帮助家人走出愤怒。最后，丹芙赢得了黑人社区的集体帮助，大家纷纷来到屋前来解救生命垂危的塞丝。

> 丹芙听见咕哝声，向左边望去。她看见她们，就站了起来。她们分成几拨，低声嘟囔着，却没迈进院子一步。丹芙挥了挥手。有几个也挥挥手，却没再走近。丹芙又坐了下来，纳闷是怎么一回事。一个女人跪了下来。其他的有一半也这样

> 做了。丹芙看见了低垂的脑袋,却听不见那领头的祈祷——
> 只听见了作为背景的热情附和的声音:是的,是的,是的,噢,
> 是的。听我说。听我说。下手吧。造物主,下手吧。是的。
> 那些下跪的人站着凝视 124 号……(BL 328)

当看到迎接丹芙的白人鲍德温(Bodwin)先生时,塞丝于精神恍惚之中把他视为当年追捕他们的"学校老师"。这次她不再把锯子对向她的女儿,而是白人:"小蜂鸟将针一下子戳穿了她的头巾,插进头发,扇动着翅膀。如果说她还有什么想法的话,那就是不。不不。不不不。她飞了起来。冰锥子不是握在她手里;那分明是她的手。"(BL 332)颇具魔幻色彩的是,宠儿自此消失了,蓝石路 124 号恢复宁静,这一切得益于社区女性对塞丝的情感启发、帮助与关爱。

> 对塞丝来说,仿佛是"林间空地"来到了她身边,带着它全部
> 的热量和渐渐沸腾的树叶;女人们的歌声则在寻觅着恰切的和
> 声,那个基调,那个密码,那种打破语义的声音。一声压过一声,
> 她们最终找到的声音,声波壮阔得足以深入水底,或者打落栗树
> 的荚果。它震撼了塞丝,她像受洗者接受洗礼那样颤抖起来。
> (BL 331)

学者戴维斯(Carole Boyce Davies)认为,"母爱与疗伤有着错综复杂的联系,这是近年来美国黑人女作家小说的中心议题……这些作家揭示了黑人妇女在她们人生的特定时刻会诉求疗伤和更新,当需要的时候,黑人妇女自己不得不成为彼此的疗伤者和母亲"[①]。对于塞丝而言,黑人社

---

① Davies, Carole Boyce. "Mother Right/Write Revisited: *Beloved* and *Dessa Rose* and the Construction of Motherhood in Black Women's Fiction". *Narrating Mothers: Theorizing Maternal Subjectivities*. Eds. Brenda Daly & Maureen Reddy. Knoxville: University of Tennessee Press, 1991: 41.

区的其他妇女就是帮助她完成疗伤、走出愤怒的重要媒介。在奴隶制度时期,黑人女性之间的合作与交流对于构建完整的自我弥足珍贵。贝比婆婆希望塞丝放下剑与盾,而塞丝直到重新融入团结的黑人社区才真正放下仇恨,获取生存的希望与力量。

保罗·D 也是塞丝放下过去的愤怒、迎接未来的一个重要人物。随着他的到来,塞丝封闭的生活发生了翻天覆地的变化。保罗·D 的追问让塞丝不得不去揭开尘封的愤怒历史,她背上的"苦樱树"被保罗·D 称为珍贵无比的东西。他帮助塞丝她们驱赶房屋里的鬼魂,间接导致宠儿的到来,"迫使"塞丝直面过去并重塑与宠儿之间的母女情感,弥补当面愤怒行为所带来的无可挽回的遗憾。当保罗·D 了解到塞丝当年的疯狂行为时,因无法接受而选择离开。为此,塞丝失去难得的爱情,转而沉迷于与宠儿的母女之情,被后者对母爱的贪婪所拖累,直至奄奄一息。最后,保罗·D 经过一番思考,选择理解并原谅塞丝。在保罗·D 的情感启发与感召下,塞丝逐渐意识到自身存在的价值,拥有了做母亲之外建构自主身份的可能性。

> "保罗·D?"
>
> "什么,宝贝?"
>
> "她离开我了。"
>
> "噢,姑娘。别哭。"
>
> "她是我最宝贵的东西。"
>
> ……
>
> "塞丝,"他说道,"我和你,我们拥有的昨天比谁都多。我们需要一种明天。"
>
> 他俯下身,攥住她的手。他又用另一只手抚摸着她的脸颊。"你才是最宝贵的,塞丝。你才是呢。"他有力的手指紧紧握住她的手指。(*BL* 345-346)

事实上,保罗·D 在规劝塞丝学会珍爱自己的过程中也开始关注自我,正视黑人历史,选择发扬黑人宽恕、互爱的美德以提升黑人的生存价值。他逐渐读懂塞丝的无奈、坚强与力量,不仅仅把塞丝看成共患难的姐妹、恋人,更是精神上的朋友,是一起迎接未来的伴侣。黑人互帮互助的生活态度在二人之间的情感交流中得以充分彰显:"这个女人有太多太多的东西让人体会。他很头疼。突然,他想起了西克索如何试图描述他对'三十英里女子'的感觉。'她是我精神上的朋友。是她把我捏拢的,老弟。我是一堆碎片,她把它们用完全正确的次序捏拢了,又还给我。这太好了,你知道,要是你有一个女人做你精神上的朋友的话。'"(*BL* 346)保罗·D自从逃出"甜蜜之家"后,辗转多处,始终无处安身。他把痛苦的、不堪回首的过往装进鼻烟壶。然而,尘封历史并不意味着遗忘、消失,相反,历史,尤其是创伤性历史会像幽灵一般始终困扰当事人,并在某一特定时刻突然爆发,导致当事人的行为受挫、精神崩溃。总之,遗忘、尘封历史不利于个人的主体建构。保罗·D和塞丝之间的情感交流不仅引导后者走出创伤阴影、克服愤怒情绪,同时,也帮助他自己重新认识过往,揭开不愿回顾的过去,并积极面对。"我们拥有的昨天比谁都多。我们需要一种明天"(*BL* 345)成为保罗·D和塞丝走出创伤历史、创造属于他们自己的未来的一种重要态度。

此外,婆婆贝比与塞丝之间的情感交流同样意义重大。贝比是黑人社区的精神领袖,她慷慨、善良,而且睿智。她不仅是塞丝一家投奔的对象,更是令塞丝引以为豪的榜样人物。贝比通过布道的方式让黑人同胞学会爱自己、懂得欣赏黑人自身的美与力量。塞丝当年亲手杀女的行为让贝比深感震惊,一度不再相信上帝,并为人世间存有如此严重的种族歧视而感到羞愧不已。尽管如此,当看到塞丝被困于奴隶制度所带来的仇恨与愤怒时,贝比语重心长地劝导:"放下吧,塞丝。剑和盾。放下吧。放下吧。两样都放下吧。放在河边吧。剑和盾。别再研究战争了。把这一切乌七八糟的东西都放下吧。剑和盾。"(*BL* 109)贝比的规劝没能让把愤怒郁结于心的塞丝当场理解并接受,却成为塞丝多年后重构自我的一种外在力量。在意识到陌生女子正是宠儿之时,塞丝来到当年贝比布道的林中空地,汲取贝比的博爱精神,学会放下剑与盾,放下仇恨与愤怒,努力去偿还对女儿的爱。之后,塞丝带着宠儿与丹芙出门溜冰,享受属于她们自己的快乐时光,"此时此地,她决定听从贝比·萨格斯的忠告:全放下……任何同情她的人,任何路过这里、窥见她怎样生活的人,都会发现,这个女人因为爱她的孩子们而第三次放弃了——她正幸福地航行在一条冻结的小河上"(*BL* 219)。可以看出,贝比的忠告始终萦绕着塞丝,并适时地帮助后者学会放下愤怒,重构自我。

国内学者金雯强调,"自 18 世纪以来,小说既是日常或私人情感最主要的载体,也是对情感进行最复杂、最富有挑战性探索的体裁"①。莫里森在小说《宠儿》中对黑人母亲的愤怒情感进行了细致深刻的探讨,并通过刻画人与人之间的情感沟通帮助故事主人公塞丝走出愤怒的阴霾,重新构建完整自我。情感并不是白人的独有权利,黑人母亲身上同样具有愤怒、关爱、团结等多种人类共通的情感属性。她们通过愤怒的反母性行为回应奴隶制度对黑人母亲权利的剥夺,同时又以良性的情感交流走出愤怒,回归真实自我。

小　结

黑人女性作为美国社会中一个独特的种族群体长期处于社会边缘,她们的母亲身份被剥夺,母性情感被否定,然而,她们从未放弃过对自身权利与自由的执着追求,甚至不惜以极端的情感表达方式进行反抗,可以说,黑人母亲一直在为"自由与尊严而战"②。黑人母亲塞丝的愤怒情感是奴隶制度下的时代产物,也是对之进行反抗的方式所在。塞丝的经历也表明愤怒情感的宣泄虽能缓解压力,却不利于完整自我的构建,而只有健康积极的情感交流才是走出愤怒的有效途径。事实上,《宠儿》中的愤怒情感不仅体现在塞丝身上,亡灵宠儿、小女儿丹芙、婆婆贝比以及

---

① 金雯.情感与形式:论小说阅读训练.外语教学理论与实践,2016(2):35-41.
② 张丽霞,杨晓莲.迷失·抗争·引导——解读莫里森笔下的黑人母亲形象.外国语文,2014(5):13-18.

保罗·D等都时有愤怒情绪的宣泄,以此表达对奴隶制度的强烈控诉,同时构成对刻板形象的逆写。下面就故事中其他人物身上的愤怒情感进行剖析,对小说中的情感话题做延伸性的论证,进而审视莫里森如何通过对情感的描述表达对美国黑人生存问题的高度关注。

在《宠儿》中,婆婆贝比是位传奇的黑人女性,儿子黑尔通过出售自己的劳动力换取母亲的生存自由。故事一开始,贝比就已经生活在北方自由城市,是塞丝决定投奔的家人。在当地社区,贝比是受人尊重的精神领袖。她以布道的形式引导黑人学会爱自己,爱黑人的一切。"林中空地"是贝比宣扬黑人自足、自爱精神的重要场所。

> "在这里,"她说,"在这个地方,是我们的肉体;哭泣、欢笑的肉体;在草地上赤脚跳舞的肉体。热爱它。强烈地热爱它。在那边,他们不爱你的肉体,他们蔑视它。他们不爱你的眼睛,他们会一下子把它们挖出来。他们也不爱你背上的皮肤,在那边他们会将它剥去。噢,我的子民,他们不爱你的双手。他们只将它们奴役、捆绑、砍断,让它们一无所获。爱你的手吧!热爱它们……"(BL 112)

贝比通过高度赞扬黑人的自尊与自爱回击白人对黑人身体与灵魂的诋毁与蔑视。此时,愤怒情感掩藏在对黑人之美重新认知的兴奋之中。然而,塞丝杀死亲生女儿的行为却让贝比无比绝望,愤怒情感也变得无法安放。目睹塞丝杀女行为之后,贝比一蹶不振,"她在讲坛上的威望,在'林间空地'上的舞蹈,她那强有力的'召唤'(她不是向人们说教或者布道——她坚持认为自己不配——她召唤,而听者聆听)全部遭到了她后院里的流血事件的讥笑与谴责"(BL 223)。贝比随后产生了对上帝的怀疑,甚至是憎恨,因为她不敢相信上帝竟然允许白人如此残酷地对待黑人。显然,贝比的愤怒并不是朝向塞丝和她疯狂的行为的,她把批评的矛头朝向了灭绝人性的奴隶制度。

宠儿是小说中的一位颇具魔幻色彩的人物,借体还魂归来索取她应得的母爱。在索取母爱的过程中，宠儿变得极其贪婪，置母亲塞丝的生命于不顾。宠儿的贪婪中透露出一种复仇式的愤怒，她责怪母亲当年狠心地把她抛弃，间接地对奴隶制度进行控诉与批判。小说中，宠儿多处提及冰冷的河水将她淹没，暗指被母亲抛弃后的孤独与无助。为此，宠儿不住地谴责自己的母亲当初把她抛弃，处处报复母亲：

> 她什么都拿最好的——先拿最好的椅子，最大块的食物，最漂亮的盘子，最鲜艳的发带。随着她越要越多，塞丝也越来越多地开始讨论、解释、描述她为了孩子们忍受、经历了多少艰难困苦，什么在葡萄架下轰苍蝇啦，什么膝盖着地爬向一间破屋啦。这些都没给谁留下应有的印象。宠儿谴责她将自己撇在了身后。不待她好，不对她微笑。她说她们是一样的，有着同一张脸，她怎么能撇下她不管呢？(*BL* 306)

宠儿把愤怒的情绪发泄在母亲身上，声声指责母亲的失职。塞丝耐心真挚的解释似乎也无法消除宠儿的愤怒情绪，直到丹芙寻到社区女性的帮助之后，宠儿在塞丝正面回击奴隶制度时如烟般消失。宠儿最后的神奇消失也可以理解为愤怒情绪的消退，而这种消退是以母亲把反抗的矛头指向白人奴隶主（虽然是塞丝把鲍德温先生误认为白人奴隶主）为前提的。这一情节暗示出宠儿的愤怒情绪同样指向了奴隶制度，而仅非塞丝当年的疯狂行为。

此外，小女儿丹芙长期与母亲塞丝居住在闹鬼的房子里，她同样时而表达出一种强烈的愤怒情绪。两位哥哥离家出走，婆婆贝比在遗憾中离世，塞丝成为丹芙生活中最大的情感依赖。丹芙和姐姐宠儿一样对母爱具有极强的占有欲，母亲在户外生育自己的一幕是她百听不厌的。保罗·D的到来让丹芙感到十分不安，担心保罗·D会夺取塞丝对她的爱，为此，她对保罗·D的态度无礼且粗鲁。而在宠儿归来之后，丹芙的情绪变得更为复杂与多变，一方面，她为能有一位姐姐而高兴，另一方面，她又担心宠儿过多地占有了塞丝的母爱。"我只是需要提防它，因为它是个贪婪的鬼,需要许多的爱,想想看,这很自然。而我的确爱。爱她。她和我一起玩;无论我什么时候需要,她总会来跟我在一起。她是我的,宠儿。她是我的。"(*BL* 266)

可以说,无论是宠儿还是丹芙,都在享受母爱方面表现出了自私的占有欲,这与当时的奴隶背景不无关系。正如上文所论证的,奴隶制度时期,骨肉分离的现象非常普遍,黑人奴隶享受爱与被爱的权利都被无情地剥夺了。黑人母亲与黑人子女都对剥夺人类基本权利的奴隶制度表现出了极为强烈的愤怒情感。在愤怒的催发下,反母性行为以及弑母行为时有发生,产生令人反思的情感力量。本章仅是以小说人物的愤怒情感为例尝试从情感与认知的角度对之进行解读论证,旨在抛砖引玉,期望更多学者在当今情感转向的人文背景下对经典作品中的情感叙事给予更为深入的探讨。

小说《宠儿》在母性话题上探讨深刻,涉及面广,是一部优秀的解读母性的文学文本,也体现出作者莫里森对母性话题的反思态度。总体而言,这是莫里森在 20 世纪 80 年代美国女性主义运动关于母性为何的追问下对母性的历史与现实所进行的反思。在当时的白人女性主义者看来,制度化母性是重构女性主体的羁绊所在,解构制度化母性,或言消解母亲身份是女性解放的关键一步。然而,对于美国黑人女性而言,制度化母性却是她们的选择悖论。在奴隶制时期,黑人女性渴望获取母亲身份而不得,制度化母性无法为黑人女性提供帮助。莫里森作为黑人女性作家,在关注本种族女性命运的同时,亦对白人女性主义运动的激进行为做出了回应,体现出伟大作家的反思意识与人文关怀。本书第八章将继续对小说关于制度化母性的反思进行剖析论证,进一步深化莫里森小说的母性主题研究。

第三章 《秀拉》中母女纽带的断裂与重续

　　母性既是一种体制，也是一种经历。作为母亲的经历，母性以关注母亲-子女关系为核心。法国精神分析女性主义理论家伊里加蕾认为西方文明之初的"弑母文化"（matricide）把母亲从权力中心驱逐，导致母亲欲望被压制，母亲的话语权被剥夺。母亲总是要处于和儿子的关系之中才能得到认可，而女儿身份则只能在与父亲的关系中得以认同，母女纽带长久断裂，女性存在遭遇危机。由此，伊里加蕾呼吁重续母女纽带以恢复母亲/女性的主体性。法国女性主义理论家克里斯蒂娃也强调要重返母性空间，还原前俄狄浦斯母女关系。美国女性主义学者里奇同样指出要重塑被父权文化所忽视与否定的母女关系，因为这种关系才是最原初、最关键的。作家莫里森的贡献在于一直以独特的叙事方式探讨母女纽带的断裂与重续，为反思母女关系提供了优秀的文本。

　　作为莫里森早期作品之一的《秀拉》（*Sula*，1973）就是一部深入挖掘母女关系的小说。学术界对小说中的母女关系主题给予了持续关注。学者维克罗伊（Laurie Vickroy）指出，"在充满敌意的环境中，浓烈的黑人母爱伤害了母亲与子女间的关系，并最终影响子女的主体性建构"[①]；母性研究专家欧瑞利通过聚焦母女关系阐释了黑人女性的生存困境，"切断与母辈联系的女儿将无法塑造自我，不能从黑人的母性传统中汲取积极向

---

① Vickroy, Laurie. "The Force Outside/The Force Inside: Mother-Love and Regenerative Spaces in *Sula* and *Beloved*". *Obsidian*, 1993(2): 28.

上的能量"①；学者帕特南围绕故事中的人物经历审视了母性暴力对女儿成长的负面影响②；国内学者李芳则从女性主义伦理学的角度探讨了在处理母女关系过程中构建母亲主体性的可能与阻碍③。总体上，这些研究多从母亲-女儿对立的视角来阐释小说中的母性主题，本研究认为，还可以结合母女纽带的断裂与重续话题，探讨莫里森对女性内部问题的独到见解以及为如何消弭母女对立所做的努力，进而深化小说的母性研究。

在小说《秀拉》中，在罗谢尔家族，女儿发现母亲缺乏自我主体性，便切断与母亲的联系而选择追随父权律法，母女纽带出现层层断裂。伊娃家族虽然对父权文化持鲜明的对抗态度，却因对母爱的理解错位而存在母女关系隔阂，由爱生恨的情感变化使母女纽带断裂现象更加明显。母女纽带的断裂导致女性生存的种种危机以及主体身份的不完整性。而秀拉回归母体的死亡方式以及奈尔对秀拉的最终认同则象征着母女关系的理解深入与母女纽带的重续。具体而言，本章以西方母性理论为参照，并结合美国黑人母亲的生活现实，从分析导致母女纽带断裂的外因和内因——弑母文化与母爱理解的错位入手，重点论证重续母女纽带的方式与条件：一方面需要母女双方具有主体间性（inter-subjectivity），相互独立又相互影响；另一方面要求开展母女间的积极交流，构建健康的女性话语体系。

第一节　弑母文化：母女纽带断裂的缘起

伊里加蕾通过回顾希腊神话与圣经故事，提出了一个震惊西方哲学话语的观点，即整个西方文化基于弑母："当弗洛伊德在《图腾与禁忌》一

① O'Reilly, Andrea. *Toni Morrison and Motherhood: A Politics of the Heart*. Albany: State University of New York Press, 2004: 63.

② Putnam, Amanda. "Mothering Violence: Ferocious Female Resistance in Toni Morrison's *The Bluest Eye*, *Sula*, *Beloved* and *A Mercy*". *Black Women, Gender & Families*, 2015(5): 25-43.

③ 李芳. 母亲的主体性——《秀拉》的女性主义伦理思想. 外国文学, 2013(5): 69-75.

书中描述弑父是建构原始人群的理论的时候,他忽略了一个更为古老的谋杀,即弑母,这才是建构某种城邦秩序的必须。"[1]在古希腊神话中有诸多女性祖先的纽带被摧毁的实例,其中最有名的是关于主管丰饶的女神得墨忒耳和女儿珀尔塞福涅被宙斯(Zeus)强行分离的故事。

宙斯为获得统治宇宙的更大权力而单方面同冥王哈德斯(Hades)达成协议,把自己的女儿珀尔塞福涅嫁给哈德斯为妻。身为母亲的得墨忒耳对此毫不知情。珀尔塞福涅被强行掠到地府时发出的惊天动地的哭声却无法让宙斯和得墨忒耳听到。在得墨忒耳的强烈要求下,宙斯和哈德斯才同意让这对可怜的母女在一年当中见一次面。于是,母女分离的冬天,得墨忒耳的悲痛使得土地荒芜,寸草不生;而在母女相聚的季节,大地才呈现出丰饶的景象。宙斯对女儿珀尔塞福涅被冥王哈德斯拐去一事充耳不闻,以女儿的童贞做交易以换取众神之神这一至高无上的男性统治地位,为此,女儿的童贞以及母女之间的爱都丧失了。女性的谱系就这样被中断,所以,伊里加蕾话语犀利地指出:

> 父权制建立在对女儿处女身份的偷窃和侵害之上,建立在使用女性贞节完成男人之间的商品交易,包括宗教交易之上……父权体制就是在这样一个原罪的基础之上建构了自己的一片天地……父权制也因此摧毁了母女关系这一最能体现关爱和丰饶的纽带,母女关系的秘密一直是由有处女身份的女儿守卫着的。[2]

事实上,伊里加蕾所说的"弑母"并不是消灭物质意义上的母亲,而是

---

① Irigaray, Luce. "The Bodily Encounter with the Mother". *The Irigaray Reader*. Ed. Margaret Whitford. Trans. David Macey. Cambridge: Blackwell, 1991: 36.

② Irigaray, Luce. *Thinking the Difference*. Trans. Karin Montin. London: The Athlone Press, 1994: 111-112.

把母亲从权力中心驱除,母亲的话语无法表达,母亲的欲望受到压制。[①]由于母亲被谋杀,女儿从母亲的经历中发现女性被贬值的社会地位以及主体性的匮乏,由此怀疑追随母亲的脚步是否能有一个美好的未来。"母亲的生存状态让女儿担心、焦虑,想到自己不久后会步母亲的后尘,女儿不免感到'窒息',这使得女儿不得不考虑离开母亲"[②],而离开母亲意味着母女纽带的断裂,女儿将会陷入两难境地:失去母爱的滋养,同时又无法被父权文化接纳。正是这种无法摆脱的困境让《秀拉》中罗谢尔家族的女性一直生活在主体缺失的境遇之中,女性存在遭遇种种危机。

小说中,海伦娜离开母亲罗谢尔是在外祖母的引导下完成的,是父权文化作用的结果。罗谢尔是一个有着克里奥尔血统的妓女,是男性消费的对象,是不洁与卑贱的化身。为了切断海伦娜与母亲之间的联系,"外祖母把海伦娜从有着柔和灯光和花卉图案地毯的'日落楼'带走,让她成长在一座色彩缤纷的圣母像哀伤的注视下,并劝告她时刻要警惕自己可能会从母亲那里遗传到的野性血液"(SL 17)[③]。经过圣母文化的洗礼,海伦娜彻底撇清了与母亲的联系,选择投靠父权社会。海伦娜16岁时嫁给一名海员,9年后生下女儿奈尔。她严格信奉"男主外、女主内"的主流性别模式,满足于作为妻子和母亲的生活。她举止端庄,令人难忘,"一头浓密的头发盘成髻,一双乌黑的眼睛总是眯着审视他人的举止行为。她凭着强烈的存在感和对自身权威合法性的自信而赢得了一切人际斗争"(SL 18)。海伦娜以对传统家庭模式的坚守赢得自信,并以父权文化对女性的要求养育女儿。童年时代的奈尔一直生活在海伦娜的认真教导之中,按照母亲所奉行的价值观行事,直到一次旅行的经历让奈尔选择了反抗以及与母亲的决裂。

---

① 刘岩.差异之美:伊里加蕾的女性主义理论研究.北京:北京大学出版社,2010:74.

② Irigaray, Luce. "And the One Doesn't Stir Without the Other". *Signs*: *Journal of Women in Culture and Society*, 1981(7): 62.

③ 本书中涉及 *Sula* 小说的译文参考了以下版本(部分文字做了更改):莫里森.秀拉.胡允桓,译.海口:南海出版公司,2014.

10 岁的小奈尔随海伦娜一起乘坐火车南下新奥尔良参加曾外祖母的葬礼,途中因匆忙慌乱上错车厢而遭到白人男性的训斥,当时母亲的"反常"回应对小奈尔触动很大,"海伦娜笑了。就像刚刚被一脚踢出来的流浪狗在肉铺门口摇着尾巴一样,她冲着那鲑粉色面孔的列车员露出了挑逗的微笑"(SL 21)。面对白人男性,海伦娜献出谄媚而讨好的笑。而车厢里的黑人男性不但没有提供帮助,反而投来带有恨意的目光。为此,作为女儿的奈尔产生了极大的心理挫败感,"母亲的自我憎恨与自卑情绪成为女儿心理健康发展的障碍"[1]。探亲之旅结束回到家后的奈尔晚上久久不能入眠,最后起床对着镜子激动地说:"我就是我。我不是他们的女儿。我不是奈尔。我就是我。我。"(SL 28)"我不是他们的女儿"表明奈尔意欲切断与家庭,尤其是与母亲之间的联系。面对缺乏自我主体性的母亲,奈尔几经纠结与困惑,最后还是选择追随父权文化。伊里加蕾曾表示:"女孩在遵从现存社会秩序之前,她的原初本能是朝向母亲的。但是,女人无法解决同起源的关系,无法解决同母亲的关系,无法解决与同性的关系,这些都将影响到她的恋爱关系,她的第一次'婚姻'。这是可以想象的。女性要想逃离这些真实生活的故事,避免她所经历的所有斗争,唯一的方法显然就是怀有一个男性的、自恋式的理想"。[2]长大后,奈尔嫁给了需要有人"护理他的伤痛,深深爱着他"并使他成为"一家之主"(SL 81)的裘德,追随男性的脚步,把自我迷失在对男性文化的依附之中。她开始否定自己的欲望,把自己伪装起来,"在裘德提到她的脖子之前,她甚至不知道它的存在;而在裘德把她的微笑看作一个小小的奇迹之前,她也从未意识到除了咧开嘴唇之外,它还意味着什么"(SL 89)。可以说,罗谢尔家族母女纽带的层层断裂表明父权文化对女性的强势影响:罗谢尔的妓女身份不符合社会对女性的身份期待,圣母文化引导海伦娜去追随父

---

① Rich, Adrienne. *Of Woman Born*: *Motherhood as Experience and Institution*. New York: W. W. Norton and Company, 1986: 243.

② Irigaray, Luce. *Speculum of the Other Woman*. Trans. Gillian C. Gill. Ithaca, NY: Cornell University Press, 1985: 106.

权的律法。然而,在父权的律法里,女性只是一种"缺乏",是反映男性欲望的平面镜,女性的主体性不可能成功建构。结果,海伦娜主体性的缺乏又深深刺激了奈尔,让后者最终也选择与母亲分离。

法国精神分析女性主义学者克里斯蒂娃在追溯"伊莱克特拉"(Electra)[①]神话故事的过程中揭示了女性在选择"做父亲的女儿,还是做母亲的女儿"时的踌躇与无助。克里斯蒂娃认为,伊莱克特拉弑母并不是源于母亲杀害父亲从而使她无法表达对父亲的爱恋,而是因为母亲在同埃奎斯托斯(Aegisthus)的不正当关系中展现了女性身体的"愉悦"(jouissance)。母亲是不能享受愉悦的。[②]伊莱克特拉对母亲愉悦行为的否定恰是父权文化在女性身上完全内化的一种表现。《秀拉》中的海伦娜不让小奈尔接触自己的母亲罗谢尔,正是因为她对母亲妓女身份的排斥,对女性愉悦的抵制。基督教文化已经彻底让海伦娜产生对女性身体以及性行为的否定。"基督教主张普救,它的确把女性同象征团体联系在一起,但前提是女性一定要保持贞洁。如果女性未能做到这一点,她们也可以殉难来为肉体愉悦赎罪。"[③]显然,罗谢尔无法被纳入象征团体,她自身行为的不洁被海伦娜所蔑视。海伦娜切断与母亲的纽带关联正是出于基督教文化对女性行为的定义与规约。此外,海伦娜在皈依基督教的过程中同样未能获取自身的女性主体性。父权文化否定女性欲望,剥夺女性享受愉悦的权利,导致女性无法成就自我。

---

① 伊莱克特拉是古希腊剧作家埃斯库罗斯(Aeschylus)所著"俄瑞斯忒亚"(Oresteia)三部曲之一《阿伽门农》(*Agamemnon*)中的人物。由于对丈夫阿伽门农把女儿依菲琴尼亚(Iphigeneia)献给战神以换取战场上的合适的风向心怀不满,克吕泰涅斯特拉(Clytemnastra)以同埃奎斯托斯发生性关系作为报复,并合谋杀害了从战场归来的阿伽门农。女儿伊莱克特拉得知后,同兄弟俄瑞斯忒斯(Orestes)联手杀害了母亲。"伊莱克特拉情结"(Electra Complex)同"俄狄浦斯情结"(Oedipus Complex)相对,意指女儿爱恋父亲而仇恨母亲的复杂感情。

② Kristeva, Julia. "About Chinese Women". *The Kristeva Reader*. Ed. Toril Moi. Trans. Sean Hand. New York: Columbia University Press, 1986: 142-143.

③ Kristeva, Julia. "About Chinese Women". *The Kristeva Reader*. Ed. Toril Moi. Trans. Sean Hand. New York: Columbia University Press, 1986: 135.

此外,切断海伦娜与奈尔母女纽带的还有弑母文化所产生的消费与被消费的母女关系。海伦娜由于无法在父权社会获取女性自主权,转而在培养、训练女儿的过程中行使自己作为母亲的权力,导致女儿不能被看作独立存在的个体。母女双方的主体性湮没在这种以权力为导向的母女关系中,"在海伦娜的亲手抚育下,小奈尔既听话又懂礼貌,所表现出的一切热情都遭到母亲的压制,直至她所有的想象力都沉睡了"(SL 18)。海伦娜竭尽全力为女儿举办一场让镇上所有人都羡慕的婚礼,以此彰显自己作为母亲的成功。可以说,海伦娜仅把奈尔看作自己的一个分身,"把自我关系的一切暧昧之处投射在女儿身上"①。她要求女儿每日抻抻鼻子以便长大后能有一个像她一样漂亮的鼻子。正如学者佩吉(Philip Page)所言,"海伦娜的母性职责是把奈尔塑造成符合白人(主流)审美标准的女性"②。母女两人的生活一直充满压抑和冷漠,母女之间没有交流,只有灌输与被灌输,海伦娜显然充当了父权文化的卫道士。结果,母女纽带被割断,母女隔阂长久存在。奈尔遭遇婚姻破裂,丈夫裘德抛妻弃子,但无论是在物质还是情感方面奈尔从不伸手向母亲求救。母女纽带断裂的后果是母女双方主体性建构的失败以及母系情感的代代疏远。在奈尔克服各种生存困难把自己的三个孩子养大成人之际,子女们就迫不及待地要离开家:"孩子们的嘴很快就不记得她奶头的味道了,几年以前,他们的目光就已经迫不及待地越过母亲的脸庞去眺望最近的一片天空。"(SL 165)

归根结底,罗谢尔家族母女纽带断裂的主要原因在于男权文化对女性的排斥以及对母性的压制性塑造。里奇曾表示"制度化的母性束缚并贬低了女性的潜能⋯⋯要求女性具有母亲的'本能'而不具有智慧,要求

---

① 波伏娃.第二性.陶铁柱,译.北京:中国书籍出版社,1998:349.

② Page, Philip. "Shocked into Separateness: Unresolved Oppositions in *Sula*". *Modern Critical Interpretations: Toni Morrison's* "Sula". Ed. Harold Bloom. Philadelphia: Chelsea House Publishers, 1999: 183-202.

她们无私而不是自我实现,要求她们建立同他人的关系而不是创建自我"①。这种压制母性情感和女性主体性的制度化母性剥夺了海伦娜的女性自主性,作为母亲的她无法提供女儿渴望效仿的主体性,导致女儿选择离开母亲。此外,缺乏自主性的母亲往往会选择控制女儿以获取母亲权力,而不把女儿看成具有独立人格的实体,致使母女纽带出现层层断裂。缺乏母爱滋养而又不被父权文化所接受,罗谢尔家族的女性遭遇严重的存在危机。

如果结合 20 世纪七八十年代美国女性主义的运动氛围来看,奈尔之所以与母亲海伦娜产生情感隔阂,与父权文化、女性独立等多种因素紧密相关。正如美国女性心理学者卡普兰(Paula J. Caplan)所言,"真正破坏母女关系的是父权文化,让父权文化深感恐惧的是女性之间会形成过于亲密的关系,而这种亲密关系又会促进女性的独立意识和团结精神"②。生活在美国的黑人女性不仅深受种族问题的困扰,同时也被父权文化所束缚。罗谢尔家族的女性被父权文化所同化,选择与母亲分道扬镳,切断与母辈的联系,希望依靠男性成就自我身份,结果又被父权文化所排斥,失去建构女性主体性的机会与力量。此外,父权文化所倡导的权力关系也被海伦娜运用到了母女关系之中,直接减弱并伤害母女之间的情感纽带,成为母女双方遭遇存在危机的重要原因。③莫里森以文学叙述的方式对社会学所强调的人际关系中的权力因素进行了反思与质疑,从人文角度剖析母女之间,乃至所有的人类群体之间的伦理关系,强调人与人之间的伦理关系不应以权力关系来衡量与处理。

---

① Rich, Adrienne. *Of Woman Born: Motherhood as Experience and Institution*. New York: W. W. Norton and Company, 1986: 48.

② Caplan, Paula J. "Making Mother-Blaming Visible: The Emperor's New Clothes". *Woman-Defined Motherhood*. Eds. Jane Price Knowles & Ellen Cole. New York: Routledge, 2013: 65.

③ 关于母女伦理关系中权力介入的话题,本书第七章将会有更为深入的分析探讨。

第二节　母爱理解错位：母女纽带断裂的强化

小说中与罗谢尔、海伦娜、奈尔并置存在的另外一个母女关系群是伊娃、汉娜、秀拉，她们之间同样存在母女纽带的断裂，但原因有所不同，这揭示出影响母女关系的另一负面因素。罗谢尔家族的母女纽带断裂源于男权文化的强势影响，呈现出断裂的外在原因，而伊娃家族之所以遭遇母女纽带断裂则主要因为女性内部的误解与矛盾。具体而言，由于对母爱的理解存在代际错位，母女之间出现交流不畅、关系疏远的情况，悲剧一再发生：伊娃被秀拉送进养老院，孤独终老；汉娜被大火烧死，秀拉则冷眼旁观；秀拉最终年纪轻轻染上重病而孤独死去。固然，相对于罗谢尔家族，伊娃家族的女性具有较强的女性自主性，对父权文化持鲜明的对抗态度，但对母爱的错位理解使得母女间的沟通出现问题，对爱的极度渴望转变成激烈的母女仇恨，母女纽带断裂现象进一步加剧。

伊娃家族有着以女性为主导的反传统模式，三代女性都能勇敢地对抗父权文化，追求女性自主性。家族的女主人是伊娃，她一生坎坷，饱尝了 19 世纪末黑人生活的种种艰辛。当懦弱而薄情的丈夫抛下妻儿之后，生活的重担完全压在伊娃身上。她坚强、独立，却似乎对子女关怀不够，使女儿汉娜产生了对母爱的理解错位。一次，汉娜走进母亲的房间，看似随意地问起："妈妈，你有没有爱过我们？"(SL 67)伊娃对此很是不解，反问道："你活蹦乱跳地坐在这儿，还问我爱没爱过你们？我要是没爱过你们，你脑袋上那两只大眼睛早就成了两个长满蛆的大洞。"(SL 68)汉娜谨慎地追问："我不是那个意思，妈妈。我知道是你把我们拉扯大的。我是指别的。喜欢。喜欢。跟我们一起玩。你有没有，就是说，陪我们一起玩过？"(SL 68)对此，伊娃则生硬地回答：

> 没有那种时候。没空。一点空也没有。我刚刚打发走白天，夜晚就来了。你们三个人全都在咳嗽，我整夜守着，怕肺病要了你们的命。要是你们睡得安稳，我就想，天哪，他们别是死

了吧,赶紧把手放到你们的嘴上看看你们还有气没有你倒来问
我爱没爱过你们孩子我活下来就是为了你们可你那糨糊脑袋想
来想去就想不出来是吧丫头?(SL 68)

莫里森以省略标点符号的叙述方式透露出伊娃对女儿汉娜所提问题
的反感情绪,以及不愿提及艰苦过去的复杂心情。当然,也可以看出,在
伊娃和汉娜之间存在着对母爱的理解错位,伊娃的母爱是养育子女与传
授坚强,汉娜则把母爱理解成对子女的情感关爱。正是对母爱的不同理
解导致她们母女之间出现关系隔阂与情感疏离。

事实上,美国黑人母亲"吝啬"对子女的情感关爱是由黑人的生活现
实所决定的。学者韦德-盖勒斯(Gloria Wade-Gayles)曾指出,"黑人女
性作家小说中的母亲们都很坚强、独立,但是她们往往很少表达浓烈的
情感"①。对大多数的黑人母亲而言,最大的生活需要是把子女养活,而
且这种需要是如此急迫,以至于只有当生存问题解决之后,才能表达母
性关爱。伊娃与子女的关系正是美国黑人母子/女关系的一个缩影,她
竭尽自己之所能,甚至不惜牺牲自己的一条腿,在丈夫缺席的情况下,
独立养活年幼的子女。然而,生活在美国黑人经济条件稍微好转之后
的汉娜则不能理解母亲伊娃的生活苦楚,甚至对母亲产生了误解与情
感隔阂。

扩大母女情感隔阂的另一件事则是伊娃亲手烧死战后返乡的李子
(Plum),李子是伊娃唯一的儿子,是汉娜的弟弟。伊娃曾向汉娜讲述了
不得已烧死李子的理由,讲完后"伊娃的双眼充满泪水,已看不清汉娜了,
可她还是抬起头来望着女儿,带着一种抱歉或解释的神情"(SL 72)。但
汉娜并没有做出任何回应,而是转身离开母亲的房间,来到厨房,"她打开
水龙头,让水冲开扁豆紧紧粘着一起的豆荚,让它们一片片漂在碗里的水

---

① Wade-Gayles, Gloria. "The Truths of Our Mothers' Lives: Mother-Daughter
Relationships in Black Women's Fiction". *Sage: A Scholarly Journal on Black Women*,
1984,1(2):8.

面上。她用手指搅动豆荚，把水倒掉，再洗一遍。每当绿色的豆荚浮到水面上，她便高兴起来"(SL 72)，这一细节暗示出汉娜与伊娃之间的母女隔阂进一步加重。

正如学者塞缪尔斯与哈德逊－威姆斯(Wilfred Samuels & Clenora Hudson-Weems)所言，"汉娜未能从伊娃那里得到她所想要的爱，她在养育孩子方面出现了问题"[1]。汉娜与女儿秀拉之间出现母女关系的恶化，甚至比伊娃与汉娜之间的关系更为糟糕与严重。一天，汉娜和女友关于抚养子女的闲谈被秀拉偶然听到。

> "闭上嘴巴吧。你连他撒尿的地方都喜欢。"
>
> "那倒是真的。可是他还是让人头疼。你没办法不爱自己的孩子。不管他们干了什么。"
>
> "唉，赫斯特现在大了，我觉得光说爱已经不够了。"
>
> "当然啦。你爱她，就像我爱秀拉一样。但我不喜欢她。区别就在这儿。"
>
> "我也这么想。喜欢她们可是另一码事。"(SL 57)

秀拉被汉娜一句不喜欢自己的言语所震惊，从此"她没有一个中心，也没有一个支点可以让她围绕其生长"(SL 119)。关于这个细节，学者欧瑞利从母亲汉娜的角度进行了解释，认为爱自己的女儿是母亲的本能，而不喜欢则可能是由于秀拉的淘气行为让汉娜感到养育子女的烦恼，而这种烦恼又是非常普遍的。[2] 然而，笔者认为，结合上文伊娃和汉娜间的谈话则可以给出更为深刻的解释。和母亲交谈之后，汉娜认为伊娃所说的爱是一种本能的母爱，汉娜对此并不是不能接受，但她更愿意把母爱等同

---

① Samuels, Wilfred & Clenora Hudson-Weems. *Toni Morrison*. Boston: Twayne, 1990: 36.

② O'Reilly, Andrea. *Toni Morrison and Motherhood: A Politics of the Heart*. Albany: State University of New York Press, 2004: 124.

于"喜欢和孩子一起玩儿"、一种母子/女之间的情感表达。正因为汉娜对"爱"与"喜欢"有自己的定义,才会说出"我爱秀拉……但我不喜欢她"之类的话。而且,从这句话中可以推测出两点:一是汉娜没有从伊娃那里继承到关于"爱"的积极理解,而仅把母爱视为一种不含情感的本能;二是汉娜虽然内心推崇有别于伊娃的母爱表达方式——"喜欢",但却没有习得如何"喜欢"孩子的方法。结果是,12岁的秀拉因为汉娜一句"不喜欢自己"的话从此与母亲情感决裂,甚至有了某种"恨"。

年迈、残疾的伊娃为救大火烧身的汉娜不顾个人生命安危,纵身从二楼跳下,而秀拉却只是无动于衷地站在窗帘后观看。从这个细节中可以看出,伊娃救汉娜是出于母爱的本能,可是,秀拉连母女间本能的爱都不再拥有。秀拉不仅对汉娜心生恨意,对伊娃同样毫无祖孙情感。离家十多年后返乡的秀拉,一进家门就和伊娃发生争执。后来,她把伊娃送进养老院,自己独占木匠路上的房子。在大多数读者看来,秀拉忘恩负义,罪恶至极,然而,在与奈尔的一段对话中,秀拉对自己的行为进行了解释。原来,秀拉也曾知晓伊娃火烧李子的事情,所以她说:"我只知道我害怕。可我又没有别的地方可以去。就剩下我们俩了,伊娃和我。"(SL 101)可以看出,秀拉担心伊娃下次烧死的人就是她自己,于是,她先发制人,把伊娃送进了养老院。倘若说汉娜对于伊娃式的母爱只是片面理解的话,那么秀拉则是完全曲解甚至憎恨这种母爱,她认为伊娃的爱过于专制和浓厚,她甚至害怕这种母爱,所以才会把伊娃送进养老院。伊娃家族的女性虽然独立、自主,但由于缺乏有效沟通,在母爱方面产生极大误解,这种关于母爱理解的代际错位使得伊娃家族的女性之间严重缺乏沟通,她们的母女关系是疏离的,甚至是仇恨的。

仇恨使来自女性内部的类似弑母的行为不幸发生:伊娃被秀拉送进养老院,汉娜葬身火海而秀拉无动于衷。弑母行为不仅仅因为父权制度,同时也可能由于女性自身的问题而重演。可以说,伊娃家族的母女纽带断裂现象更为严重且更具伤害性。拒绝、否定母亲的秀拉成为孤独无助的浮萍,她对女性自我的追求也注定是要失败的,因为"当你杀死祖先,你也就杀死了你自己"①。正如伊里加蕾所呼吁的,"一定不能再谋杀母亲了,因为她已经为我们文化的起源牺牲过一次了。我们必须赋予她新的生命,赋予母亲以新生命,赋予我们内心的母亲和我们之间的母亲以新的生命"②。赋予母亲以新的生命需要母女之间开展积极有效的沟通,恢复母亲讲话的权利,多一些对母亲的理解,这是重续母女纽带、构建女性谱系以及女性主体性的前提所在。

伊娃家族母女纽带的断裂颇具启发意义,体现出莫里森极大的人文关怀以及对美国黑人女性生存的关注。由于特殊的历史与现实原因,美国黑人母亲对女儿的教育态度往往比较复杂,经常陷入尴尬境地。伊娃把养活子女视为首要任务,而疏于给予子女情感呵护与关爱。伊娃式的黑人母亲在美国比较常见,她们被白人社会刻板定位为"女家长"式母亲。学者安德森(Mary Louise Anderson)曾借助社会学与心理学的知识概括出女家长式母亲的四大特点:"一是认为黑人男性不能依靠,独立承担养家重任;二是有虔诚的宗教信仰;三是视照顾家庭为人生最重要的使命;四是保护子女不受种族主义的伤害,抑或帮助子女接受种族歧视的事实。"③显然,伊娃具有女家长式母亲的诸多特征,尽力养活子女,并保护子女不受种族以及父权文化的侵害,然而,这类母亲却不擅长流露出丰富的情感。

当代美国黑人女性作家麦克米兰(Terry McMillan,1951—　)在作品《妈妈》(Mama,1987)中也刻画出一位女家长式的单身黑人母亲米尔德里德(Mildred),她从不敢在子女面前表现出母亲温柔的一面。面对懂事、处处为她分担的长女弗里达,"她从心底想给她一个拥抱,然而她不能。她的心好像被什么东西裹上了一层,阻止她冲动行事。她从来不轻

① Carolyn, Denard C. *Toni Morrison*:*What Moves at the Margin*. Jackson, MS:University of Mississippi Press, 2008:64.

② Irigaray, Luce. *Je*,*Tu*,*Nous*:*Toward a Culture of Difference*. Trans.Alison Martin. New York:Routledge, 1993:122-123.

③ Anderson, Mary Louise. "Black Matriarchy:Portrayals of Women in Three Plays". *Negro American Literature Forum*,1976(10):93-95.

易流露感情,因为那只让她看起来懦弱无能,而懦弱无能又只会使她更容易受伤"①。伊娃和米尔德里德一样不敢轻易表达,也更是无暇表达对子女的情感关爱。抛开白人社会以此将黑人母亲刻板化、诋毁黑人母亲不论,黑人子女如果不能理解女家长式的黑人母亲,便会容易产生对母亲的情感隔阂,甚至产生对母女双方都极为不利的仇恨。在《秀拉》中,伊娃曾经做出女家长式黑人母亲的极端行为——火烧亲生儿子。这一情节被评论家从不同侧面给予了解读与批评,但结合对女家长式黑人母亲自身特点的分析,可以推测出伊娃不愿子女在充满敌意的生存环境中自暴自弃、软弱无能。看到儿子自甘堕落的生活状态,伊娃爱恨交加,最终选择结束儿子的生命而保持黑人的生存自尊。伊娃的行为当然具有独断、粗暴的一面,但这也从另一层面反映出黑人母亲的生存抉择:在种族歧视的大环境中,黑人必须学会独立、坚强,而不是放弃自我。

尽管汉娜和秀拉都从伊娃身上继承了坚强独立的宝贵品格,但由于未能理解伊娃如此教育子女的本质所在,她们进而选择一种赌气、憎恨的方式与母亲、外祖母相处,产生巨大的情感隔阂,甚至以一种决绝的态度"谋杀"各自的母亲。伊娃家族女儿的选择无疑切断了女性之间的情感纽带,导致女性谱系的中断,女性主体性无法构建。莫里森作为黑人女性作家,尤其关注黑人社区内部的女性生存问题,在《秀拉》中以极其细腻的笔触描写母女之间的情感纠葛,揭示缺乏沟通对母女关系的伤害,并以秀拉的故事为主线,突出母女纽带对构建女性主体身份的不可或缺性。

第三节 主体间性与有效沟通:母女纽带的重续

受内、外两大原因的影响,伊娃家族和罗谢尔家族的母女纽带都呈现出断裂现象,这显然不利于母女双方主体性的创建。然而,小说并没有止于讲述母女纽带的断裂,而是通过秀拉回归母体的死亡方式和奈尔对秀拉的最终认同这两个重要细节展示重续母女纽带的可能性。当奈尔和秀

---

① McMillan, Terry. *Mama*. New York: Washington Square Press, 1987: 46.

拉意识到无法从母亲那里获取构建女性主体性的机会以及亲密无间的顺畅交流时，她们便携手共创属于自己的世界。她们虽然是同辈人，但性格方面的差异使她们更像一对母女，在相互引导与理解中重塑了理想的母女关系。小时候性格更为独立的奈尔引导秀拉成长，而成人后秀拉反过来启发奈尔活出自我，这种相互帮助、相互引导的行为让重续母女纽带成为可能。总体上，她们的经历表明，重续母女纽带要求建立具有主体间性（inter-subjectivity）的母女关系以及开展母女间积极有效的沟通。

伊里加蕾认为，"建立主体间性的母女关系的前提是母女双方要具有自我主体性"[①]，既相互独立又相互影响。《秀拉》中，罗谢尔家族的女性由于投奔父权文化，否定母性文化，母女双方的自主性构建无从谈起，而伊娃家族虽然抵制父权文化，但因对黑人母爱产生误读而引发母女关系的恶化，母女双方的主体间性同样未能成功建构。主体间性的母子/女关系对于子女的成长至关重要，社会学学者本杰明（Jessica Benjamin）在《爱的纽带：精神分析、女性主义与统治的问题》（*The Bonds of Love：Psychoanalysis，Feminism，and the Problem of Domination*，1988）一书中，也曾提出用主体间性的视角分析与解释西方文化中的统治逻辑，进而指出子女的自我成长依赖于母亲是否具有自主的主体性。[②] 在主体间性母女关系构建方面，小说以象征性的手法进行了表述，具体表现在秀拉与奈尔之间动态复杂的影响关系上。

在小说中，秀拉与奈尔主体间性的关系是在经历"融合—分离—融合"的过程中逐步形成的。秀拉在伊娃家族中得不到她所渴望的母爱，对家族的母女关系感到恐惧甚至憎恨，便把对母亲的依恋转移到好朋友奈尔身上。尽管她们年纪相仿，但在二人中间有主见的那个往往是奈尔，"奈尔看起来更坚强，也更有恒心，而秀拉却无法把某种情绪保持三分钟"

---

① Qiu, Xiaoqing. "Luce Irigaray's View on Mother-Daughter Relationship". *Comparative Literature：East & West*，2009（Spring/Summer）：31-43.

② Benjamin, Jessica. *The Bonds of Love：Psychoanalysis，Feminism，and the Problem of Domination*. New York：Pantheon，1988：19-20.

(SL 53)。在奈尔的引导下,二人完成了一个属于她们俩的成人仪式:

> 奈尔用嫩树枝一下一下地掏着土,努力挖出一个越来越深、越来越宽的洞。秀拉也照她的样子干起来,很快就挖好了两个杯子大小的洞。奈尔索性跪坐着使劲挖着,认真地掏出洞里的土,把洞挖得更深。她们同时挖着,两个洞变得一模一样了。她们把两个洞挖到汤盘大小时,奈尔的嫩枝折断了。她做了一个表示厌恶的姿势,把断枝扔进了挖好的洞里。秀拉也把她手里的嫩枝扔了进去。接着,两人便在周围寻找其他废物和碎片,一股脑地扔进洞里:纸片、玻璃片、香烟头,直到把她们能在周围找到的一切破烂全都扔进去为止。然后,她们便仔仔细细地培上挖出来的土,还用拔出来的草盖满这小小的坟头。(SL 58)

小时候,奈尔是秀拉成长路上的引导者,在某种程度上尽了精神母亲之责,当"发现一切自由和成功都与她们无关,她们便着手把自己创造成另一种存在"(SL 145),一种塑造女性自我主体的存在。然而,成人后的奈尔在海伦娜的管制下俨然成为母亲的复制品,把自我主体的构建完全依附在丈夫裘德身上。所以,"奈尔表现得与其他女人一模一样,秀拉为此感到一丝震惊和更深的伤心"(SL 120)。秀拉感到伤心不仅是因为奈尔成为传统女性的一员,背离了她们当初的誓言,还是因为失去了自己一直渴望效仿的自我主体性,于是,像儿时以自残手指的方式保护奈尔一样,秀拉又做了一件让奈尔感到匪夷所思的事:和奈尔的丈夫裘德上床。做事不讲分寸的秀拉彻底惹怒了奈尔,二人间的情谊决裂,而秀拉再次沦落到孑然一身的状态。

奈尔和秀拉的最终"融合"虽是象征性的却深具启发意义。年仅27岁的秀拉在孤独中离世,她的死亡方式极具象征意味地揭示出女儿对母亲的渴望,向往母体的回归:

> 就在这里,也只有在这里,在这间有着高于榆树的黑暗窗子

85

的房间里,她才可能屈膝靠向胸部,闭上两眼,把拇指放进嘴里,顺隧道漂流而下,不碰到阴暗的四壁,下沉,下沉,直到她闻到雨水的气息,知道水已经近了,就蜷起身子进入那沉重的柔软中,让它将她包裹起来,承载着她,把她困倦的肉体永远地冲刷下去。(SL 149)

在回归母体的过程中,秀拉感受到母亲的爱,重新获得爱自己的能量,使自己不再受到伤害。莫里森让秀拉回到克里斯蒂娃所强调的母性空间(maternal space),以死亡来成全她的自我,虽然不免悲壮和凄凉,却为女性如何获得自我象征性地指出了一条出路:返回无形的"穹若"(chora)①,恢复前俄狄浦斯母女关系。秀拉的死亡方式表明她对母爱的渴望以及对重续母女纽带的期盼。这种渴望与期盼又极大地刺激了奈尔,引导其重新审视母女/女性之间的关系。伊里加蕾强调,良好的母女关系有赖于母女互为主体的关系:"只有母亲可以保证她的女儿,她的女儿们,形成女儿身份。作为女儿,我们更加清楚关系到女性解放的事,因此我们也可以教育母亲,也可以互相教育。我认为这对我们所需的社会变革而言是必要的。"②秀拉的死以及她临死时说的一番话确实对奈尔有深刻的"教育"意义。

"你不可能什么都要,秀拉。"奈尔渐渐被她的傲慢惹火了,秀拉已经躺在了死神门前,却还在嘴硬。

"为什么?我能全靠自己,为什么不能什么都要?"

"你不能全靠自己。你是个女人,还是个黑种女人。你不能像个男人一样行事。你不能摆出一副独立的架势走来走去,想

---

① chora:克里斯蒂娃借助柏拉图的《蒂迈欧篇》(*Timaeus*)中的"穹若"一词来描述与母性身体息息相关的、对抗父系社会逻各斯以及律法的和具有多种内涵的阴性语言体系。

② Irigaray, Luce. *Je*, *Tu*, *Nous*: *Toward a Culture of Difference*. Trans. Alison Martin. New York: Routledge, 1993: 50.

干什么就干什么，想拿什么就拿什么，想扔什么就扔什么。"

……

"可是，你就不会干我干的事。"

"你以为我没过你那种生活，就不知道你的生活是什么样的吗？这个国家里的每个黑种女人在做什么，我都一清二楚。"

"做什么？"

"等死罢了。就像我现在这样。区别在于她们是像树桩一样等死。而我，我像一株红杉那样倒下。我确实是活在这个世界上的。"

"真的吗？你拿什么证明？"

"证明？向谁？姑娘，我有自己的头脑，它为我工作，也就是说，我有我自己。"

"孤零零的，是吗？"

"没错。但我的孤独是我自己的。而你的孤独却是别人的，是由别人制造后送给你的。这难道不能说明什么吗？一种二手的孤独。"(SL 154-155)

在二人最后的对话中，秀拉坚持说自己要像红杉树一样倒下，并为自己的确在这个世界上存在过而自豪。尽管秀拉的措辞仍然不够婉转，却提醒了奈尔要活出自我，要保持女性的自我独立，唯一遗憾的是，奈尔的顿悟不是当场的，而是几年之后才发生的。在小说的最后一章，奈尔去养老院探视完伊娃之后，往事重现，感慨万千：

"我一直，一直，以为我想念的是裘德。"一阵失落的空虚压上她的胸口，涌上她的喉咙。"我们是在一起的女孩。"就像在解释什么一样，她说。"噢，天啊，秀拉，"她哭着说，"女孩，女孩，女孩女孩女孩。"

她痛快地哭了出来，大声，悠长，无底也无顶，只有一圈又一圈盘旋的伤痛。(SL 174)

奈尔的哭喊之中既有痛苦,又有痛快,痛苦的是她和秀拉已经阴阳相隔,无法继续构筑属于她们的女性独立之梦,痛快的是她终于明白秀拉临死时劝告的良苦用心,意识到该如何去追求真实的女性自我。可以说,奈尔最终对秀拉产生了情感认同,这表明她已经意识到作为女性追随父权文化(裘德)无法成就自我,必须恢复女性/母女之间的原初联系。奈尔对前俄狄浦斯母女关系的重新认同不仅实现了二人的情感融合,同时也为重续母女纽带提供了良好的契机。从西方文明源头便被割断的母女纽带将有机会被恢复,相互教育、相互引导的主体间性的母女关系将会重塑,从而使构建女性的主体身份与女性谱系成为可能。同时,奈尔与秀拉最终的融合也表明重续母女纽带需要开展积极有效的母女交流,秀拉临死时的肺腑之言以及奈尔在秀拉坟前的思想彻悟都是女性心灵沟通的例证,正如里奇所言,"一个女人能为另一个女人做的最重要的事情是启发与拓展其内心的实际可能性"①。

秀拉与奈尔是小说中最重要的一对人物并置,她们既是姐妹,又是母女;她们相互独立,又不可分离。通过二者之间复杂的关系,莫里森对如何重续母女纽带进行了深入的思考,和伊里加蕾的观点遥相呼应:在父权文化中,母女关系是一种"缺失的支柱",要恢复这一支柱,"女人必须相互热爱,既以母亲的身份怀着母性的爱去爱,也以女儿的身份怀着儿女的爱去爱。这样就可以找到一条永远开放的、通往无限的路"②。秀拉和奈尔最终虽然阴阳相隔,却又彼此相连,她们的故事表明,"女性只有分享劳动果实,摒弃仇恨和忘恩负义,她们之间才能建立起一个女性谱系"③。构建主体间性的母女关系可以避免罗谢尔家族因追随父权文化而遭遇的女

① Rich, Adrienne. *Of Woman Born: Motherhood as Experience and Institution*. New York: W. W. Norton and Company, 1986: 246.

② Irigaray, Luce. *An Ethics of Sexual Difference*. Trans. Carolyn Burke & Gillan C. Gill. London: The Athlone Press, 1993: 106.

③ Irigaray, Luce. "The Bodily Encounter with the Mother". *The Irigaray Reader*. Ed. Margaret Whitford. Trans. David Macey. Cambridge: Blackwell, 1991: 34-46.

性存在危机，而有效沟通则有助于消除伊娃家族母女间的情感隔阂，这最终为重续母女纽带做好了铺垫。伊里加蕾强调："母女关系提醒我们：女性缺乏主体身份。这一关系产生的影响尚无文化组织相对应。母女关系因此成为一个重要的领域，是构建女性之间关系的重要媒介，可构建发生在女性内部、为女性存在的关系。简而言之，我们必须定义一个女性的文化。"①奈尔在故事最后的彻悟为重塑女性文化提供了一个良好的契机，至此，作者莫里森对女性内部问题的探讨更深一层，小说的寓意同时也更令人寻味。

秀拉与奈尔虽然不是真实意义上的母女，但她们的经历恰恰呼应着伊里加蕾所提倡的母女/女性间的亲密关系。伊里加蕾并没有特意区分两代女性，而是把母女视为复数的"我们"（we）。这样做的目的是把母亲和女儿归为一类，这是不同于男性的一类，是分享许多相似之处的一类。"复数的我们"是指女性具有的共同身份，而使用"你/我"是为了强调女性之间的亲密无间，并表明对话交流是发生在主体与主体之间的二者，二者是独立的，各自拥有完整的主体。秀拉和奈尔相互教育、相互引导的成长经历为重构积极健康的母女关系提供了实践参照，同时也呼应了许多女性主义学者对构建"相互依赖"（interdependence）②和"关系中的自我"（self-in-relation）③的理论主张。学者们发现，母女关系的问题所在是父权文化所产生的恶性循环理念：母亲和女儿都担心过于亲密的母女关系会危害女性的自主独立性，而缺乏母性关怀与理解的女性往往又会在追随父权文化的过程中丧失自我。由此，秀拉和奈尔重续女性谱系的举动对重构母女纽带以及创建女性自我做出了有益的示范。她们的经历再次

---

① Irigaray, Luce. *I Love to You: Sketch for a Felicity Within History*. Trans. Alison Martin. New York: Routledge, 1996: 47.

② Siegel, Rachel Josefowitz. "Women's 'Dependency' in a Male-Centered Value System: Gender-Based Values Regarding Dependency and Independence". *Women and Therapy*, 1988(7): 113-123.

③ Surrey, Janet. "The 'Self-in-Relation': A Theory of Women's Development". *Work in Progress*, No. 13. Wellesley: Stone Center Working Paper Series.

强调母女是相互依存的关系,如果其中一个不动,那么另一个也动不起来,她们只有在一起才能走动,同时,母女双方还应保持各自的独立自主性,正如伊里加蕾所声称的:

> 一个不会没有另一个而走动,因为我们只有在一起才能走动。我们当中的一个来到这个世界,另一个就走入地下。当一个孕育生命的时候,另一个就会死亡。母亲,我想我从你那里得到的是:你给了我生命,你仍然有活力。[①]

"母亲"与"女儿"本身就是两个意义常相重叠的词语。按照《牛津高阶英汉双语词典》提供的词源,再根据格林法则来推演,盎格鲁-撒克逊语的"女儿"一词可追溯到印欧语词根"dhugh",意思是"挤奶"。因此,"女儿并不仅仅是挤奶工,而是哺乳者,她受人养育又养育别人。因为,正如格林法则所解释以及圣父的词汇所强调的那样,女儿是流淌着牛奶与蜂蜜的应许之地,是上帝圣父给每一个人间父亲的财礼"[②]。女儿既是挤奶工,又是哺乳者,受人养育又养育别人,说明作为女性的母女本是一体,不可分割,只有相互依存,各自保持活力,才能成就女性的自主身份。

小　结

正如学者弗格森所强调的,"母子/女关系之所以成为莫里森作品中的重要主题,一方面是因为这一主题(以及从广义上讲,黑人女性的经历)长期被黑人男性作家所忽略,另一方面则是由于母性主题更能突出黑人

---

① Irigaray, Luce. "And the One Doesn't Stir Without the Other". *Signs*: *Journal of Women in Culture and Society*, 1981(7): 63.

② 吉尔伯特. 生活的空袋子: 略论文学女儿的命名//张中载, 赵国新. 文本·文论——英美文学名著重读. 北京: 外语教学与研究出版社, 2004: 97.

的传统与责任"①。人类学家华盛顿(Teresa N. Washington)通过对非洲传统文化的考察,发现"母性"源于约鲁巴语中的 Àjé 一词,原指非洲族裔文化中女性间的代际精神纽带。Àjé 一词强调黑人女性特有的一种精神力量,主要通过子宫展示黑人女性的强大繁育生存力与掌控一切的杀伐决断力。②而在美国独特的历史文化语境中,它逐渐演化为深受种族与男权主义围剿的美国黑人女性保护非裔文化完整性的独特策略。

在小说《秀拉》中,罗谢尔家族与伊娃家族的女性都由于未能继承与保存母女之间的精神纽带,遭遇女性主体性的缺失。海伦娜拒绝承认罗谢尔的母亲身份,从小切断与母亲之间的纽带联系。而奈尔在意识到母亲海伦娜缺乏女性主体性之后,选择追随父亲的律法,投奔男权文化。在男权文化语境中女性更是注定无法构筑自己的主体身份,奈尔最终陷入主体迷失的境况之中。可以说,罗谢尔家族的女性深受男权文化的影响而选择"弑母",母亲的话语权被剥夺,母亲的主体性被否认。伊娃家族的三代女性都对父权文化持有较强的对抗态度,同样又都能积极、正面地看待与利用女性的身体。然而,在伊娃家族内部却再次上演了"弑母"悲剧,母女之间由爱生恨,使母女纽带的断裂加剧。引发"弑母"行为的不是父权文化,而是女性内部的情感纠葛,伊娃家族的女性在母爱理解上存在认知偏差,同时又对母爱有强烈的渴求。汉娜对伊娃从不与孩子一起玩耍的母性行为耿耿于怀,而秀拉则因母亲汉娜一句不喜欢自己的话而失去生活下去的情感依托。

内、外两大因素的合力使得"弑母"现象在小说《秀拉》中反复上演,导致黑人女性严重的存在危机,由此,重塑母女纽带关系是构建女性主体性的关键所在。莫里森通过秀拉回归母体的死亡方式和奈尔对秀拉的最终认同两个重要细节,展示了重续母女纽带的可能性与重要性。秀拉回归

---

① Ferguson, Rebecca Hope. *Rewriting Black Identities: Transition and Exchange in the Novels of Toni Morrison.* Brussels: Peter Lang, 2007: 16.

② Washington, Teresa N. The Mother-Daughter Àjé Relationship in Toni Morrison's *Beloved. African American Review*, 2005(1): 171-182.

母体的一幕反映出重塑母女主体间性关系的可能,是对母亲主体的肯定。法国女性主义学者克里斯蒂娃认为,受父权体制的影响,女性/母亲沦为没有话语权利的他者,在象征秩序中处于边缘地位。在还原女性主体地位的策略选择上,克里斯蒂娃同样以身体为切入点,围绕"卑污"(abject)概念①揭示父权文化对女性身体/子宫的恐惧和抵制,以及对母亲主体性的否定。通过质疑弗洛伊德与拉康等精神分析学派的理论假说,克里斯蒂娃重新肯定了母性在个体主体性形成中的重要作用,并认为母亲是一个有话语能力的主体。为证明母性的力量,克里斯蒂娃选择对怀孕的身体进行描绘,认为怀孕的身体恰恰代表了合二为一、一个包含另一个的主体关系模式。母子/女主体间性的关系揭示出个体的独立性与依存性。

法国女性主义学者西克苏从剖析西方二元对立价值体系的源头——逻各斯中心主义出发,同样指出女性/母亲的身体无法在语言体系中得以表现与书写,要摆脱控制女性的话语体系的束缚,就必须书写身体,进而打破二元对立的逻辑体系。西克苏以"女性必须书写身体"以及"女性必须书写女性"呼吁重塑母女纽带,并以此凸显母亲的主体身份,因为女性受母亲乳汁的滋养,体内又都具有"母亲"的成分,"女性用白色墨水书写"。在倡导女性书写的过程中,西克苏同样格外强调恢复母亲身份,释放女性/母亲欲望的重要性,同时强调重塑母女纽带,以赋予女性书写的动力与生存的能量。

> 母亲……是隐喻。把女性自己最好的部分给予另一女性,
> 让她能够爱自己,并怀着爱奉献"与生俱来"的身体。这不仅必

---

① 克里斯蒂娃曾指出,"卑污"并不是洁净或健康的缺乏,而是指那些搅混身份、干扰体系、破坏秩序的东西。它是那些不遵守边界、位置和规则的东西。它是处于二者之间、似是而非、混杂不清的东西。卑污的特点在于"越界",越过神圣与世俗的边界,干扰身份体系,挑战传统观念和习俗,既打破了边界划分界限,又在边界之内。母亲成为卑贱者的原因在于她成为一个令人既崇拜又厌恶的越界者,既体现了某种升华了的特点,又男权文化的界定中成为卑贱者。

要而且也足够了……女性身体中或多或少总有母亲的影子：母亲确保一切正常，她提供营养，反对分离……女性起源于母亲身体的所有形式和所有时期。①

西克苏认为，女性缺乏的是女性与女性之间的"爱"，这种爱是滋养生命的，在交换过程中可以带来相互愉悦。小说最后，奈尔在秀拉坟前大声地哭喊："我们是在一起的女孩"（SL 174），透露出莫里森对重塑女性之间爱的纽带的美好愿景。

作为人类伦理关系中的一个重要分支，母女关系由于父权文化的存在而经常处于断裂状态，而重续母女纽带对于构建女性主体性必不可少。《秀拉》中罗谢尔家族由于母亲主体性的缺失导致女儿选择与母亲决裂，而女儿在投奔父权文化的过程中依然无法获得女性的自主身份，结果母女双方皆缺乏主体性。伊娃家族三代女性对母爱持不同的理解，理解错位导致由爱生恨，加深了母女间的情感隔阂。而秀拉回归母体的死亡方式以及奈尔对秀拉最终的情感认同使得重续母女纽带成为可能。莫里森通过象征性的叙事手法强调了重续母女纽带的方式途径，即构建主体间性的母女关系以及开展母女间积极有效的沟通。在女性主义者看来，母女关系是整个女性主义理论建设的基础所在，因为"母女关系提醒我们：女性缺乏主体身份。……母女关系因此成为一个重要领域，是构建女性之间关系的重要媒介，可构建发生在女性内部、为女性存在的关系"②。由此，重构母女关系是构建女性主体性的前提基础，笔者期望以分析《秀拉》中母女纽带的断裂与重续为切入口，对女性主体性研究有所助益。

① Cixous, Hélène. "The Laugh of the Medusa". Trans. Keith Cohen & Paula Cohen. Signs: Journal of Women in Culture and Society, 1976, 1(4): 160.

② Irigaray, Luce. I Love to You: Sketch for a Felicity Within History. Trans. Alison Martin. New York: Routledge, 1996: 47.

第四章 《最蓝的眼睛》中的
母性异化与反思

　　母性是莫里森作品中的一个重要话题。本章以母性异化为研究话题，对莫里森第一部小说《最蓝的眼睛》(*The Bluest Eye*, 1970)中母性的变质与毁灭进行探讨，揭示黑人母亲波琳(Pauline)身上母性异化的成因及其后果。波琳从小缺乏归属感，因为跛脚而自卑，从美国南方移居北方后备受白人排斥，婚后遭到丈夫的家庭暴力，这一系列的经历成为她母性异化的外在原因。同时，她对黑人身份的自主舍弃，对白人价值观的盲目追从构成母性异化不可忽视的内因。波琳的母性异化成为女儿佩科拉(Pecola)悲剧命运的一个主要原因，同时也成为克劳迪娅(Claudia)与弗兰达(Frieda)姐妹反思母性以及黑人命运的一个重要起点。笔者认为莫里森通过对母性异化的刻画，展示了她对黑人生存命运与母性本质的独到思考与深度诠释。

　　莫里森在《最蓝的眼睛》的序言中强调："最初动笔写《最蓝的眼睛》时，我的兴趣其实在别处。不在于对他人的轻蔑给予反击，不在于以牙还牙的手段，而在于把排斥视为理所当然和不言而喻的态度所导致的巨大悲剧和致命后果。"(*TBE* 1)[①]莫里森在 20 世纪 60 年代美国黑人民权运动高涨时期反思黑人把白人主流价值观完全内化后所可能遭遇的毁灭性命运。该小说故事以女儿佩科拉与母亲波琳为此类悲剧性人物的代表展开叙述，引发广大读者与评论家的关注与反思。评论家塞缪尔斯和哈德

---

　　① 本书中涉及 *The Bluest Eye* 小说的译文参考了以下版本(部分文字做了更改)：莫里森. 最蓝的眼睛. 杨向荣，译. 海口：南海出版公司，2013.

逊-威姆斯认为,"佩科拉、波琳以及乔利之所以命运悲惨是因为他们都不能摆脱主流价值对自我的束缚。接受客体化的生存地位,他们的生活中只有羞愧、异化、自我憎恨以及不可避免的毁灭"[①]。莫里森研究专家欧瑞利把波琳的自我迷失归因于她对传统母性文化的抛弃。[②] 然而,仔细追溯波琳的情感变化,可以发现她身上的母性异化是一种动态的发展过程,背后有极为复杂的刺激因素,这一点恰是学术界关注较少的地方,也是本章分析与探讨的重点,本章旨在挖掘母性异化的多维成因与时代特征。

在女性主义者看来,母性既是一种制度(institution),同时也是一种人生经历(experience),在与子女互动的过程中体现出自身的能动性与主体性。然而,由于不同经历与外在制度的影响,反母性或者不合适的母性行为也时常出现,这些行为可以统称为母性的异化(alienation of motherhood)。具体到《最蓝的眼睛》中的波琳,她的母性异化主要由内外两大原因所导致。由此,本章继续以西方母性理论为参照,首先分析波琳母性异化的表征,即对佩科拉所造成的不利的成长影响入手,进而对母性异化的演变进行伦理分析,最后阐释克劳迪娅姐妹对波琳母性异化所带来的毁灭性后果所做的反思式解读。作者莫里森聚焦黑人社区内部生活,以细腻的笔触逐层揭示出导致母性异化的多维度成因,并以不断追问的反思式写作手法对母性异化的深远影响进行了探讨,留给读者巨大的思考空间。

第一节 "不合适的母亲":母性异化的表征

《最蓝的眼睛》中有一段让读者匪夷所思的描写,即黑人母亲波琳对待亲生女儿佩科拉与白人小女孩时表现出截然不同的对比态度。

---

① Samuels, Wilfred & Clenora Hudson-Weems. *Toni Morrison*. Boston: Twayne, 1990: 10-11.

② O'Reilly, Andrea. *Toni Morrison and Motherhood: A Politics of the Heart*. Albany: State University of New York Press, 2004: 65.

也许是因为紧张，加上动作笨拙，那只盘子在佩科拉的手指下倾斜了，接着掉落在地，黑油油的蓝莓撒得到处都是。大部分果浆都溅到了佩科拉腿上，一定很烫，因为她大声尖叫起来，在厨房里跳来跳去，就在这时，布里德洛夫太太抱着一袋扎得紧紧的衣服走了进来。她一个跨步扑到佩科拉身上，用手背把她抽翻在地。佩科拉滑倒在果浆中，一条腿蜷在身下。布里德洛夫太太抓住她的胳臂把她拽起来，又抽了她一下，一面用气得拔尖了的嗓音冲她大骂，同时指桑骂槐地带上我和弗里达。

"蠢货……我的地板，乱成这样……看你都干了什么……干活……滚出去……现在就滚……蠢货……我的地板……我的地板！"她的话比冒气的蓝莓馅饼还要灼人，还要凶恶，我们惊恐地往后退缩着。

那个穿粉红裙子的小女孩哭了起来。布里德洛夫太太转过去哄她。"别哭，宝贝，别哭。过来。哦，天哪，瞧你的衣服。别哭了，波琳给你换。"（*TBE* 116）

可以看出，波琳对亲生女儿佩科拉表示出直接而又无情的厌弃，而对白人女孩则毫不吝啬自己的母性关爱。波琳的母性发生了变质，使自己成为学者吉斯塔夫森（Diana L. Gustafson）所称的"不合适"（unbecoming）的母亲："从已自然化、确定的母亲身份到丧失合法母亲身份或变为坏母亲这一过程，涉及亲生母亲在身体、情感、社会、法律方面和孩子的关系在本质上的改变，同样指那些放弃母亲义务和责任的不合适行为。"[1]显然，波琳未能履行一位母亲应有的母性职责，她选择放弃对亲生女儿的情感关爱，并以一种极端的伤害女儿的方式表达对女儿的厌弃，这是造成佩科拉人格缺陷的主要成因。

正是母亲对自己的冷漠态度让佩科拉陷入一种无法自拔的自卑情绪

---

[1] Gustafson, Diana L. *Unbecoming Mothers：The Social Production of Maternal Absence*. Binghamton：The Haworth Clinical Practice Press，2005：24.

之中,她认为母亲不喜欢自己是因为自己没有白人女孩漂亮的外貌和蓝色眼睛,逐渐对自己的黑人外表产生厌恶甚至憎恨的情绪。故事中的佩科拉时常把自己比作路边的蒲公英,"蒲公英就是丑,蒲公英就是杂草"(*TBE* 55)。由此,她偏爱一切白人主流标准中美的东西:布偶娃娃、印有白人童星邓波儿的牛奶杯以及玛丽金的糖纸,甚至是蓝色的眼睛,把"白既是美"的价值观彻底内化。波琳"不合适"母亲的行为不仅让佩科拉产生价值观的扭曲与异化,也让她举止怪异。佩科拉被麦克希尔一家收留后,曾一口气喝下三夸脱的牛奶,让贫穷的麦克希尔太太大为光火:

> 三夸脱牛奶啊。昨天还在冰箱里放着呢。整整三夸脱啊。现在连个影子都没了。一滴不剩。我不介意家里人进来拿走自己想吃的东西,可那是三夸脱牛奶啊!真邪门,谁能用得着三夸脱牛奶啊?(*TBE* 28)

佩科拉的举动看似是不懂事的行为,但如果仔细观察一下她的成长环境,则可发现她贪喝牛奶的行为透露出两层重要的含义:(1)牛奶,或者奶水是母爱的所指,佩科拉贪恋牛奶说明成长中她遭遇母爱缺失;(2)佩科拉之所以狂喝牛奶,不仅仅是缺乏母爱所导致的贪恋,还因为喜欢牛奶杯上的白人小女孩的头像。佩科拉一直渴望能有一双像白人小女孩一样的蓝色眼睛。由于母爱缺失,佩科拉的价值观变得扭曲。

更为严重的是,波琳以自己的行为灌输给孩子们一种消极、被动的生存态度。平日里,波琳把精力放在工作上,少有对孩子的亲密关怀,"她向孩子们灌输的是自尊体面,如此却也教会了他们恐惧:害怕举止笨拙,害怕变得像父亲那样,害怕得不到上帝的宠爱,害怕像乔利的母亲那样发疯。她在儿子心中烙上了离家出走的强烈愿望,在女儿心中刻上了对成长、他人以及生活的恐惧"(*TBE* 135)。在充满敌意的生存环境中,波琳未能培养子女形成坚强、自立的品格,相反,却在子女心底埋下恐惧的种子,最终导致佩科拉的命运悲剧。

此外,在故事中,莫里森特意以对比参照的方式把波琳的这种母性异化凸显出来。和佩科拉年纪相仿的克劳迪娅和弗里达同样有个贫穷的家庭,但她们的家不缺乏温情,尤其是母亲对孩子的爱。

> 爱,像枫树的汁液般稠密黝黑,慢慢涌入那扇裂了缝的窗户。我能闻到它,尝到它的滋味——甜美,陈腐,深处带点冬青的味道——在那幢房子里,爱无处不在。爱,连同我的舌头,粘在结霜的窗户上。爱,连同药膏,糊在我的胸口。当我在熟睡中踢掉毯子,凛冽刺骨的风的轮廓让我的后头清晰地感觉到爱的存在。深夜,当我的咳嗽变得干燥又剧烈,就会有脚步踏进房间,就会有大手重新把毯子盖好,把被子披好,然后在我的额头上停留片刻。因此,每当想起秋季,我想到的都是某个人和她的双手,这个人不想让我死去。(*TBE* 16)

尽管克劳迪娅的母亲身上有感情粗糙、言辞激烈等性格缺点,但她对子女,即使是收留的佩科拉都有强烈的情感关爱。她细心照顾生病的克劳迪娅,帮助佩科拉度过月经初潮时期的焦虑,成为佩科拉女性成长(生理)直接的母性指导者。月经是女性成长过程中一个标志性的重要事件,因为"经血与生育之血,孕育生命"[①]。在小说文本中,月经如同上文所提及的牛奶一样,都暗指对母爱与母亲的渴望。学者吉布森(Donald Gibson)认为,"把月经、哺乳与流血、喂养联系起来不仅是正常的,也是不可避免的"[②]。欧瑞利也围绕月经与牛奶两个故事情节开展论述,指出佩科拉对月经初潮既惊又喜以及对牛奶表现出不可思议的饥渴

---

① Bynum, Caroline Walker. *Wonderful Blood*: *Theology and Practice in Late Medieval Northern Germany and Beyond*. Philadelphia: University of Pennsylvania Press, 2007: 207.

② Gibson, Donald. "Text and Countertext in *The Bluest Eye*". *Toni Morrison Critical Perspectives*, *Past and Present*. Eds. Henry Louis Gates Jr. & K. A. Appiah. New York: Amistad, 1993.

都表明她对被母亲关爱的渴望。[①]波琳作为母亲,不仅缺席女儿的成长,而且在此之前从未给予女儿应有的指导与关爱。月经初潮时,女儿经常束手无策,甚至会惊恐万分,小说中的佩科拉和克劳迪娅都天真而本能地认为月经是死亡的先兆。在佩科拉成长的关键时刻,麦克希尔太太充分承担了母性职责,帮助佩科拉克服恐惧心理,并欣然而骄傲地主持这一重要的成长仪式。麦克希尔太太亲自把佩科拉带到卫生间,一边给她冲洗身子,一边歌唱。正是这歌声让女孩们,包括克劳迪娅和弗里达倍受鼓舞,为自己的女性身份感到愉悦与自豪。

> 妈妈领着我们向卫生间走去。她把佩科拉推了进去,拿走了我手上的裤衩,叮嘱我们在外面等着。
>
> 我们能听到水哗哗地流进澡盆的声音。
>
> ……
>
> 水还在喷涌,透过水的哗哗声我们听到了妈妈音乐般的笑声。(*TBE* 36-37)

在种族歧视的大环境中,黑人女性往往遭遇来自种族、性别以及阶级等方面的多重压迫。弗里达就曾遇到白人房客亨利的性骚扰,遭遇成长困扰。麦克希尔太太和丈夫在发现之后,采取直接反抗的方式,在保护女儿的同时,传授给子女自尊自强的能力以及坚强面对生存问题的能力和勇气。黑人母亲往往被认为控制欲强、严苛而缺乏温情,对待子女不是过于专横,就是冷漠,然而有一点则被白人主流观点所忽视与否定:黑人母亲明白黑人子女,尤其是女儿,在美国社会,只有自尊自爱、坚强果断才能获得生存下去的能力和力量。学者韦德-盖勒斯在谈到黑人母亲的教育方式时认为,"黑人母亲教导女儿不要成为被动、冲动的人,恰恰相反,她们鼓励女儿要学会独立、坚强与自信。黑人母亲常给人以过于保护子女

---

① O'Reilly, Andrea. *Toni Morrison and Motherhood*: *A Politics of the Heart*. Albany: State University of New York Press, 2004: 51.

或者做事独断的印象,是因为她们一心要把女儿塑造成完整、自足的女性,以对抗社会带给黑人女性的偏见与敌视"①。麦克希尔太太以自己的实际行为保护女儿,并传授给女儿独立坚强的宝贵品格,同时,她对子女(包括佩科拉)直接且浓烈的母爱关怀也有力地解构了白人主流社会对黑人母亲情感粗糙、独断专行的刻板定位。

　　相比之下,波琳的所作所为则透露出她是一位"不合适"的母亲,她置女儿流浪街头而不顾,一心一意照顾白人女孩。读者们会发现佩科拉一直生活在顺从、压制与被动的生活状态之中,丝毫没有反抗的意识与行动。面对母亲的冷漠、父亲的凌辱、学校男孩们的折磨、莫恩丽看似关心实则羞辱的行为、卓尼尔的恶意中伤以及卓尼尔母亲的直接伤害,佩科拉从未表达出自己的不满。一个解释佩科拉沉默、消极的直接原因是当时流行的"白即是美"的主流价值观在其身上的彻底内化,而这种对主流价值的盲从又是受母亲波琳潜移默化的负面影响所致。结合莫里森自己的解释,佩科拉的毁灭注定是不可避免的,"当年轻具有的脆弱性与冷漠的父母、不负责任的成年人以及一个用自己的语言、法规和形象来强化绝望的社会联系在一起,那么他们注定会走上通向毁灭的旅程"(*TBE* 2)。然而,莫里森并没有仅仅交代黑人女性悲剧命运的不可避免性,相反,她通过人物并置的方式揭示出另外一个重要问题,即黑人家庭,尤其母性对子女成长的复杂影响。从佩科拉出生起,母亲波琳就表示出一种不合常理的冷漠与厌恶,"上帝啊,她可真丑"。(*TBE* 133)

　　在美国黑人家庭中,由于特殊的历史与现实原因,黑人母亲一直拥有家庭的核心地位。在佩科拉的家庭中,母亲波琳是主要的经济支柱,父亲乔利整日浑浑噩噩,酗酒,动辄打骂妻子。家庭暴力使两位子女生活在紧张与不安全之中。一次,当看到父亲又在暴打母亲时,儿子萨米(Sammy)直接大喊:"杀了他!"这种不健康的家庭氛围在种族问题依然

---

　　① Wade-Gayles, Gloria. "The Truths of Our Mothers' Lives: Mother-Daughter Relationships in Black Women's Fiction". *Sage: A Scholarly Journal on Black Women*, 1984, 1(2): 12.

存在的美国社会极为常见。《秀拉》中伊娃的丈夫波依波依(BoyBoy)抛妻弃子,置家庭生存于危境之中。沃克(Alice Walker,1944—)的短篇小说《外婆的日常家当》("Everyday Use:For Your Grandmama",1973)中的黑人母亲在丈夫缺位的情况下含辛茹苦地抚养年幼子女。麦克米兰的小说《妈妈》中丈夫无所事事、酗酒成性,生活重担完全压在妻子米尔德里德身上。然而,越是在艰难的生存环境中,母亲的生存智慧越发显得重要,上述列举的作品中的黑人母亲皆能发挥出自身的生存潜能,在逆境中引导子女实现自我发展,以黑人母亲的朴实与善良传承黑人文化。同样,在《最蓝的眼睛》中也有这样一位任劳任怨、坚强独立的黑人母亲——麦克希尔太太,即克劳迪娅和弗里达的母亲。相比之下,波琳作为黑人母亲虽然能够赚钱养家,但在文化传承与子女教育方面发挥的影响却是负面的、消极的。她完全屈服于白人的主流文化,愿意做白人费舍尔(Fisher)一家忠诚的仆人,沉迷于洁净、富贵白人家庭环境之中,而对自己的孩子则表现出极为明显的嫌弃。本节开头所介绍的一幕则是波琳母性异化的极端表现,这不仅说明她已然成为一位"不合适"的母亲,同时也透露出她对黑人文化的彻底摒弃,也正是"因为她自己切断了与母性文化之间的联系,波琳自始至终缺乏一种独立的自我意识"[①]。波琳的无根状态和自卑情结转而影响了她对待自己子女的态度。

此外,波琳对女儿"不合适"的母性行为也反映出种族制度与父权制度对母性的变向控制与压迫。波琳边缘化的社会地位剥夺了她的个人存在感,于是,与《秀拉》中奈尔的母亲海伦娜的做法类似,她选择通过控制女儿获取自我存在的权利。对此,美国母性理论学者里奇也表示,"那些没有社会权力的母亲往往把母性/母道视为施展自我权力的一种路径"[②]。波琳不合适的母性行为透露出她对自我存在权的渴望,但这种渴

---

① O'Reilly, Andrea. *Toni Morrison and Motherhood:A Politics of the Heart*. Albany:State University of New York Press, 2004:51.

② Rich, Adrienne. *Of Woman Born:Motherhood as Experience and Institution*. New York:W. W. Norton and Company, 1986:282.

望建立在对女儿自我身份的剥夺与抹杀之上。无意识之中,波琳传给了女儿顺从、被动的性格。当父亲乔利于酒醉之中强暴了佩科拉之后,波琳除了惊恐之外,什么也不曾做,这再次强化了佩科拉接受现实的被动生存状态。波琳身上一系列的不合适行为导致佩科拉不可避免地陷入自卑情结之中,最终走向悲剧结局。

第二节　从期待到毁灭:母性异化的嬗变成因

波琳的母性异化给女儿佩科拉带来无法弥补的伤害,是后者悲剧命运的直接原因之一,因为在充满敌意的生存环境中,家庭,尤其是母亲对子女的成长影响至关重要。然而,细读文本,不难发现波琳的母性异化有其发展演化的过程。可以说,从期待成为母亲到母性的泯灭,波琳身上的母性异化并不是先天就存在的。波琳从小缺乏归属感,因为跛脚而自卑,从美国南方移居北方后备受白人排斥,生育子女时遭遇白人医生的物化歧视,婚后遭遇家庭暴力,一系列的人生经历成为她母性异化的外在原因。同时,她自己对黑人身份的自主舍弃构成了不可忽视的内因。内、外两大原因的影响使得波琳自身的母性异化现象成为不可避免、无法逃脱的。由此,对波琳身上的母性异化进行全方位的分析有助于更好地理解与参透黑人母性的种族特性。

小说中,波琳并不是一个被动无知的黑人女性,对做母亲也没有天然的排斥。事实上,她曾对成为母亲感到颇为期待和满意,怀孕后她与丈夫变得更为亲密,"他开始不怎么酗酒了,回家也越来越频繁。他们的关系有所缓和了,回到结婚后不久的那段日子的状态了"(*TBE* 128)。而当怀上第二个孩子时,波琳"感觉很好,一个劲儿想的不是怀着胎,而是孩子本身。孩子还在子宫里的时候我就经常跟她说话。就像好朋友那样"(*TBE* 131)。从小缺乏归属感的波琳对成为母亲、拥有家庭温情的渴望是非常容易理解的。"她总觉得问题出在脚上……两岁时一枚生锈的铁钉从她的一只脚上直穿过去时家人完全漠然置之的态度让她从此少言寡语了。"(*TBE* 117)从这句简单的描述中可以推测出自己的跛脚让波琳自小就很自卑,缺乏一种归属感。她常常自问"为什么不管在什么地方都感到不自在,或者说缺乏归属感",渐渐地,"她把这种无所不在的疏离与自卑都归罪于自己的脚"(*TBE* 117-118)。这种疏离感使波琳性格安静、内心封闭,直到她遇到爱她的丈夫乔利。和乔利结婚不久,他们便迁往北方城市,寻找工作的机会。然而,迁往北方生活的波琳时常感到孤独,因为随处可见的白人让她的生存空间压缩到最小,同时那样的环境逐渐改变着她对白人价值观的态度。

> 那时我和乔利相处得挺不错。我们来到北方,想象中可以干的活不少。我们搬进一个家具店楼上的两间屋子。我开始做家务,乔利在钢厂上班,看上去一切都很顺当。我不知道究竟怎么了。一切都变了。在这里认识个把人挺难的,我很想念自己的熟人。我不习惯跟那么多白人打交道。我过去见到的那些白人虽然挺讨厌,可是他们不会总在你身边打转。我是说,跟他们交集不多。只是偶尔在田里或杂货店遇上。尽管他们无时无刻不想压着我们。而在北方,他们随处可见——隔壁,楼下,充斥着大街——有色人种却很稀少……那是我这辈子感到最孤单的时候。(*TBE* 124)

可见,波琳的生活再次遭遇危机,疏离感更强,而加剧这种孤独和疏离的不再是自己的生理残疾,而是对生活环境的不适应。相比于美国南方,生活在美国北方将会遇到更多的白人,而黑人生活的空间相对较小。同时,让波琳心理发生变化的是白人文化的侵入和同化。在波琳来到北方之前,她接触白人文化的机会并不多。而面对到处充斥着白人文化的北方社会,波琳的心理感受颇为复杂,一方面她紧张不安,疏离感增强,而另一方面,她又被白人文化所深深吸引,为之着迷。关于波琳对白人文化既爱又恨的复杂情感,小说通过讲述波琳一度沉迷于观看白人电影进行了生动的刻画与揭示。

> 我唯一感到快乐的时光好像就是在电影院里。只要有时间

我就会去。往往电影还没开演，我早早就去了。他们把灯都熄灭了，影院里一片漆黑。接着银幕亮起来，我会立即沉浸到影片中。白种男人对他们的女人真是太好了，他们都衣冠楚楚，住在干干净净的大房子里，澡盆和马桶放在同一个房间。这些影片给我莫大的快乐，可是也让我感到难以回家，难以凝视乔利。我不知道为什么。记得又一次去看克拉克·盖博和珍·哈露的影片，我把头发梳得高高的，像我在杂志里看到的后者的发型那样，发缝留在一边，前额上只有一绺卷发。样子很像她。反正差不多吧。总之，我就把头发梳成那个样子坐在影院里，觉得挺开心的。（*TBE* 129-130）

不管波琳是否意识到，她已然被白人文化所影响，并逐渐被其控制。她开始追求白人的装扮，认为那是最美的；她被白人男女两性的关系所吸引，觉得那才是完美的；她喜欢白人的生活家居，虚荣心悄然作祟。这种不自觉改变着的偏好和态度最终使得波琳不愿意再回到自己破旧的房子，不愿看见整日醉醺醺、毫无情调的乔利，当然，也不爱自己都觉得"丑陋"的黑人子女。此外，对波琳而言，雪上加霜的是，乔利由于工作不顺而与她经常发生口角，甚至会大打出手，"乔利变得越来越卑劣，老想揍我。我也不客气。只能如此"（*TBE* 125）。白人价值观的渗透、丈夫的家暴都使得波琳的人生态度发生了变化。

然而，无论生活多么艰难，波琳不曾失去对生活的热爱和执着，哪怕是去电影院看电影也能让她通过沉浸于幻想式的生活图景中获取短暂的舒心与快乐。在第二个孩子降临之际，她还是满心期待，希望以此成就自我，改善与丈夫乔利的关系。可是，在医院生产的经历让她彻底崩溃，对自己的孩子也无法去关爱。"他（医生）走到我跟前时说，给这些女人接生不会有任何麻烦。她们能很快生出来，而且不会疼痛。就像下马驹儿一样。"（*TBE* 131）黑人女性被物化，使波琳失去了做人的尊严。波琳选择反抗，"我可怕地呻吟着……我跟白种女人一样会觉得疼痛"（*TBE* 132）。当代非裔美国母性研究学者罗伯茨（Dorothy E. Roberts）认为生育技术介入后,母性呈现出新的种族不平等。①波琳的遭遇反映出黑人母亲被排除在生育技术受益范围之外,可以说,种族歧视的步步侵蚀使得波琳的母性异化问题加重。当她看到刚出生的女儿时,立即感到"她的模样跟我想象的不同",甚至认为"上帝啊,她可真丑"(*TBE* 131-132)。电影里的漂亮白人小孩形象已深深地印在波琳的脑海中,她对自己的孩子长得又黑又丑而倍感失望。女性主义学者乔德罗从精神分析视角对母性进行批评,认为母亲"生育子女和关爱子女之间并不存在固定的联系"②,也就是说,女性的生育活动是由其生理结构决定的,而情感关系则不仅是本能的,还是后天培养的。波琳像所有母亲一样从怀孕起渴望疼爱子女,然而,却因白人医生的物化对待而失去了疼爱黑人女儿的意愿。可见,波琳的母性异化不是先天存在的,而是由多种刺激因素催发而成的。

尽管失去疼爱子女的母性热情,波琳身上依然存留着基本的母性本能,她不逃避身为人母的基本责任,"她开始成熟,过程跟我们大部分人一样:慢慢对那些让自己迷惘后消沉的东西感到厌恶;逐渐培养起容易保持的美德;在各种事务的计划中确定好自己该扮演的角色"(*TBE* 133)。她转而皈依宗教,摆脱那些不切实际的幻想,她不再看电影,"对那些描眉画眼、心中只想着衣服和男人的女人感到愤慨"(*TBE* 133)。然而,依赖母性品德保存的母性担当也随着波琳开始照顾费舍尔一家而再次发生变质。这次变质看似不经意,却具有极强的破坏力,尤其是对佩科拉而言,因为正是在费舍尔先生的家中,佩科拉遭遇了母亲波琳最直接的嫌弃与打击。极为反讽的是,波琳能够很好地胜任母性职责,只是她把这种神圣的职责和母爱放置在了别处,那不属于她却让她艳羡不已的白人家庭。"她越来越疏忽家庭、孩子和丈夫——他们就像临睡前反思的那一闪念,就像一天里清晨和深夜的边缘时刻,这些黑暗的时刻只会把在费舍尔家

---

① Roberts, Dorothy E. *Killing the Black Body: Race, Reproduction and the Meaning of Liberty*. New York: Pantheon Books, 1997.

② Chodorow, Nancy. *The Reproduction of Mothering: Psychoanalysis and the Sociology of Gender*. Berkeley: University of California Press, 1978: 16.

度过的白昼时光衬托得更加明灿、精美、可爱"(*TBE* 134)。久而久之,波琳的异化态度和情感迁移让她自己的子女陷入无法言表的生存困境之中:"她在儿子心中烙上了离家出走的强烈愿望,在女儿心中刻上了对成长、他人以及生活的恐惧。"(*TBE* 135)

> 她生活的全部意义都在自己的工作中。她的品德可谓一尘不染。作为女人,她积极参加教堂活动,从不吸烟喝酒或狂欢作乐。她在乔利面前英勇地捍卫自己的人格,在各方面都超越他许多。当她指出孩子父亲的缺点以免他们沾染,当她对他们表现出的任何一种哪怕微不足道的懈怠都予以惩罚,当她每天工作十二到十六个小时来养活他们时,她自认为从良知上已尽到了母亲的义务。连这个世界都对此表示赞同。(*TBE* 135)

学者罗希斯基(Natalie Rosinsky)在谈及波琳时也曾说:"波琳自己无法改变禁锢个人存在的各种规则,便转而要求子女去适合主流价值,而且通过行使为人母的权力来获取自己虚幻的自我价值与身份。"[①]正是这种不健康的母性经验造成了儿女成长的悲剧,尤其是给佩科拉带来不能弥补的伤害。正如学者佩蒂斯(Joyce Pettis)所言:"只有母亲具有较强的自我教育能力与良好的母道经验,才能给女儿好的生存榜样。"[②]从波琳对生育子女的期待到对子女,尤其是对女儿的厌弃,她身上表现出母性的严重扭曲和明显异化。然而,莫里森对波琳的母性异化的细致描写并不仅仅旨在批评波琳,而意在批判导致黑人母亲问题的种族歧视。莫里森在该书的后记中写道:"对种族美的维护不是为了回应在各类群体中颇为常见的对文化或种族缺点充满自嘲和幽默意味的批判,而是为了防止那

[①] O'Reilly, Andrea. *Toni Morrison and Motherhood: A Politics of the Heart*. Albany: State University of New York Press, 2004: 54.

[②] Pettis, Joyce. "Difficult Survival: Mothers and Daughters in *The Bluest Eye*". *Sage*, 1987, 4(2): 26-29.

种由外部注视引发的永恒不变的自卑感发生有害的内化。"(*TBE* 218)无论是波琳还是佩科拉,皆因"外部注视"(白人世界)而产生某种自卑感,而这种自卑感最终导致波琳的母性异化以及佩科拉的毁灭性结局。

在莫里森的文本世界中,"外部注视"包含物质和精神两大层面的含义:白人对黑人相貌的贬低和蔑视以及白人价值观的渗透和影响。小说中,佩科拉的皮肤极黑,在波琳眼中是个十分丑陋的孩子,并与主人家的白人小女孩形成强烈的对比。在许多黑人学者看来,这种深肤色的黑人女孩更需要父母的保护和关爱,然而,波琳的行为再次表明她是位"不合适"的母亲,她非但没有提供任何情感呵护,反而表示出伤害性的嫌弃,致使佩科拉同样遭遇价值观的扭曲和异化。但是,这里还是要强调波琳对黑皮肤的抵触。对白人美的追求源于美国 20 世纪 60 年代社会文化的侵蚀,而这才是莫里森极力揭示和反对的重点所在。

第三节 打破沉默:对异化的反思

黑人母亲波琳对白人文化的盲目认同直接影响到女儿佩科拉的人生观,也使得后者最终不可避免地走向毁灭。佩科拉被亲生父亲强暴后怀孕,并生下死胎,在精神错乱中相信自己拥有无人能比的最蓝的眼睛,几近疯狂,只与自己脑中的幻象进行交流。然而,莫里森并没有让故事停留在悲剧的呈现上。与她其他作品较为相似的是,莫里森同样在《最蓝的眼睛》中留给读者反思的空间以及憧憬未来的希望。这一点是通过克劳迪娅姐妹俩以打破沉默的方式得以呈现的。克劳迪娅姐妹通过追忆往事,对童年时期遇到佩科拉的经历进行讲述,将那段不堪回首的过去呈现给读者和同辈,让人们有机会去反思过去,重塑未来。

《最蓝的眼睛》以一句耐人寻味的话开篇:"千万别声张,一九四一年的秋季,金盏花没有发芽"(*TBE* 11),这句话具有深刻的文本意义。"千万别声张"说明这不是令人兴奋、值得宣扬的事情(佩科拉怀上父亲的孩子),而"金盏花没有发芽"则喻指佩科拉的孩子没有存活下来。克劳迪娅和弗里达把金盏花未能发芽归罪于佩科拉怀了她父亲的孩子,以女孩单纯的想法揭示出人性的恶。小说以一个看似微不足道的小事件（金盏花没有发芽）和一个外貌丑陋的黑人女孩毫不起眼的毁灭开篇，直指外部社会对佩科拉造成的毁灭性伤害。用莫里森的话讲，"开篇的那句话起到了某种震撼的效果，即宣告那不仅是一个被共享的秘密，而且是对沉默的打破，对空白的填补，某种不能说的东西终于得以表达"（*TBE* 2）。正是对沉默的揭示与打破，引导读者开始关注社会边缘人物，并对母性异化所带来的毁灭进行反思，最终使小说的文学力量得以充分展现与表达。

小说的叙述者是比佩科拉年纪略小的克劳迪娅，她和姐姐弗里达生活在一个同样贫穷但充满爱的家庭里。她们淳朴善良，对佩科拉充满同情与关爱。当得知佩科拉被亲生父亲强奸而怀孕的消息后，她们二人并没有像社区其他黑人那样冷漠，而是悄悄地为佩科拉祈福，用自己的方式保佑后者生下孩子。她们以佩科拉的事情为起点，对母性、人类的爱和命运进行了反思。克劳迪娅姐妹是波琳舍弃亲生女儿、爱护白人女孩的直接目击者，是对黑人母爱的积极歌颂者，同时也是对于佩科拉等受害者们来说的极大关怀者。最后，她们以成人眼光追忆童年经历的方式，对黑人的过去做出反思，并对黑人的未来进行了设想与展望。

一天，克劳迪娅和弗里达来到波琳工作的白人雇主家寻找佩科拉，结果目睹了波琳对自己亲生女儿的呵斥以及对白人小女孩的关爱，强烈的对比在克劳迪娅姐妹俩心中产生了极大的震撼。可以说，克劳迪娅姐妹俩成为厌女事件的目击者，同时也通过她们（而不是全知全能的第三人称视角）的观察，波琳"不合适"的母亲形象呈现在读者面前。"我头一次见她这样整洁：身穿白色制服，头发盘成小髻"，在克劳迪娅眼中，波琳和她们自己的母亲，以及其他的黑人女性不太一样。波琳的衣着打扮更接近白人，而非美国黑人母亲，这又是波琳接受并内化白人价值观的一个例证。当白人小女孩发现她们闯进自家住宅时，显得紧张而害怕，随后就问道："波丽在哪儿？"（波丽是白人家庭对波琳的亲切称呼）白人小女孩直接称呼波琳为波丽让克劳迪娅很恼火，"那股熟悉的怒火又从我心头蹿起。这个小女孩管布里德洛夫太太叫波丽，连佩科拉都要管自己的妈妈叫布里德洛夫太太，单凭这点我该挠她。"（*TBE* 115）

尽管这是克劳迪娅的直觉判断和情感表达,但从中可以发现波琳已经把情感的天平偏向白人小女孩的一边,而与自己的女儿反而极为疏远。后来,当佩科拉由于紧张而把滚烫的馅饼打翻在地时,波琳更是未能出于一种母性的本能去确认自己的女儿是否被烫伤,反而大发雷霆,把女儿赶了出去。这一切都被克劳迪娅姐妹俩看在眼里,同时也痛恨在心,也成为她们后来同情佩科拉,愿意把这位连自己亲生母亲都不关爱的女孩的悲剧讲述出来,让更多的黑人同胞能够关爱自己的同类的理由。让克劳迪娅姐妹和读者久久不能释怀的是她们最后听到的波琳对白人小女孩温柔的安慰声,"'不哭,别怕。'她小声说。那话语中透出的甜蜜和洒落在湖面上的余晖相映成趣"(TBE 116)。

此外,透过克劳迪娅姐妹的眼睛,读者还发现佩科拉更喜欢和楼上三位妓女待在一起,因为妓女从不嫌弃她,愿意与她聊天,会给她买漂亮的衣服与甜甜的糖果。两相比较,可以发现,虽然波琳谴责妓女们道德低下,不允许女儿进她们的家,然而,波琳的所作所为却透露出自己在母性情感上还不如那些遭人鄙夷的妓女们。当然,和波琳形成鲜明对比的还是克劳迪娅的母亲——麦克希尔太太。她对子女的爱护和关怀让克劳迪娅刻骨铭心,"每当想起秋季,我想到的都是某个人和她的双手,这个人不想让我死去"(TBE 16)。从某种程度上讲,无论是麦克希尔太太还是楼上妓女们都发挥出"替养母亲"(surrogate mother/other mother)的作用,提供给佩科拉渴望的情感关爱,更加衬托出波琳的母性失职,同时,也透露出莫里森对黑人社区母性力量的反思。

替养母亲是黑人社区的一个重要文化现象,是指当亲生母亲由于生存或情感原因而放弃对子女抚养的权利时,社区女性发挥出照顾、养育黑人子女的作用。[①] 莫里森在不少其他作品中同样塑造出了一群担任替养母亲职责的黑人女性,比如《家》中社区女性帮助受伤回乡的茜治愈身体

① Greene, Beverly. "Sturdy Bridges: The Role of African-American Mothers in the Socialization of African-American Children". *Woman-Defined Motherhood*. Eds. Jane Price Knowles & Ellen Cole. New York: Routledge, 2013: 212.

与精神上的创伤，《慈悲》中印第安女性莉娜引导黑人女孩弗洛伦斯学会成长与独立，《所罗门之歌》中姑妈佩拉特(Pilate)是奶娃(Milkman)寻回自我身份的指路人。黑人女性是子女成长的重要引导者和帮助者，她们坚守黑人自身的文化与信仰，以朴实的价值观营造黑人自足自立的生活文化，为黑人子女在充满敌意的生存环境中谋划出路。学者格瑞尼(Beverly Greene)甚至强调黑人母亲往往在指导女儿生存方面发挥的作用最大，因为黑人母亲深知黑人女性在种族、性别以及阶级等多种压迫下发展机会最小，同时，黑人母女关系也最易出现问题。[①]面对生存问题，黑人母亲在养育女儿方面，可能会出现过于保护，抑或感情粗糙、照顾不周两种极端现象。而《最蓝的眼睛》中的黑人母亲波琳由于对白人主流价值观的盲从而放弃对女儿的保护，成为"不合适"的母亲。然而，黑人母亲的尴尬抑或矛盾态度都指向深植于美国社会的种族问题。

佩科拉的自我毁灭在故事中是显性的，也是莫里森着力刻画的，然而，波琳的故事同样表明了在种族歧视的大环境下黑人女性毁灭性命运的演化过程。在母女二人遭遇毁灭性结局的背后是一个共性成因——种族性自我憎恶(self-hatred)。这种憎恨从外貌延展至内心，极具伤害性，借用母性研究理论家拉迪克的观点，种族憎恨会把黑人子女归为非正常的(abnormal)、不完整的(unintact)子女，无法正常享受母性照顾。法律理论家哈里斯(Angela Harris)同样认为在白人主流价值观(比如"白即是美")影响下，黑人母亲往往认为她们的子女不符合社会标准而不应享受白人子女般的母爱照顾。[②]黑人母亲的切身困惑让莫里森通过文本叙述对黑人子女无辜受害的现实进行揭示与探讨。由此，她在《最蓝的眼睛》的序言中讲道："有一个问题是，把小说重心放在对这样一个又柔弱又脆

---

① Greene, Beverly. "Sturdy Bridges: The Role of African-American Mothers in the Socialization of African-American Children". *Woman-Defined Motherhood*. Eds. Jane Price Knowles & Ellen Cole. New York: Routledge, 2013: 214.

② Harris, Angela. "Race and Essentialism in Feminist Theory". *Feminist Legal Theory: Readings in Law and Gender*. Eds. Katharine T. Bartlett & Roseanne Kennedy. Boulder: Westview Press, 1991: 246.

弱的人物身上可能会将她压碎,进而让读者产生同情,并针对这种毁灭进行自我拷问。"(TBE 2)而在引发读者对黑人生存问题进行反思与拷问方面,小说是通过克劳迪娅和波琳自身的叙述来完成的。

　　小说透过克劳迪娅姐妹,以未成年人的视角对波琳的母性异化进行观察,同时也让波琳本人以第一人称讲述自身情感变化的发展轨迹。"一外一内"的叙述策略让波琳身上的母性异化全面立体地展现出来,同时留给读者巨大的思考空间。在《最蓝的眼睛》中,莫里森并没有只讲述典型受害者佩科拉的故事,还单独辟出两章分别交代她父母的经历,尤其是在追溯波琳人生轨迹的过程中,让波琳本人以第一人称倾诉自己所遭遇的情感变化(这种处理方式仅出现过两次,另一次是佩科拉精神崩溃后与另一个自我进行直接对话)。波琳的自我回忆和情感交代让读者有机会去反思她身上产生母性异化的原因所在,同时也对 20 世纪 40 年代及之前的种族问题进行探讨。根据波琳本人的回忆,她把一切不幸归因于那只跛脚,不仅仅是因为残疾,而是"两岁时一枚生锈的铁钉从她的一只脚上直穿过去时家人完全漠然置之的态度让她从此少言寡语了"(TBE 117)。从此,她总是感到缺乏归属感,疏离与自卑的情绪时刻困扰着她。正如学者佩吉所言,"波琳的跛脚象征着一种缺乏,如同阿喀琉斯之踵是她的致命弱点,使她始终处于一种屈从的生存地位"①。生理缺陷带给波琳的是一生的自卑情结,最后使她完全迷失在他人的价值观之中。

　　结婚后随丈夫乔利来到北方,生活的艰辛、夫妻情感疏远以及生存空间的压缩使波琳一步步迷失了自己。她先是选择沉溺于虚幻的电影世界,希冀自己是荧幕中的主角,之后她在白人雇主漂亮的房子里找到自己的位置。然而,不难发现,这一切和小说开篇之前的那段朗朗上口的民谣中幸福的白人家庭一样,对波琳而言都是可望而不可即的。波琳一步步靠近、认同进而内化了白人主流价值观,从而"把自我与被定义的角色完

---

① Page, Philip. *Dangerous Freedom*：*Fusion and Fragmentation in Toni Morrison's Novels*. Jackson, MS：University Press of Mississippi, 1995：41.

全混淆起来,由此放弃一切自我成长的机会"①。莫里森在《最蓝的眼睛》中以一首朗朗上口的民谣开篇,呈现了一个幸福家庭的画面:在一个漂亮的大房子里,迪克(Dick)和简(Jane)与他们温柔善良的妈妈和高大帅气的爸爸生活在一起。这个画面和佩科拉一家的生存环境形成极具冲击力的对比,同时更加衬托出波琳价值观扭曲的原因所在。

小　结

《最蓝的眼睛》中所讲述的故事发生在 20 世纪 40 年代,作者莫里森是在 60 年代创作完成这部小说的。在民权运动即将轰轰烈烈展开的前期,美国黑人遭遇极为严重的身份危机,白人主流价值观渗透到黑人生活的方方面面。尽管涌现出一批为黑人权利奔走疾呼的政治家,包括马尔科姆·X(Malcolm X)、马丁·路德·金(Martin Luther King)、斯托克利·卡尔迈克尔(Stokeley Carmichael)、罗恩·卡伦加(Ron Karenga)以及休伊·P. 牛顿(Huey P. Newton)等等,但普通黑人民众的解放意识仍有待提升。《最蓝的眼睛》中佩科拉的生活原型正是莫里森儿时的一位女友,后者渴望有一双像白人一样美丽的蓝眼睛,蓝眼睛成为白人高贵文化的能指符号。黑人女孩对蓝眼睛的诉求表明她对白人文化的认可与追随。

作为一位深具种族意识与人文关怀的作家,莫里森通过故事讲述对黑人的身份问题进行剖析与反思,并把黑人身份的宏观问题放置于家庭伦理环境之中加以呈现,更加直接地唤起美国黑人群体的种族身份意识。莫里森在故事中以佩科拉为叙述对象,主要出于她对最易受伤害人群的体察与关怀,以此彰显种族问题对美国黑人的深刻影响以及致命的伤害。正如莫里森本人在故事前言中所讲的:

　　我开始关注妖魔化整个种族的怪诞现象是如何在社会最柔

---

① Carmean, Karen. *Toni Morrison's World of Fiction*. Troy, NY: Whitson, 1993: 21.

弱最脆弱的成员——儿童及女性中间扎下根来的：随意的种族歧视甚至可能引发灾难，而在使之戏剧化的尝试中，我选择了一种罕见而非具有代表性的情形。佩科拉这一个案的极端性很大程度上源于一个伤残并制造伤残的家庭——不同于普通的黑人家庭，也不同于书中叙述者的家庭。但即便是个特例，我依然认为佩科拉的某种脆弱性在所有年轻女孩身上都有所体现。(*TBE* 4)

种族问题对黑人民众的禁锢与伤害不仅是可视的，更是内化的。自奴隶制时期以来，一代代黑人为了生存与尊严，不遗余力地强调与肯定黑人自身的美，比如《宠儿》中的婆婆贝比通过布道向社区黑人宣扬黑人自身的价值，引导大家学会自尊与自爱。然而，更多的黑人则在种族歧视的重压下放弃自身的价值，以白人为美，以白人价值为追求目标。佩科拉把母亲对自己的厌弃、学校老师与同学对自己的蔑视、社区黑人对自我的无视统统归为自己的黑人的丑，为此，她选择要一双蓝眼睛，选择追随白人的主流价值观。莫里森以典型的案例呈现提醒美国黑人坚守自身的价值，学会自强、自尊与自爱。

佩科拉的悲剧命运源于她对"白即是美"的盲从，同时也与她成长的家庭环境分不开。父亲乔利的乱伦行为难辞其咎，而母亲波琳的冷漠则成为佩科拉迷失自我的最直接的源头。正如在第三章中所探讨的，母亲在女儿成长的过程中发挥着极其重要的作用。如果说小说《秀拉》对女儿切断与母亲纽带关联的做法进行了反思与批评，那么，《最蓝的眼睛》则对母性异化带给孩子的深远影响进行了分析与批判。[①]母亲既是一种形象，又是一种原型，意味着爱的本源、女性气质和情感的归宿，是无情世界里温柔情感的象征。黑人母亲波琳自小因为身体残疾而形成自卑的性格，婚后和丈夫一起从南方搬往北方生活，空间的转移更让波琳不知所措。随后经历一系列种族歧视事件，波琳对自己的黑人外表和黑人生活由厌

---

① 关于母性异化对子女成长的影响分析，本书的第七章会继续进行探讨。第七章选择的文本《上帝救助孩子》与《最蓝的眼睛》具有极强的文本互文性。

烦发展到仇恨。波琳身上的母性异化在训斥佩科拉、保护白人小女孩的一幕达到极点。面对自己的母亲，佩科拉从不敢喊她"妈妈"，而是"太太"。这种对女儿非伦理的要求表明波琳身上的母性进一步异化。

尽管波琳身上的母性异化有其深层次的历史与文化成因，并和她的人生遭遇（被家人嫌弃，被丈夫冷落）密切相关，但是，她对黑人文化的舍弃不仅伤害了她与女儿之间的人伦关系，同时也让自己陷入无根的生存状态之中。正如欧瑞利所讲的，"正是由于切断了与母辈的情感联系，波琳身上缺乏一种自尊与自立，而这种自尊自立是黑人获取自身存在价值的前提保障"[①]。可见，对于黑人女性而言，切断与母辈的纽带关联无法构建自我的存在主体，还会在践行母道经验的过程中出现失职，进而影响下一代的健康成长。佩科拉正是缺乏母亲的积极引导，盲目追随母亲所推崇的白人价值，最终走向毁灭。

莫里森在《最蓝的眼睛》中首次运用她高超的叙事技巧，通过不同人物的视角，对核心事件进行呈现与解释，引导读者对黑人悲剧命运的多层成因进行追问与反思。小说中克劳迪娅姐妹是波琳母性异化行为、佩科拉走向毁灭的见证人。克劳迪娅姐妹以追忆的方式对发生在1941年的事进行讲述，饱含惋惜之情，并对当时的种族环境进行回顾，间接对波琳母性异化的形成给予了合理的解释与立体化的呈现。可以说，小说并不止于讲述波琳价值观的扭曲以及对佩科拉的负面影响，而是通过克劳迪娅姐妹的回忆与波琳自己的直述引发读者的反思与追问：黑人的生存出路在哪里？黑人母亲到底该发挥什么作用以引导子女健康成长？佩科拉的悲剧命运表明了坚守自身价值、摆脱白人价值控制的重要性，而波琳作为黑人母亲，与麦克希尔太太，甚至楼上妓女们形成强烈对比，透露出母性在主流价值观影响下的严重异化。从这个层面上讲，小说的反思力量变得更强。可见莫里森在其第一部小说中就显示出她深厚的文学功底以及以文字力量打动读者，并引发读者进行自我审视的决心与能力。

---

① O'Reilly, Andrea. *Toni Morrison and Motherhood*：*A Politics of the Heart*. Albany：State University of New York Press，2004：51.

第五章 《家》中黑人母爱的缺失
与对母性的认知重构

　　"爱"与"家"是莫里森作品中的重要主题,而在她的第 10 部小说《家》(*Home*,2012)中这两大主题的融合达到了登峰造极的境界。小说《家》故事主线简单,脉络清晰,讲述了 20 世纪 50 年代一位从朝鲜战场归来的黑人士兵弗兰克·莫尼(Frank Money)接到来信,得知在亚特兰大工作的妹妹茜(Cee)生命垂危,便决定去拯救她,将她带回南方乡下的老家疗伤。整个故事由一个全知叙述者进行讲述,其中又穿插着弗兰克的自白,把碎片化的信息慢慢拼凑起来,直到弗兰克承认自己于冲动之中杀人的事实,正视自己从童年到成年参军后所经历的心理创伤。而妹妹茜同哥哥一样对佐治亚的家毫无感情,在哥哥离家参军之后,也选择逃离家庭。但无根漂浮的茜在遭遇被丈夫抛弃,身体被白人医生用作实验工具等不幸事件之后,身心俱疲。兄妹二人最终回归故乡,在社区女性的帮助之下,重获自我,构建起属于自己的爱的精神家园。

　　《家》一经出版便引起了国内外学界的极大关注。学者维塞尔(Irene Visser)结合神话故事与创伤之间的渊源关系阐释了莫里森对黑人如何走出创伤所做的思考,认为"《家》所讲述的故事与格林童话中的《汉塞尔和格雷特尔》("Hansel and Gretel")故事之间存在互文性,《家》不仅继续探讨了莫里森以往关于种族、性别等方面的主题,同时对创伤的剖析则更为深入"[1]。蒙哥马利(Maxine Montgomery)重点分析了小说中幽灵、记

---

　　[1]　Visser, Irene. "Fairy Tale and Trauma in Toni Morrison's *Home*". *MELUS*, 2016(1):148-164.

忆以及黑人历史伤痛之间的关系,强调"黑人作家作品中的幽灵故事往往揭示出黑人历史记载的缺失,处于社会边缘的黑人的历史不是被遗忘,就是被白人官方故意曲解甚至捏造。黑人历史是一部关于创伤与记忆的历史"①。国内学者赵宏维②、王守仁和吴新云③、许克琪和马晶晶④、庞好农⑤等曾撰文探究作品中所描写的美国黑人生存空间、社会伦理以及心理创伤等问题。研究发现,"创伤"(trauma)成为学者解读作品的主要研究视角和批评重点,其中战争创伤和种族创伤等被多次论证,为读者深入理解作品提供了极大帮助。庞好农认为,"在《家》这部小说里,莫里森进一步拓展了创伤书写的主题空间,把创伤书写的视角转向朝鲜战争、亲情荒原和种族歧视,揭示人格异化和人性异化的危害性"⑥。学者都岚岚在《此心安处是吾乡:论〈家〉的创伤叙事与伦理取向》一文中则"通过分析小说中美国黑人的个人与文化创伤、主人公弗兰克的伦理选择与创伤修复,指出作为创伤小说的范例,《家》体现了作者对创伤性历史的态度和伦理取向"⑦。

综上所述,这些分析多是从外部矛盾考察创伤,忽略了黑人内部的创伤表征及其成因。此外,以往研究多集中选择弗兰克作为分析对象,而对小说中的女性存在与创伤经历缺乏透彻探讨。笔者认为,如果从分析黑

---

① Montgomery, Maxine. "Bearing Witness to Forgotten Wounds: Toni Morrison's *Home* and the Special Presence". *South Carolina Review*, 2015(3): 14-24.

② 赵宏维. 回归的出逃——评莫里森的新作《家》. 外国文学动态, 2012(6): 17-18.

③ 王守仁, 吴新云. 国家·社区·房子——莫里森小说《家》对美国黑人生存空间的想象. 当代外国文学, 2013(1): 111-119.

④ 许克琪, 马晶晶. 空间·身份·归宿——论托妮·莫里森小说《家》的空间叙事. 当代外国文学, 2015(1): 99-105.

⑤ 庞好农. 从《家》探析莫里森笔下的心理创伤书写. 山东外语教学, 2016(6): 66-72.

⑥ 庞好农. 从《家》探析莫里森笔下的心理创伤书写. 山东外语教学, 2016(6): 66-72.

⑦ 都岚岚. 此心安处是吾乡:论《家》的创伤叙事与伦理取向. 当代外国文学, 2016(4): 125-131.

人社区内部的矛盾冲突入手可以发现母性的缺位同样带给黑人子女,尤其是黑人女性沉重的成长创伤,而黑人子女对母性的真正内涵缺乏理解则是创伤加剧的催化剂。小说最终揭示只有重构对母性的积极认知,重续母性谱系才是黑人子女治愈创伤、获取自我的真正途径。由此,本章将继续借助西方母性理论,并结合美国黑人母性的文化内涵,通过文本细读的方式,论证小说《家》对母性的深度剖析和积极定位。具体而言,首先,本章将主要分析小说《家》中母性缺位带给黑人子女成长的负面影响,其次,回到历史现场审视种族问题对母性的形塑与建构,以此论证母性缺位的伦理成因。最后,本章将指出,莫里森通过让茜借助女性社区的母性关怀建构自我独立意识以及对母性的新认知,突出强调了母性力量在治愈黑人身心创伤、重建黑人精神家园等方面的重要作用与意义。

第一节 母爱缺失与黑人子女的存在危机

早在 1977 年的一次访谈中,莫里森就对自己的创作做了这样一个概括:"我始终在写一个主题,那就是爱或爱的缺失。"[①]而母爱又是莫里森最为关注的主题之一,在她的多部小说作品中母爱或是浓烈,或是异化,或是伟大,或是扭曲。总体而论,莫里森多选择书写母爱的缺失以及由此所导致的黑人子女的成长困惑。从《最蓝的眼睛》中的佩科拉,到《秀拉》中的秀拉与奈尔,再到《宠儿》中的宠儿以及《慈悲》中的弗洛伦斯等,她们都曾因母爱缺失而遭遇生存危机与成长困惑。在《家》中,女主人公茜不仅被继祖母的恶毒命名所困扰,还得不到亲生母亲艾达(Ada)的情感关爱。由此,茜的前半生一直处于自我迷失的状态之中,被丈夫普林斯(Prince)欺骗抛弃,被白人医生用作优生学的实验对象而险些丧命。可以说,茜的存在危机始终与早年的母爱缺失分割不开。

20 世纪 50 年代的美国,黑人的生存环境并没有得到很大改善。弗

---

① Taylor-Guthrie, Danille. *Conversations with Toni Morrison*. Jackson, MS: University Press of Mississippi, 1994: 40.

兰克从朝鲜战争归来后继续受到国内种族问题的困扰,工作机会少,待遇差。而弗兰克小时候的经历则更能说明美国黑人生存的艰难。在他4岁时,他家遭遇白人无缘由的驱赶,他与父母一起离开南方的家。妹妹茜就出生在一家人逃往佐治亚祖父家的路上的一个教堂地下室里。茜出生在路上的经历成为继祖母丽诺尔(Lenore)对她持有严重偏见甚至深深恶意的借口。对茜而言,"刻薄的祖母是一个女孩能拥有的最糟糕的东西之一"(HM 41)①。她从小受尽丽诺尔的冷眼与嘲讽,经常被骂为"阴沟里出生的孩子",只会过"有罪的、一文不值的人生"(HM 42)。而茜的亲生母亲艾达为了生存而每日做两份工,无暇表达对子女的关爱,就像小说中所描述的,茜童年时遭遇了极为严重的母性缺失。

> 曾经,丽诺尔是她父母唯一重视其看法的人,从很小的时候起,她就被这个人打上了不讨人喜欢、令人难以容忍的"阴沟里的孩子"的烙印,正如埃塞尔小姐所说,她接受了这个标签,觉得自己一文不值。艾达从来不会说:"你是我的女儿,我爱你。你不是出生在阴沟里,而是在我的怀里。过来,让我好好抱抱你。"就算不是她母亲,也本该有人在什么时候真心实意地告诉她这些话。(HM 33)

相比于美国黑人男性作家而言,黑人女性作家侧重于书写黑人社区的内部生活,通过揭示人际矛盾探讨黑人存在的本质,进而引导读者对人性的普遍问题进行反思。在小说《家》中,莫里森通过刻画双重母爱缺失,把茜遭遇生存危机的黑人内部原因推至前景。随父母投奔祖父母生活之后,茜感受到的威胁多来自刻薄的继祖母——丽诺尔。丽诺尔对这群人的"入侵"一直持有敌意,并把情绪撒在毫无回击之力的茜的身上。在饮食上,丽诺尔苛刻吝啬,在言语上,她刻薄尖酸。"丽诺尔是那个恶毒的老

---

① 本书中涉及 Home 小说的译文参考了以下版本(部分文字做了更改):莫里森.家.刘昱含,译.海口:南海出版公司,2014.

巫婆，弗兰克和茜就像被遗忘的汉塞尔和格雷特尔，手拉着手在寂静中寻找方向，努力想象未来。"(*HM* 50)这里，莫里森借助经典童话故事来比喻弗兰克与茜被祖母遗弃的情感遭遇，强化了母爱缺失带给黑人子女成长的不利影响。

《汉塞尔和格雷特尔》是《格林童话选》中的一个故事，讲述了汉塞尔和格雷特尔兄妹的经历。他们兄妹二人为樵夫的前妻所生，在后母的逼迫下，被父亲抛弃。兄妹俩前后经历了两次遗弃，第一次，汉塞尔沿途用石子做记号，兄妹俩重新回到家中。第二次被遗弃，汉塞尔用面包屑做记号，却被鸟儿啄食干净，兄妹俩在森林中迷了路。多日的寻路，让他们饥饿难忍，腿脚无力，来到了一个用面包做屋顶、糖果做窗户的小屋。饥饿让他们忘记了疲惫以及潜在的危险，他们啃起了屋子。结果在巫婆的诱骗下，哥哥被锁在屋中，妹妹被迫做劳力，就在巫婆要吃掉哥哥之时，妹妹借向巫婆学习添柴之机，将巫婆推入炉中。兄妹俩带着巫婆的财宝，回到了家中。此时，后母已经去世，兄妹俩和父亲一起过上了幸福的生活。

年幼的弗兰克与茜如同童话故事中的汉塞尔和格雷特尔一样，遭遇"巫婆"——继祖母丽诺尔的恶意中伤，彼此相依为命，在相互呵护中艰难成长。事实上，在莫里森作品中，童年时期母爱缺失是一个重要主题。通过分析七部莫里森小说中的创伤主题，学者布森(J. Brooks Bouson)指出，"莫里森一直关注家庭抚养缺位或者抚养暴力带给子女的创伤感受"[1]。而且，在《家》中，这种代际问题出现在祖孙之间，使黑人社区的抚养暴力(parenting abuse)更加发人深思。正如学者庞好农所言，"莫里森在《家》中颠覆了黑人社区'隔代亲'的传统，揭露了儿童受虐问题。黑人社区的'隔代亲'与中国现代社会所盛行的'隔代亲'非常相似。'隔代亲'的特征是，父母对儿女这一代要求严格，甚至苛刻，但对孙辈这一代却失

---

① Bouson, J. Brooks. *Quiet as It's Kept: Shame, Trauma, and Race in the Novels of Toni Morrison*. Albany: State University of New York Press, 2000: 3.

去原则,非常宽容,甚至百般溺爱"①。弗兰克兄妹从未在祖父母那里得到应有的情感关爱,相反,他们经常被丽诺尔恶言相加、百般刁难。在这样的成长环境中,仅比茜大 4 岁的弗兰克早早担当起保护妹妹的责任,"他总是保护她,安抚她,就好像她是他养的小猫"(HM 88)。每当茜受到惊吓,弗兰克总是把一只手放在她头顶,另一只按在她的颈后,平息她的颤抖以及与之相伴的恐惧。弗兰克的手就像镇痛油膏,成为茜每当遇到困难时最渴望的情感慰藉。因此,有弗兰克的保驾护航,茜没有受到身体伤害。

然而,仅得到弗兰克的男性保护,茜的成长中仍存在母爱缺失,尤其是母亲的女性教育。对于美国黑人女性而言,生活在充满敌意的大环境中使他们尤为渴望母亲的关爱,正如《秀拉》中的汉娜与秀拉对母爱的欲求,并且她们在获取无果的情况下产生了对母亲的背离,引发女性存在危机。相比于秀拉,茜所遭遇的母爱缺失则更为直接,更具伤害性,因为丽诺尔不仅未能提供黑人子女渴望的母爱,相反,她总是恶语相加,使得茜对母性产生极为强烈的憎恨以及对抗态度。茜的反抗行为和秀拉一样,她选择离家出走,远离自己家乡。当然,如同秀拉一样,茜成为孤独的浮萍,处于无根的生存状态,最终未能构建女性的主体性。

学者瑞德(Pamela Reid)认为,分析黑人母子/女关系通常可以采用两种理论方式:精神分析理论与社会学习理论。精神分析理论倾向于研究在子女性格特点以及社会行为形成过程中母亲所发挥的作用,强调黑人女性气质的形成依赖于对母亲身上女性角色的认同程度。该理论往往声称黑人母亲作为女儿效仿的榜样力量时,母性的非洲内涵可以充分得到彰显。而社会学习理论则主要剖析黑人女性在成长过程中所获取的奖惩对于形塑自身性别行为的意义与作用。黑人母亲所提供的奖励或惩罚

---

① 庞好农.从《家》探析莫里森笔下的心理创伤书写.山东外语教学,2016(6):66-72.

在这个过程中发挥出至关重要的作用。① 可以说，黑人母亲在黑人子女，尤其是女儿的成长过程中起着不可替代的关键作用，然而，在茜的成长过程中，母爱缺失以及母性缺位使得她始终无法摆脱成长困惑以及解决女性身份问题。缺乏母性关爱和指导的茜最终遭遇来自性别与种族双层面的存在危机。

故事中，哥哥弗兰克虽然能够阻止其他男孩接近妹妹，但也让茜缺少对男性的了解与认知。"她总是听从弗兰克的建议：辨识有毒的浆果，踏进有蛇的地方时大喊，了解蜘蛛网能治什么病。但他从没提醒过她，要当心卑鄙的男人。"（HM 49）结果，在哥哥参军离家之后，茜立刻迷上了从亚特兰大来到小镇看望姨妈的普林斯，并与他私奔。普林斯来到莲花镇后，很多女孩都被他亮闪闪的薄底鞋和大城市口音所吸引，而茜是最为之着迷的。她相信他学识丰富，见识广博，所以在还没有搞清楚普林斯之所以娶她是为了她家的福特车的时候就匆匆嫁给了他。而普林斯带她来到亚特兰大之后就丢下她一走了之，"她现在孤身一人，在一个星期天坐在锌皮浴缸里，用冷水挑衅佐治亚的春天，她猜想，普林斯正用他的薄底皮鞋踩着油门在加州或是纽约四处晃荡。他把她丢在这里自生自灭"（HM 47-48）。

茜落入男人的圈套，遭遇欺骗与伤害。但在茜自己看来，这一切不仅是因为弗兰克不再保护她，还是由于莲花镇的压抑与落后以及由此导致的自我无知，"如果她不是一个在连镇子都算不上的穷乡僻壤长大的傻姑娘，除了干家务活、上教会学校，没有其他事可做，她多少会有点见识"（HM 45）。为此，她否定自己，痛恨家乡，一心向往外面的世界。在被丈夫普林斯抛弃之后，为了在亚特兰大活下去，茜不得不找工作赚钱养活自己。后来，在楼上朋友塞尔玛的帮助下，她得到做白人医生助手的工作机会。来到医生家，她被宽敞干净的房间、漂亮的家具、华丽的蕾丝窗帘所

① Reid, Pamela. "Socialization of Black Female Children". *Women: A Developmental Perspective*. Eds. Phyllis Berman & Estella Ramey. Washington, DC: National Institutes of Health, 1983.

吸引,认为穿着曳地长袍的医生太太和电影里出现的女王一模一样。最让茜心怀敬畏的是医生办公室书架上的书,她不断地感慨:"她所受的学校教育是多么狭隘、多么无用啊,她想,她决心一定要抽时间读读讲'优生学'的著作,搞清楚这个词的含义。"(*HM* 64)茜盲目地崇拜白人医生,认为他博学、心善,在为人类进步而工作,甚至没有弄清楚那些书已经暴露出这个医生是个极端的种族分子。

工作了几个星期后,一天早晨,茜在博医生上班前半个小时走进了他的办公室。她一直对那个塞得满满的大书架心怀敬畏。如今,她细细打量着那些医学书,手指划过其中一本的书脊:《夜幕下的幽灵》。一定是本悬疑小说,她想。然后是《伟大种族的消失》①,它旁边是《遗传、种族与社会》。

茜对医生满架的书颇感敬畏,但不知其中的真正寓意,这暴露出她对白人文化的盲目崇拜。她决然与黑人文化断绝关系,认为是小镇的闭塞导致自己的无知与落后。茜最终不可避免地遭遇种族身份危机,即使医生在不管她死活的情况下拿她的身体做实验,茜依然为此感到骄傲,"在发现比起附近和亚特兰大的富人,医生帮助的穷人——尤其是女人和女孩——要多得多之后,她对他更加崇敬了"(*HM* 63)。医生家另一位年长的仆人莎拉(Sarah)虽然同样没有受过教育,却与茜的盲目与轻信他人形成鲜明对比。莎拉曾告诉茜,医生之前有过几位助手,皆自动辞职,间接透露出在医生这里的工作并不好做。然而,茜并未领悟到莎拉提醒中的真正含义,仍然无比崇拜医生,愿意配合他的优生学实验,甚至不惜毁掉自己的身体。后来,茜在医生的身体实验中一天天消瘦下去,生命垂危。为了解救茜,莎拉写信给弗兰克,并不惜与白人主子产生对抗。莎拉的智慧与勇敢拯救了茜,成为茜成长路上一位出场不多却至关重要的引导者。

---

① 《伟大种族的消失》是20世纪初出版的一本宣扬种族主义的书,鼓吹日耳曼民族血统优越性和优生计划。

在小说中，莫里森没有把茜对普林斯与白人医生的盲信仅仅归结于教育的匮乏，而意在揭示黑人女性由于母性生存智慧的缺失所遭遇的悲剧命运，这一点在茜后来重新认识并肯定黑人女性力量中得以强调。正如莫里森研究专家欧瑞利所言，"缺乏母性文化的滋养的黑人女性往往会走向自我毁灭"[1]。和《最蓝的眼睛》中的波琳一样，茜由于切断了与母辈的紧密联系，陷入无根的生存状态，迷失了自我。换个角度来谈，茜之所以切断与母辈的联系，逃离家乡，还是因为母亲艾达和继祖母丽诺尔都未能提供黑人女性赖以生存的母性文化。美国黑人学者理查逊（Marilyn Richardson）[2]与科林斯（Patricia Hill Collins）[3]都曾强调过，黑人母亲重要的一项职责是引导子女适应或者对抗外部社会。丽诺尔和艾达在教导子女适应社会方面存在失职，尤其在茜的成长过程中未能及时给予引导，使得茜对性别与种族问题缺乏认知，最后被普林斯玩弄感情，被白人医生当成研究种族差异的实验对象。总体而论，由于茜不曾从母辈文化中继承坚强独立的品质，习得与白人相处的方式方法，更是未能形成建立于黑人传统文化之上的自主身份，她才会盲从于排斥黑人女性的男权文化与白人主流价值。茜的女性存在危机与母性的缺位密不可分。

第二节　母性缺位的伦理分析

不可否认，继祖母丽诺尔与母亲艾达在茜的成长过程中均存在母性缺位，是茜人格缺陷的重要原因。然而，仅从女儿的视角去谴责与讨伐母

---

① O'Reilly, Andrea. *Toni Morrison and Motherhood*: *A Politics of the Heart.* Albany: State University of New York Press, 2004: 56.

② Richardson, Marilyn. *Maria W. Stewart*, *America's First Black Woman Political Writer*. Bloomington: Indiana University Press, 1987.

③ Collins, Patricia Hill. "The Meaning of Motherhood in Black Culture and Black Mother/Daughter Relationships". *Sage*: *A Scholarly Journal on Black Women*, 1987(2): 4-11.

亲的情感缺失与教育失职,则无法真正理解黑人母亲的行为动因,不能全面呈现 20 世纪 50 年代前后美国黑人母亲的生存状态,更不能参透制度化母性对黑人母亲的深厚影响。而主人公茜和《秀拉》中的汉娜、秀拉以及《慈悲》中的弗洛伦斯一样,由于未能及时参透母性深刻且独特的种族内涵,遭遇严重的存在危机,形成对外面世界的不准确认知。鉴于此,只有回到历史现场,进行实然性的伦理分析,才能透析黑人母爱缺失以及母性缺位的真实成因,体悟作者莫里森对母性的独到阐释。

弗兰克和茜从小缺少母爱以及母性指导,加上种族歧视的影响,兄妹二人对家与家乡都深感绝望,认为"这是世界上最糟糕的地方"(*HM* 83)。而这种归属感的缺失最终导致他们二人自我身份的迷失。不少评论家与读者往往都会把兄妹二人的存在危机归结于继祖母丽诺尔的刻薄无情,以及母亲艾达的不闻不问。这种责问看似无可厚非,却也有片面之嫌。只有充分考虑当时黑人的生存环境才能给黑人母亲以公允的评价。女性主义学者穆拉罗(Luisa Muraro)曾强调,"母亲从来都是母亲的女儿、女儿的母亲,唯独没有自己的身份"[1]。学者赫希(Marianne Hirsch)也曾指出,"尽管母性已经成为当代美国文学中的一个重要主题,但更多的是侧重于从女儿的视角进行阐释,而把母亲置放于客体位置。这种倾向仍与父权文化存有同谋关系"[2]。而且,在小说《家》中丽诺尔和艾达始终处于缺席审判的地位,她们没有像《宠儿》中黑人母亲塞丝一样为自己的母职行为进行解释与辩护,也没能和《慈悲》中的无名黑人母亲一般对当年自己"卖女为奴"背后的种族制度进行强有力的谴责。她们只是被描述成冷漠无情的"巫婆"或对子女不管不顾的忙碌母亲。虽然在《家》中莫里森没有重笔描述黑人母亲行为背

---

[1]　Muraro, Luisa. "Female Genealogies". *Engaging with Irigaray: Feminist Philosophy and Modern European Thought*. Eds. Carolyn Burke, Naomi Schor & Margaret Whitford. New York: Columbia University Press, 1994: 322.

[2]　Hirsch, Marianne. "Maternal Narratives: Cruel Enough to Stop the Blood". *Reading Black, Reading Feminist: A Critical Anthology*. Ed. Henry Louis Gates Jr. New York: Meridian, 1990: 415.

后的无奈以及黑人母爱的浓烈,但她通过字里行间的讲述同样透露出对黑人母亲的密切关注。

小说中,丽诺尔之所以对茜恶语相加,处处刁难她,主要还是出于对生活的不满,以及对种族制度的控诉。她一腔怒火无法发泄,最终找了个最弱的人作为发泄对象。丽诺尔的做法与许多遭遇种族不公的美国黑人的做法极为相似。美国心理学家贝特尔海姆(Bruno Bettelheim)曾阐述道,"有一个事实虽然让人不快,却十分重要:贫穷与疲惫不会改善一个人的性格,相反只会让他更为自私,漠视别人的不幸,甚至由此做出一些恶劣的事情"①。丽诺尔本来有位勤劳能干、会赚钱的丈夫,靠经营一家加油站为生:

> 丽诺尔叹了口气,尽量不去把塞勒姆和她的第一任丈夫做对比。天啊,上帝,那是个多好的人啊,她想,不仅体贴、充满活力,是个虔诚的基督徒,还很会赚钱。他在主路通往乡下的岔路口开了一家加油站,不少车开到那儿总会停下来加个油。是个好男人。可是太惨了,太惨了,被某个觊觎或是嫉妒他的加油站的人打死了。凶手还在他胸前贴了张字条:"滚远点儿,马上。"(*HM* 86)

后来,丽诺尔担心白人会觊觎她的金钱,便变卖家产来到佐治亚,嫁给塞勒姆(Salem)以求有个安稳的家。可这个愿望还是被弗兰克一家的到来给打破了,"手头的拮据,起居的不便,额外的家务,越发冷漠的丈夫——她的避难所崩塌了。被占了便宜的不悦凝结成一片阴云,找到了可以盘桓的地方:那对男孩与女孩的头顶。他们成了她的出气筒,但丽诺尔认为自己作为继祖母只是严厉了些,并不恶毒"(*HM* 88)。结合丽诺尔自己的人生经历,可以推断,她不可能不理解弗兰克一家的处境,当然也

---

① Bettelheim, Bruno. *The Uses of Enchantment*: *The Meaning and Importance of Fairy Tales*. London: Penguin, 1991: 159.

会有同情,更明白这种现实是种族制度造成的,但她无力对种族制度表示愤怒抑或进行反抗,只能把这团怒气转嫁于比她还穷还弱的人群身上。而且,不管多么不乐意,丽诺尔还是收留了弗兰克一家,甚至没有要过他们一分钱,只求他们能够尽快独立。她得理不饶人,但也把自己的福特车让给弗兰克家人使用。可以说,莫里森通过塑造丽诺尔这位看似无情的继祖母,侧面揭示出种族歧视所导致的亲情疏离与伦理关系的断裂。在充满敌意的环境中,对于丽诺尔而言,唯有金钱能使她有安全感,这是种族制度所引发的异化表现。

> 丽诺尔是个很不快乐的女人。尽管她因为不想独居而再婚了,旁人的鄙夷仍然让她感到孤单冷清,虽然她不算孑然一身。只有那份相当丰厚的积蓄、她名下的房产和这一带为数不多的几辆车中的一辆,其实是两辆,能够抚慰她的内心。(*HM* 90)

故事最后,社区中智慧女性的代表埃塞尔(Ethel)也道出了丽诺尔的本质,"她脑子里只有金子。她有金子,爱金子,认为金子能让她高出所有人一头"(*HM* 129)。丽诺尔对金钱的热爱不是因为她贪得无厌,这同时也说明她对生活有一种不安全感,而且这钱又是她丈夫用命换来的,是种族迫害给她唯一的补偿。由此,丽诺尔对金钱表示出执着的占有欲以及对投奔者的不满就不难理解了。

此外,故事对茜与母亲艾达之间的母女关系着墨不多,但能够看出茜对母亲同样怀有不满情绪。在茜的眼中,母亲吝啬于对子女的爱,让自己缺乏自尊与自爱,"艾达从来不会说:'你是我的女儿,我爱你。……过来,让我好好抱抱你。'"(*HM* 33)事实上,艾达是当时"女家长式母亲"的一个典型代表,这一点可以从她的生存遭遇中推断出来。自从一家人被迫从得克萨斯来到佐治亚,艾达只有一个强烈的愿望,就是尽早搬出婆婆丽诺尔的家,拥有自己的房子,所以她每天做两份工:白天摘棉花或照料别的庄稼,晚上在原木厂扫地。平时"父母一天要工作十六个小时，很少在家"，而且"父母收工回家时都已疲惫不堪，他们所有的爱的表示都像剃须刀——锋利、短促而单薄"（*HM* 50）。事实上，比起丽诺尔，艾达的遭遇更为普遍，更能代表 20 世纪 50 年代前后美国黑人母亲的生存现实。

如果结合美国黑人的历史来看，可以发现，在美国黑人家庭，母亲一直处于核心位置。奴隶制时期，黑人女性因具有生育能力而被赋予高于黑人男性的使用价值，成为维持与扩大奴隶主经济利益的重要保证。黑人解放后的 75 年里，大多数的黑人仍然生活在美国南方，田间劳动和保姆工作是黑人女性的主要生活内容。[①] 尽管收入菲薄，黑人女性对家庭的贡献还是在男性之上，"很多黑人女性不想外出劳作，但是黑人男性的工作机会少且收入低，因此她们不得不继续工作以维持家庭的日常生活"[②]。在这种历史背景下，黑人家庭里母亲的角色得到凸显与强化。19 世纪后期，相比于黑人男性，黑人女性的工作机会更多，到 1880 年，据统计，市场上黑人女性劳动力是黑人男性的三倍之多。[③] 进入 20 世纪，大量的黑人家庭从美国南方迁往北方，随之出现的是以黑人母亲为主导的家庭模式的建立。"女家长"或者"超强黑人母亲"（superstrong black mother)的神话称号便在黑人母亲角色不断强化的过程中得以形成。具体而言，"女家长式母亲"或"超强黑人母亲"具备以下几个典型特征：一是任劳任怨，缺乏身体和情感欲求，完全以家庭为中心，尤其是以男性为中心；二是勤于劳作，努力赚钱，却过于生硬，不会表达母爱；三是安分守己，因循守旧，凡事不越雷池，只做"快乐的奴隶"（happy

① Jones, Jacqueline. *Labor of Love*，*Labor of Sorrow*：*Black Women*，*Work*，*and the Family from Slavery to the Present*. New York：Basic Books，2009：123.

② Collins, Patricia Hill. *Black Feminist Thought*，*Knowledge*，*Consciousness*，*and the Politics of Empowerment*. New York：Routledge，2002：54.

③ Staples, Robert. *Black Families at the Crossroads*：*Challenges and Prospects*. San Francisco：Jossey-Bass，1993：21.

slave)。① 可以说,"女家长式母亲"是性别、种族和阶级多种因素交织而成的产物,反映出白人群体和黑人男性对黑人母亲形象的期待和塑造。表面上这一称谓把黑人母亲神话为积极正面的美好形象,实则是一种控制黑人母亲自我实现的类型化、控制性命名,是制度化母性的一种变体。

艾达把生命中的所有精力投入进赚钱养家之中,为了生存,她收起了对子女的爱,把爱化成努力工作的动力,只希望子女能够活下去,就连弗兰克在安慰妹妹时也说道:"别哭了,妈妈不是故意的,她只是太累了。"(HM 51)在莫里森另一部小说《秀拉》中,单身母亲伊娃也在艰难的生存问题面前,选择掩藏真实的母爱。当女儿汉娜问母亲有没有爱过孩子,或陪孩子好好玩儿的时候,伊娃的回应道出了黑人母亲的无奈:"没有那种时候。没空。一点空都没有。我刚刚打发走白天,夜晚就来了。你们三个人全都在咳嗽,我整夜守着,怕肺病要了你们的命。"(SL 68)女家长式的黑人母亲往往被指责为情感粗糙,缺乏母性情感,是"黑人子女读书差、犯罪率高的罪魁祸首,是导致美国社会不安定的一个主要因素"②。事实上,这种对黑人母亲的控制性命名是种族压迫的一种变体,在破坏黑人家族伦理关系的同时,把社会问题转嫁给黑人社群,使种族歧视以更为隐蔽的方式继续存在。艾达式的女家长不仅遭到了白人的诋毁和否定,往往又会引起子女们的不解与不满,而母子/女关系的恶化最终导致了子女的成长危机。在故事中,茜没有领悟到母性的真正内涵,而同秀拉一样产生了对母亲的恨,遭遇存在危机。

维塞尔在对小说的分析中指出,"《家》中父母缺乏对子女的关爱并不

---

① Collins, Patricia Hill. *Black Feminist Thought*, *Knowledge*, *Consciousness*, *and the Politics of Empowerment*. New York: Routledge, 2002: 175.

② Moynihan, Patrick. "The Negro Family: The Case for National Action". *Articles on African-American Gender Relations*. New York: Hephaestus Books, 2011: 56-61.

是因为他们本身残忍,而是因为常年的贫穷与劳累使他们变得情感粗糙"①。生活的辛劳占据了艾达太多的精力,使她没有时间表达对子女的关爱,但这并不代表她不爱自己的孩子。在茜出生之后,艾达感到骄傲和高兴,视女儿为珍宝。"她的婴儿降生了,是个女孩。妈妈给她取名伊茜德拉,郑重地拼出全部音节。当然,在取名前她等了九天,以免死神察觉新生命的降临,将她吞噬。除了妈妈,其他人都叫她茜。她时常回忆这名字的来历,视其为珍宝。"(HM 38)这段关于黑人母亲情感的描写是小说中为数不多的一段,却反映出黑人母亲,尤其是女家长式黑人母亲情感丰富的一面,解构了白人主流社会对黑人母亲的刻板化定位,实现了黑人女性的自我赋权。

我们知道,母子/女关系是人类伦理关系中最为基本的一种,然而,在种族歧视的大环境中,黑人母爱却经常被剥夺,被隐藏,演绎成黑人生存悲剧的起源。由此,剖析母性缺位的形成机制而不是单纯地谴责黑人母亲才能对母性进行客观评价,并挖掘黑人子女遭遇存在危机与成长创伤的深层原因。黑人子女的成长创伤不仅仅是由于母性缺位抑或母爱的缺失,更是因为种族制度对母性的控制性和压迫性。所以,如果黑人子女无法参透母性真实的文化内涵,多一些对黑人母亲的理解与宽容,那么,他们会很容易遭遇身份危机;相反,只有真正领悟母性的形成机制,获取母性所蕴含的坚强、独立的品质,黑人子女才会获取生存下去的勇气与力量。

第三节 母性认知的重构与"家"的重建

莫里森在小说《家》中同样以娴熟的写作手法揭示母爱缺失带给子女的影响,但是,比起《最蓝的眼睛》与《秀拉》,小说《家》以更加明确、积极的态度表明黑人社区内部的团结与互助是化解黑人子女成长危机的良药。

---

① Visser, Irene. "Fairy Tale and Trauma in Toni Morrison's *Home*". *MELUS*, 2016(1): 148-164.

莫里森在塑造为了生存而掩盖母性情感的黑人母亲的同时,也刻画出一群担当文化监护人的黑人女性,这些女性承担起把黑人文化传递给下一代的责任,并以特有的文化方式为黑人子女营造一个"家"。正如学者尼拉·伊瓦-戴维斯(Nira Yuval-Davis)所言,"妇女不仅是民族的生物性再生产者,还是民族文化的再生产者"①。在小说《家》中,社区女性充当了黑人文化的再生产者,正是在她们的悉心照料下,茜恢复健康,更是有了心灵提升,重构了对母性的认知。同时,弗兰克在感受茜的内在变化之后,受到激励,也开始接受自己不愿回想的过往,坦白自己当年杀死朝鲜小女孩的罪行,克服了战后创伤综合征,并最终实现自我救赎。兄妹二人的结局表明黑人儿女在成长的路上必须有母性力量的支持,以此感悟黑人自身的文化,从中汲取营养,在重构自我的同时实现对母性认知的提升。

弗兰克把妹妹从白人医生手中解救出来,将她带回故乡寻求治愈之道。归乡后的弗兰克发现,尽管当时的生存环境仍然对黑人不利,但家乡莲花镇的人们已经构建起属于他们自己的精神家园,变得不再沉默:"孩子们在大笑,奔跑,叫嚷着玩耍;后院里,把床单夹到晾衣绳上的女人们在唱歌。"(HM 121)于是,弗兰克把茜送到社区女人那里接受治疗,但看到茜生命垂危,他着急万分,想着万一茜丧命于这场惨无人道的折磨,他定会寻到医生那里为她报仇,哪怕是献出自己的生命。弗兰克至此还没有实现自我救赎的决心,直到他接回康复后的茜。

> 弗兰克哈哈大笑。如今的茜已经不是那个稍一接触凶恶的世界就吓得发抖,会跟第一个勾引她的男孩跑掉的不足15岁的女孩,也不再是那个凭一个穿白大褂的家伙的几句话就相信她被麻醉后发生的一切都是好事的帮佣了。弗兰克不知道茜在埃塞尔小姐家被那群能看透一切的女人们围

---

① 伊瓦-戴维斯.妇女、族裔身份和赋权:走向横向政治//陈顺馨,戴锦华.妇女、民族与女性主义.秦立彦,译.北京:中央编译出版社,2004:42.

绕着的几个星期里发生了什么。她们对这个世界一向不抱
太多期望。对基督和彼此的奉献把她们聚集在一起，让她们
远远超越了现实的际遇。她们给了他一个全新的茜，她再也
不需要他用手蒙上她的眼睛，或是用臂膀安抚她咯咯作响的
骨头。（*HM* 132）

弗兰克惊喜地发现茜变了，不再像以前对任何事情都感到恐惧。他
们续租了房子，计划着买些家电，改善生活，打算在家乡重建自己的生存
家园。而对茜来说，社区的女人们不仅治好了她的病，还传授给她属于黑
人女性自己的生存智慧。她们通过刺绣和缝纫来赚钱养家，她们吃苦耐
劳，慷慨大方，互帮互助。她们不像丽诺尔那样去抱怨生活，也不像艾达
一样只顾埋头工作而疏于对子女的关心和姐妹们的帮助。看到女人们朴
实却充满智慧的生活方式，茜开始对自己以前关于家乡与家乡人的偏见
性认知进行反思，逐渐明白黑人传统文化才是最值得继承与发扬的，母性
的生存之道才是她最需要获取的。

像往常一样，她把自己的愚蠢归咎于读书太少，但一想到那
些照顾和治愈了她的手法娴熟的女人们，这个借口就站不住脚
了。她们中有一些人不识字，还得让别人把《圣经》读给她们听，
于是，她们将文盲的特长发挥到了极致：巨细靡遗的记忆力、过
目不忘的观察力和敏锐的嗅觉与听觉。她们甚至知道如何将一
个受过高等教育的强盗医生劫掠破坏过的东西修复如初。如果
不是教育，那是什么？（*HM* 133）

这些黑人女性虽然没有接受过正规教育，却从母辈那里继承了生
存下去的技能和智慧。她们的知识是实用且至高无上的。茜在她们的
鼓励和引导下，学会了缝纫被子、种菜、养花，获取生存本领。社区女性
的代表埃塞尔对茜的启发最大，是她开启了茜的自我独立意识："看看
你自己，你是自由的。除了你自己，没有任何人、任何东西有义务拯救

你。给你自己的土地播种吧。你很年轻，又是个女人，这两点会给你带来很多限制，可你也是一个人……我说的那个自由的人就在你内心某处。找到她，让她在这个世界上做点儿有意义的事。"（*HM* 130）从某种程度上讲，埃塞尔承担了精神母亲的职责，和《最蓝的眼睛》中的麦克希尔太太、《所罗门之歌》中的佩拉特、《慈悲》中的莉娜一样，虽然她们不是黑人子女的亲生母亲，却传授给他们黑人必备的智慧，发挥出文化传承的伟大作用。获取了生存能量的茜确实变了，不仅懂得如何生活，对自己的母亲也多了一些理解与宽容："茜认识的女人中没有一个是柔弱而愚蠢的。塞尔玛不是，莎拉不是，艾达不是，那些治好了她的女人们当然也不是。就连跟男孩们鬼混的 K 太太也会做头发，会用耳光教训任何想找她麻烦的人，不管是在她的美发室里还是在别的地方。"（*HM* 133）

茜逐渐意识到自己所遭遇的存在危机主要源于自己对母亲的情感否定以及对母性的误解。母亲艾达虽不擅于表达对子女的爱，但她并不是懦弱的、愚蠢的，她只是更希望自己的女儿能够在充满敌意的生存环境之中早日拥有独立的自我。最终，茜和母亲达成精神上的和解，对母亲当年的做法也多了一些理解。茜的最终彻悟与《慈悲》中的弗洛伦斯的醒悟非常相似，她们的成长都建立在对黑人母亲的理解与包容之上。弗洛伦斯由于在年幼时被母亲"卖女为奴"，产生对母亲的仇恨情绪，个人成长遭遇创伤。直到经历一系列成长事件之后，弗洛伦斯才终于明白当年母亲"抛弃"自己的无奈与绝望，同时也意识到母亲希望自己能够拥有独立自主的坚强人格，而这种坚强与独立要求自己首先要有一双坚硬的脚底板，"妈妈，你现在可以开心了，因为我的脚底板和柏树一样坚硬了"（*AM* 161）。在母女关系塑造上，《家》与《慈悲》之间存在较强的互文性，两部小说都强调母女关系重塑的重要意义，和法国精神分析女性主义学者伊里加蕾的观点遥相呼应。伊里加蕾认为，"象征建立在剥削利用女性身体的基础上，女性要由'交换的客体'（object of exchange）成为'言说的主体'

(speaking subject)，其重要途径之一就是建立良好的母女关系"①。茜和弗洛伦斯在与母亲形成良好的对话关系之后都摆脱了"交换的客体"身份，成为"言说的主体"，构建起独立的女性自主意识。然而，比起弗洛伦斯，茜与母亲间的对话建立在更广泛意义上的黑人女性的交流之上，她的成长得益于黑人女性社区文化。

社区女性在面对受伤归来的茜时，既给予了她无私的帮助与关爱，同时也对她以往的无知行为进行了严厉批评，引导茜正视自己的认知缺陷，进而重新审视母性文化。

> 过了一阵，当热度退去，她们塞进她下体的药被冲洗干净后，茜凭着仅有的一点儿印象向她们讲述了发生的事。之前她们谁都没问过。一听到她一直在为一个医生工作，她们就用翻白眼和咂嘴表明了她们的轻蔑。茜所记得的一切——在博医生给她打了一针后睡去，再醒来时她感到多么舒服；他对这些研究的价值多么推崇备至；她如何相信那之后的流血和疼痛只是月经不调——丝毫无法扭转她们对医疗行业的看法。
> "你长得像个包子，就别怪狗惦记。"
> "你又不是给这种魔鬼医生拉车的骡子。"
> "你是女人还是茅坑啊？"
> "谁跟你说你是垃圾的？"
> "我怎么会知道他想干什么呢？"茜努力辩解着。
> "不幸可不会发警报。所以你得警醒着点儿，不然它就闯进屋子里来了。"
> "可是——"
> "没什么可是。你是上帝的好孩子，记住这点就行了。"
> (*HM* 125-126)

---

① Irigaray, Luce. *Je，Tu，Nous：Toward a Culture of Difference*. Trans. Alison Martin. New York：Routledge, 1993：122-123.

133

　　从这段对话中可以看出，社区女性虽然言辞不够客气，却提醒茜对坏人多加提防，同时也学会爱自己。结合种族文化来讲，莫里森通过对社区文化的描写强调生活在美国白人主流价值观之下的黑人必须学会爱自己，记住自己是"上帝的好孩子"。像茜一样的黑人，往往会被白人的科技发展所吸引，而在追随白人的脚步之中沦为白人的工具，遭遇悲剧。幸运的是，茜在社区女性的引导下慢慢意识到种族问题带给黑人的各种危险，开始重新认识自己，变得坚强且独立，并学会自我定义。黑人女性的自我定义在学者科林斯看来是非常重要的，因为"美国黑人由于特殊的受压迫经历在看待世界时态度与白人不同，更因为不具备对社会文化价值的塑造权利，使得自我定义异常困难"[1]。这些女性发挥出社区母亲的职责与使命，对黑人子女的成长至关重要。学者欧瑞利把社区母亲视为"通过引导黑人子女正视历史、重构与祖辈联系"[2]的亲密朋友，而黑人女性主义学者科林斯则从更为宽泛的意义上定义社区母亲，视其为养育黑人子女，并引导子女塑造自我的黑人女性。这些女性不具备生物性母亲身份，却发挥出传承黑人文化、重塑黑人未来的重要作用。

　　后来，茜才知道自己因为那场病而永远地失去了做母亲的权利。弗兰克发现后认为茜肯定会十分绝望，不能接受，但茜没有把悲伤隐藏，而是自然地哭起来。"他妹妹的肚子被毁了，再也不能生孩子了，但她并没有被打垮。"（*HM* 137）茜成了坚强的黑人女性中的一员，不再是哥哥臂膀下那个恐惧的女孩，也不再被继祖母丽诺尔的恶意评价所困扰。茜的迅速成长离不开社区女性一言一行的影响，她们让茜变得自信、理智。

---

① Collins, Patricia Hill. *Black Feminist Thought*, *Knowledge*, *Consciousness*, *and the Politics of Empowerment*. New York: Routledge, 2002: 26.

② O'Reilly, Andrea. *Toni Morrison and Motherhood*: *A Politics of the Heart*. Albany: State University of New York Press, 2004: 41.

她们在茜身边走来走去,她听她们聊天、唱歌,遵循她们给予的指点,唯一能做的就是关注这群她以前从未注意过的人。她们和对塞勒姆颐指气使、在中风后动弹不得的丽诺尔完全不是一种人。每个来照顾她的人在外表、衣着、说话方式、对饮食和药物的偏爱方面都不一样,但她们的共同点非常明显。她们的菜园里不会剩下任何东西,因为她们什么都拿出来与大家分享。她们家里没有垃圾和废物,因为她们能让一切都派上用场。她们对自己的生活,也对任何需要她们的人或物负责。如果你没有常识,她们不会大惊小怪,而是直接大发雷霆。懒惰对她们来说岂止不能容忍,简直是没有人性。不管是在地里、屋里还是自己的院子里,你都必须忙碌起来。睡觉不是为了做梦,而是为了恢复体力,迎接明天。她们交谈时手从不闲着:熨烫、削皮、剥食材、分拣东西、缝纫、修补、洗涤或是奶孩子。年龄的增长不是学来的,成熟是自然而然的事。对亲人的哀悼能帮你长大,但上帝的力量更强,她们谁都不想在造物主面前解释自己如何浪费了一生。她们知道,有一个问题他会问每个人:"你活着时都干了什么?"(*HM* 126-127)

同时,茜的成长让弗兰克感到欣喜,倍受鼓舞,他开始正视自己的悲痛与创伤,觉得"有些真正有价值的事需要完成"(*HM* 141)。故事最后,弗兰克和茜一起来到已经荒废的种马场,将茜缝制的第一条被子用作裹尸布,把他们小时候所见到的被白人活埋的黑人尸骨埋到月桂树下,并为他立碑:"这里站着一个人"。自此,兄妹二人都获得了精神上的救赎,"也许是出于想象,但他敢说,那棵月桂树对此欣然赞同。在饱满的樱桃红的落日余晖下,它橄榄绿的叶子响成一片"(*HM* 153)。

关于这个结尾,学者们从不同角度给予了解读和诠释。许克琪、马晶晶认为"重新回忆往事,弗兰克从历史记忆中获取了启示和力量,从而构建起文化身份,确立了生存的勇气和方向,建立起自己独特的黑人主体性身份"①。庞好农则认为"莫里森用黑人女性的文化认同感和团结互助的宽大胸怀来表现黑人社区种族团结的重要性和必要性"②。笔者则想强调弗兰克兄妹,尤其是茜的成长更多依靠的是母性文化的支持和引导,这种文化朴实,却深具民族底蕴,正如莫里森本人所言,"当你杀死自己的祖先,也就杀了你自己。我之所以这样讲是因为一切美好的人或物如果失去了历史的根基不可能发展得很好"③。从对祖母与母亲的恨,到依靠母性力量实现自我,进而原谅并理解母亲,茜的自我建构更具完整性,她最终找到自我,计划在这世界上做些事情。

小　结

《家》的故事结构独特且完整,从自问与怀疑开始,到找到答案结束,弗兰克与茜兄妹二人最终重获物理上与精神上的家园。与莫里森之前的小说相比,《家》的结尾不再是含混的,而是清晰地交代出兄妹二人最终实现精神救赎,构建完整自我。他们在成长中由于对母性理解存在偏差而走上自我迷失之路。祖母的刻薄、母亲因忙碌而疏于关爱使得他们痛恨家乡,各自踏上离家的征程。然而,在充满敌意的生存环境中,他们失根的存在状态必然遭遇各种阻碍。为了治愈茜的病,兄妹俩不得已返回故乡,最终在社区女性的帮助之下,茜恢复健康,重获独立自我。社区女性的母性关怀在治愈黑人身心创伤的同时,也引导他们重新认识母性缺失的种族成因及其背后隐藏的伟大力量。莫里森通过对何为家,如何构建黑人的家园等话题对黑人子女成长路上母性智慧的重要性进行了深入探讨,并通过母性缺失的沉重影响引发读者对母性的种

---

① 许克琪,马晶晶.空间·身份·归宿——论托妮·莫里森小说《家》的空间叙事.当代外国文学,2015(1):99-105.

② 庞好农.从《家》探析莫里森笔下的心理创伤书写.山东外语教学,2016(6):66-72.

③ Morrison, Toni. "Rootedness:The Ancestor as Foundation". *Black Women Writers* (*1950—1980*). Ed. Mari Evans. New York:Doubleday, 1984:339-345.

族内涵进行反思。

　　在兄妹二人重塑自我的过程中，社区母亲发挥出极其重要的作用。社区母亲是莫里森探讨母性话题又一重要的切入点。本书的第一章谈到了替养母亲的话题，以印第安女性莉娜为例，分析替养母亲在黑人子女成长过程中的引导作用，这里要着重剖析社区母亲的文化意义。总体而言，社区母亲的母性关怀是作者莫里森充分肯定的积极力量。黑人学者科林斯曾谈道："一般情况下，亲生母亲被认为是抚养子女的主要力量，然而，非洲以及非裔美国族群深知抚养孩子仅仅依靠一个人的力量是远远不够的，也是不切实际的。因此，替养母亲协助亲生母亲践行母道，成为母性的核心特征之一。"①社区母亲连同替养母亲是展现母性的重要组成部分。上文曾提到，社区母亲往往指的是一群黑人女性共同抚养黑人子女，提供生理上的保护与精神上的引导。由于特殊的历史发展与生存现实，美国黑人女性无法决然把工作与家庭分离开来。科林斯通过对美国黑人历史的系统梳理，发现做全职母亲绝不是黑人母亲的生活现实，也就是说，黑人女性从不曾拥有只做母亲、无须工作的权利。无论是奴隶制时期和黑人男性一起在田地中劳作，还是奴隶解放之后成为与黑人男性一样的工厂劳动力，黑人女性一直都是赚钱养家、照顾子女的责任的主要承担者。《家》中的艾达便是典型的黑人母亲，她每日同丈夫一起外出挣钱，有时要兼做多份工；《宠儿》中的塞丝是餐馆服务员；《最蓝的眼睛》中的波琳是白人家能干的保姆；《秀拉》中被丈夫抛弃的奈尔工作养家两不误；《上帝救助孩子》中甜甜为了不做"福利皇后"拼命劳作。这些黑人母亲的日常生活颇能说明黑人母亲生存的艰辛与无奈，同时也成就了黑人女性坚韧、自强的精神品质。

　　面对不利的生存环境，美国黑人女性自奴隶制时期开始便形成了一种互帮互助的团结意识，社区母亲便应运而生。追溯历史，可以发现

---

　　①　Collins, Patricia Hill. "The Meaning of Motherhood in Black Culture and Black Mother-Daughters". *Double Stitch*: *Black Women Write about Mothers and Daughters*. Ed. Patricia Bell-Scott. Boston: Beacon Press, 1991: 42-60.

社区母亲的形成与非洲传统文化紧密相连,学者科林斯曾对此做过细致分析:

> 首先,黑人女性在经济上并不依赖于男性,而是自力更生,养活自己与子女,由此,女性是家庭核心人物。其次,在众多西非部落里,母亲具有很高的文化与社会地位。再者,生物性母子/女关系固然重要,但养育子女一直是集体活动。这种活动催生了合作性的、年龄分层的、以女性为中心的母道关系网。[①]

社区母亲在莫里森小说中意义重大,《宠儿》中小女儿丹芙在社区女性的精神引导下走出封闭的自我,并与社区女性一起拯救生命垂危的母亲。而在小说《家》中,社区母亲的塑造则更为典型与突出。这些女性共同构建起属于黑人自己的乌托邦世界,远离白人的种族伤害,她们一起歌唱,一起劳作,在团结互助中培养坚韧不屈的品格。她们言辞直接,不留情面,却能为黑人子女提供最真实的引导与帮助。她们质朴善良,对生活有着透彻而独到的认知理解。她们乐观向上,能在苦难之中寻找生活的快乐。黑人女孩茜由于对母性缺乏理解,投奔白人社会寻找自我存在的价值,结果遭遇白人社会无情的嘲讽与蹂躏,身心受到严重伤害。此外,因为缺少母性引导,茜对男权文化持有盲目的迷信态度,又遭遇男子普林斯的欺骗与抛弃。饱受身心创伤的茜最终回到黑人社区进行疗伤,社区母亲无私的关爱和热心的指导让茜重拾对生活的信心,同时赋予茜重新认识母性的机会。正是在社区母亲的言传身教下,茜逐步明白当初母亲艾达疏于对子女的情感关爱是因为生活所迫,而不是因为不爱自己。继祖母丽诺尔对自己恶语相向同样是出于对种族歧视的不满,而茜最终选择理解与宽恕祖母说明她对母性认知的深化,她的女性的独立品质愈加健全。

---

① Collins, Patricia Hill. *Black Feminist Thought*, *Knowledge*, *Consciousness*, *and the Politics of Empowerment*. New York: Routledge, 2002: 45.

事实上,茜在社区母亲的引导下不仅重构了对母性的认知,同时也习得了黑人女性坚强、独立的生存之道。社区母亲对茜所强调的"你是上帝的好孩子,记住这点就行了"(*HM* 126)的忠告呼应着《慈悲》中无名黑人母亲对女儿弗洛伦斯的切身指导:

> 这不是一个奇迹。不是上帝赐予的奇迹。这是一份恩惠。是一个人施予的恩惠。我一直跪着。跪在尘土里,我的心将每日每夜地留在那里,尘土里,直到你明白我所知道并渴望告诉你的事:接受支配他人的权利是一件难事;强行夺取支配他人的权利是一件错事;把自我的支配权交给他人是一件邪恶的事。(*AM* 187)

对于美国黑人女性而言,在充满敌意的环境中,必须养成独立、自爱的品格,而不能把自我交给他人支配,否则会像茜一样落入他人的控制与压迫之中,丧失自我。正如学者欧瑞利所强调的,"替养母亲与社区母亲彰显出非裔美国人的生存策略,是黑人子女获取生存力量与发展机会的前提保障"①。莫里森再一次以细腻的笔触把母性的另一侧面描述出来,对社区母亲的文化功能予以深度诠释。

事实上,社区母亲的出现不仅赋予黑人子女成长发展的文化力量,同时也是社区母亲实现自我定义、自我表达的立足点。学者劳森(Erica Lawson)认为,"无论从历史还是现实的角度而言,当一名社区母亲都是许多黑人女性所经历过的重要体验。而且,在参与母道体验的过程中,黑人女性获取自我情感表达的机会"②。社区母亲的自我定义性"使得美国

---

① O'Reilly, Andrea. *Toni Morrison and Motherhood: A Politics of the Heart*. Albany: State University of New York Press, 2004: 11.

② Lawson, Erica. "Black Women's Mothering in a Historical and Contemporary Perspective: Understanding the Past, Forging the Future". *Journal of the Association for Research on Mothering*, 2000, 2(2): 21-30.

黑人女性能够积极利用非洲传统价值对女性的肯定来对抗白人社会的歧视"①。学者科林斯也表达过类似的观点：

> 黑人女性逐渐形成对自我的独特认知，这种自我认知与自我定义赋予黑人女性冲破来自白人主流社会的刻板化、歧视性形塑的能力。总之，立足于非裔美国传统文化有助于构建独特的非裔美国女性文化。②

可以说，母性成为黑人女性自我赋权、引导子女成长发展的关键场域，"母性不仅有助于黑人女性彰显自我价值，同时也是她们获取社区地位并推动社会变革的催化剂"③。莫里森通过对黑人母性的积极塑造为美国黑人女性的成长发展、身份构建提出颇有价值的建议。

---

① Lawson，Erica. "Black Women's Mothering in a Historical and Contemporary Perspective：Understanding the Past，Forging the Future". *Journal of the Association for Research on Mothering*，2000，2(2)：21-30.
② Collins，Patricia Hill. *Black Feminist Thought*，*Knowledge*，*Consciousness*，*and the Politics of Empowerment*. New York：Routledge，2002：11.
③ Sharon，Abbey & Andrea O'Reilly. *Redefining Motherhood*：*Changing Identities and Patterns*. Toronto：Second Story，1998：206.

第六章 《爱》中母性的幻灭与超越

　　莫里森的第八部作品《爱》(*Love*)出版于 2003 年,被认为是《宠儿》《爵士乐》与《天堂》(*Paradise*,1997)三部曲的后续,其中爱的主题得到进一步升华。故事发生在 20 世纪 40 年代到 60 年代的美国东海岸:柯西(Cosey)是腰缠万贯又极具个人魅力的家长式人物,却与家中的诸位女性演绎了一场场纷繁复杂的爱恨情仇;希德(Heed)在 11 岁时成为老年柯西的续弦新娘,招致柯西的儿媳梅(May)和孙女克里斯汀(Christine)的万般阻挠和怨恨。希德和克里斯汀在童年时代曾经情同手足,后来却为争夺柯西的财富和所谓的"爱",一生都处于你死我活的争斗之中。直到希德生命垂危之际,二人达成和解,对女性命运和爱的力量才多了一层理解和彻悟。

　　《爱》作为莫里森成熟期的代表作品,对民权运动带给美国黑人生活的多重影响进行了反思式探讨,颇具时代性。《新闻周刊》(*Newsweek*)在小说出版之际给予了高度评价:"这部作品像繁密的星辰,它惊心动魄,又洗练完美,堪称莫里森巅峰时期的成熟之作。"[1]学者们也对小说中的多重主题进行了分析与诠释,丰富了小说的独特意蕴。怀亚特重点分析了希德和克里斯汀未来与过去的脱节现象以及这种现象对人物伦理关系的影响。[2]梅拉德(James Mellard)借助拉康的精神分析理论讨论了小

---

① Gates,David. "Another Side of the August Ms. Morrison". *Newsweek*,2003(9):52.

② Wyatt,Jean. "Love's Time and the Reader:Ethical Effects of Nachtraglichkeit in Toni Morrison's *Love*". *Humanities International Complete*,2008(2):193-221.

说人物自恋式认同下的主体建构、攻击性以及母女关系。①卡登（Mary
Carden）聚焦非裔美国黑人的家庭生活、家长作风以及种族运动，分析了
其中所包含的父权文化与种族政治。②国内学者王守仁、吴新云认为小说
的独特之处在于莫里森将爱置于新的历史语境中进行考察，深刻反思民
权运动在多大程度上改善了黑人的生活状态。③翟文婧借助法国精神女
性主义学家伊里加蕾的相关理论阐释《爱》中灵魂和肉体的分离，揭示女
性对自身身体控制的脆弱性，以及她们无法在沦为"他者"的身份中建构
主体的悲剧性。④郭棲庆、李毅峰通过文本细读，指出希德和克里斯汀的
姐妹情谊在与柯西所代表的父权制度较量中以失败而告终。⑤荆兴梅采
用拉康和萨特的相关理论，从"凝视"和"反凝视"的角度探讨了莫里森
《爱》中的三类女性代表。⑥除了上述所列的研究视角与研究内容，小说中
《爱》的主题也需要进一步解读分析。莫里森在小说中延续了她尤为关注
的爱的主题。而且，莫里森所探讨的爱不仅包括夫妻之爱、姐妹之爱，还
有母子/女之爱。《家》中所探讨的母爱虽然不像《宠儿》中的母爱那样强
烈，使人震撼，但却以缺失、幻灭与超越的方式层层递进地呈现，带给读者
深刻的启发意义。

　　莫里森在小说《家》中塑造了三种不同类型的母爱，由幻灭、缺失到超

---

① Mellard，James. "Families Make the Best Enemies：Paradoxes of Narcissistic
Identification in Toni Morrison's *Love*". *African American Review*，2009（4）：699-
712.

② Carden，Mary. "Trying to Find a Place When the Streets Don't Go There：
Fatherhood，Family，and American Racial Politics in Toni Morrison's *Love*". *African
American Review*，2010（2）：131-147.

③ 王守仁，吴新云.对爱进行新的思考——评莫里森的小说《爱》.当代外国文
学,2004（2）:43-52.

④ 翟文婧.价值的载体与欲望的对象——托尼·莫里森小说《爱》中的女性身
体.国外文学,2011（1）:136-142.

⑤ 郭棲庆,李毅峰.痛定思痛　姐妹携手——托尼·莫里森小说《爱》中姐妹情
谊与父权制的较量.山东外语教学,2013（2）:79-85.

⑥ 荆兴梅.凝视与反凝视:莫里森小说《爱》的意识形态批判.外语研究,2014
（6）:89-93.

越,体现出母性的动态性、复杂性与解构性。黑人母亲梅在宗教与家族梦的蛊惑下放弃母亲身份,这使她与克里斯汀的母女关系演变成一种权力与利用的关系。克里斯汀与希德则在家庭与社会所构成的不利环境中丧失了做母亲的权利,由母性幻灭到人格异化。而柯西家族的厨师兼管家L则以精神母亲的身份发挥出保护以及引导女性发展的母性作用,让故事充满人性关怀和生存希望。莫里森在小说《爱》中继续她怀有执念的爱的主题。故事叙述者L用爱拯救、感染以及影响柯西家族的每一个人。她的爱是一种广义的母性之爱,是出于对他人的保护、养育与教化的。在L的映照之下,梅的母性是缺失的、异化的。梅一手造就的母女之间的权力关系把女儿克里斯汀置于被放逐的危险境地,是导致后者生存危机的重要原因。从小关系要好的希德和克里斯汀在父权文化和种族运动的负面影响下双双失去成为母亲的权利,产生人格缺陷。故事的启发意义在于L的母性之爱最终赋予她们顽强生存、相互理解的力量。由此,本章继续以西方母性理论为参照,并结合民权运动前后的黑人母亲的生存现实,探讨小说中母性的幻灭、缺失与超越等话题,进而审视作者莫里森对母性与时俱进的独特思考与诠释。

第一节　梅的母性缺失

梅是柯西家族出场较多的一位母亲。种族、性别的双重影响导致了她身上的母性缺失。在丈夫去世后,梅接管柯西度假酒店的生意,继续家族的美国梦。然而,柯西对梅的努力毫不领情,依然迎娶了孙女克里斯汀的好友——11岁的希德,使梅在教育女儿方面陷入无比尴尬的境地。视柯西为偶像的梅把这种怨气转嫁于希德身上,在克里斯汀与希德之间播下仇恨的种子,断送了两个女孩的友情。为了争夺家族财产,梅开始把女儿当作一枚棋子。克里斯汀也从未把梅视为一位真正的母亲。母女关系的恶化源于梅的母性缺失,而梅的母性缺失与父权文化以及当时的民权运动分割不开。

在莫里森的另外一部小说《秀拉》中,母亲海伦娜不许女儿奈尔与秀拉成为朋友,因为后者生于一个贫穷落后的家庭。出于同样的原因,梅从一开始就不允许克里斯汀和希德有所来往,然而,不同于海伦娜的是,梅不仅阻止克里斯汀和希德交往,还在二人之间埋下仇恨的种子,致使她们一生都在相互折磨、相互怨恨中度过。"倘若分开还是强迫的,挤出血来,汩汩流下,为了孩子的好处,那就足以毁掉一个心灵。"(LV 246)①梅的母性显然是异化的、缺失的。然而,与海伦娜、《最蓝的眼睛》中的黑人母亲波琳以及《家》中的继祖母丽诺尔与母亲艾达一样,梅遭遇母性缺失同样有着一个动态的、发展的过程,和父权制度与种族问题的影响有着直接关系。具体到梅的母性经历,我们可以发现她深受家长柯西强势的男权文化的控制,同时,又受困于当时民权运动思潮的负面影响。

一方面,柯西强势的男权思维与男权作风经常让梅陷入不知所措的尴尬境地。柯西是黑人成功人士的代表,他头脑精明、为人豪气,颇受社区黑人的推崇。柯西之所以准许儿子迎娶梅为妻,是因为梅是牧师的女儿,性情温顺,从小就懂得勤劳与责任。而且,梅也是家族生意上的得力干将,根据 L 的回忆:

> (梅)对待生意像是蜜蜂对待花粉。开始时我们一起管厨房,比利仔(梅的丈夫)管吧台。她很快发现我才是厨房里的女王,于是开始管起了家务、记账、进货,她丈夫则去联系乐手。我觉得酒店的繁荣有我一半的功劳……不过你还是得佩服梅。是她把方方面面都打理得井井有条:置办寝具,付账单,管理员工。我们俩就像钟背面的机芯。柯西先生是钟面,告诉你时间是此刻。(LV 119)

然而,尽管梅对柯西无比崇敬,且言听计从,却得不到柯西起码的尊重。柯西不顾家族成员的反对,娶孙女克里斯汀的好友希德为妻,导致梅

---

① 本书中涉及 Love 小说的译文参考了以下版本(部分文字做了更改):莫里森.爱.顾悦,译.海口:南海出版公司,2016.

在引导、教育女儿方面手足无措,根本不知如何向女儿解释。出于对女儿的保护本能,梅让女儿搬出原来居住的房间,"有些事情她不该看见,不该听见,也不该知道"(LV 118)。除此之外,梅没有向女儿解释更多。因为她不敢对柯西的行为多加指责,所以选择把怨气转嫁于希德身上。梅的做法无形中构成女儿克里斯汀的成长创伤。爷爷柯西娶了自己好友的事实对克里斯汀打击很大,但她却未能从母亲那里得到安慰和情感疏导,由此,克里斯汀与母亲梅之间产生了隔阂,甚至是憎恨。

> 她曾经恨她的妈妈,因为妈妈要把她赶出自己的房间,而且巴迪治安官把她送回家时,妈妈又狠狠打了她的脸,让她的下巴都磕着肩膀了。被打之后,她在 L 的床下躲了整整两天。所以,他们把她送到了枫林谷学校。她在那里受了很多年的煎熬。在那里,有梅这样的母亲让她很尴尬。枫林谷的老师一直知道有些黑人很危险。(LV 118)

而且,克里斯汀在枫林谷学校也不曾收到母亲嘘寒问暖的来信。仅有的来信中不是大谈种族政治,就是关于希德的所作所为,主要是阴谋与诡计,甚至在克里斯汀想回家的时候母亲也阻止了。母女之间的情感隔阂进一步加大。从梅那里,克里斯汀得不到母性关爱,她清晰地记得只有把希德看成她们共同的敌人时,母女之间才有交流,她才能感受到母亲的存在:"梅和女儿交换了一下眼色,脸上露出幸灾乐祸的表情。希德看到那微笑、那眼神时,一下就爆发了……"(LV 155)

梅的母性行为与她对父权文化的推崇与信仰密切相关,正如学者荆兴梅所言,"梅对柯西的崇拜已达到疯癫程度,父权制凝视穿透了她的整个身心"①。梅坚信并践行柯西的价值观。自从嫁入柯西家族之后,梅勤劳能干,全身心投身于酒店生意,连 L 都被她的工作热情所震惊,因为 L

---

① 荆兴梅.凝视与反凝视:莫里森小说《爱》的意识形态批判.外语研究,2014(6):89-93.

还没有见过哪位母亲像梅这样在孩子仅三个月大时就断了奶。为此，L曾感慨道："如果说我是那里的佣人，梅就是那里的奴隶。她一辈子都在努力让柯西家的男人得到他们想要的。父亲甚于儿子，父亲甚于她自己的女儿。"（LV 127）梅在家族中是最乐于追随柯西的一位，连克里斯汀与希德到最后都认为梅才是柯西遗嘱上所写的"心爱的柯西孩子"，而不是她们中的某一个。在柯西死后，梅仍然活在画像里柯西眼睛的凝视之中，心甘情愿地接受父权文化的规训，把自我完全湮没在对父权文化的追随与信仰中，"梅的脑子中了毒，她已经变得不可理喻……"（LV 84）梅的行为恰好印证了波伏娃对女性存在的分析："男性用法律形式把女人的低等地位固定下来，而女人还是心甘服从。"①

梅的母性缺失抑或母性异化行为还表现在对女儿的情感操纵上，尽管这种操纵有可能是无意识的，由于她无力对柯西进行谴责，因而把怨恨转向女性同胞。为了柯西家族的事业，梅尽职尽责，宁愿牺牲对女儿的照顾，然而，"七年的辛劳换来的就是一句'我要娶个老婆了。你认得的。克里斯汀的小伙伴'。换来的就是眼睁睁看着公公娶了她12岁女儿的玩伴，让这个玩伴凌驾于一切之上，她自己、她女儿，以及她为之操劳的一切"（LV 171）。柯西的年轻老婆——希德成为梅的敌人，由此，梅竭力破坏克里斯汀与希德之间的友谊，让二人置于相互憎恨、长期埋怨的情绪之中，而女儿克里斯汀自然地成为自己的盟友。相反，梅从来不会用心思考克里斯汀到底需要什么，更不会提供任何生活上的积极指导。

另一方面，梅的母性缺失与当时的政治环境也分不开。"梅是个穷得吃不饱饭的牧师的孩子，她觉得自己的人生依靠的是黑人的安分守己。事情是一九四二年开始的，那年她公公再婚；整个二战期间，事情越来越多，战后也依然如此……她的世界被入侵，被占领，变成了一片狼藉。"（LV 119）在梅的眼中，柯西的行为让她处境尴尬，经济地位不保，而民权运动则影响了家族的商业活动：

---

① 波伏娃.第二性.郑克鲁,译.上海:上海译文出版社,2011:53.

是自由。梅说。在她公公失去了兴趣之后,她尽力维持着酒店。她相信民权运动毁了她一家,也毁了她家的生意。她的意思是,黑人更热衷去城市里搞爆炸,而不想来海边跳舞了……梅每天都在抱怨马丁·路德·金给她惹了麻烦。(LV 8)

当然,梅的认识存有偏见,她把种族斗争视为家族生意败落的主要原因是不够精确的。时代变迁、商业模式的发展以及文化环境的转向等多种其他因素共同导致了柯西家族的衰落。梅的偏执还是源于对柯西的盲从、对柯西所追求的不切实际的美国梦的错信。偏执的梅认为自己生活在"敌占区",以守为攻,努力维护自己的生存。为了生存,她掩藏母性,并在不断的斗争中不自觉地把女儿克里斯汀变成了手中的一枚棋子。梅与克里斯汀之间的母女关系演化成一种权力关系,而梅的问题恰是普通父母易犯的错误,正如 L 在回忆中所说的,"他们想不出对于一个孩子来说还有什么比大人们自己更伟大的,因此混淆了依赖与崇敬"(LV 243)。梅成为经营酒店的主力干将,努力维护家族的荣光,同时帮女儿赢得财产,然而,她的母性情感却湮没在家族复兴梦之中,而女儿克里斯汀在母爱缺失之中逐渐出现了人格异化。

多年后,克里斯汀在回忆她的母亲时也说道:

可怜的妈妈。可怜的梅。为了生存下去,为了保护她所拥有的,她能想到的也就是变得像狐狸一样疯狂。丈夫死了;她名下风雨飘摇的酒店被海边一只疯老鼠管理着。让她拼命操劳的人忽视她,满脑子怪想法的女儿抛弃她,邻居们取笑她。她无处容身,一无所有。因此她认定有人向她宣战,并且她独自应战。在她自己搭建的掩体里。在她自己挖的海边烽火旁的战壕中。一颗孤独的、不被人理解的心,塑造并控制着自己所处的环境。(LV 123)

此外,经过世事沧桑的克里斯汀最终也对母亲梅多了一份理解,"现在想起来,克里斯汀从前的混乱是源自懒惰——情感上的懒惰。她一直觉得自己凶猛而主动。但她和梅不同。她只是一个马达,司机怎么换挡,她就怎么发动"(*LV* 123)。然而,细细品味,这里暗藏两层含义:一是表明了梅与女儿在柯西家族不利的生存处境;二则透露出梅对女儿的情感操纵,说明梅是克里斯汀与希德由爱到恨情感转变的直接怂恿者,而梅的不恰当行为则主要源于她对父权文化的盲目追随与信仰。

第二节　克里斯汀与希德的母性幻灭

在追随父权美国梦的过程中,梅的母性存在缺失。她疏于对女儿的教育和引导,并在女儿与儿时玩伴之间播下仇恨的种子,影响了克里斯汀的一生。克里斯汀在被迫离开家之后,一度投身于当时的民权运动的浪潮中,这段经历揭示出民权运动对性别问题的忽视。克里斯汀多次堕胎,失去做母亲的权利。希德嫁入柯西家族后由于柯西的行为不忠未能成为母亲。虽原因各异,克里斯汀和希德都被剥夺了成为母亲的权利,遭遇母性的幻灭,生活被遗憾所填满。作为深具反思意识的作家,莫里森通过书写母性的幻灭,不仅对父权文化,同时也对民权运动中黑人社区内部的性别偏见进行了批判。

克里斯汀在柯西家族中一直缺乏关爱,母亲梅为了安身立命,争夺财产,把女儿视为争斗的队友和棋子。祖父柯西则因为克里斯汀长着曾祖父那样的灰眼睛而处处躲着她,吝啬对她的爱。克里斯汀离家求学结束仍不能回家,之后便投身于当时轰轰烈烈的民权运动。这场为黑人权利而战的运动却让黑人女性身陷尴尬境地,克里斯汀的七次堕胎便暴露出这一问题。为了顺应运动,"她把着装变成她的'祖国'的样式,把说的话变成尖锐的口号,随身带着刀自卫,把那不像黑人的头发藏进精致的盖丽头巾里"(*LV* 198)。她以自己的丈夫为荣,宁愿牺牲自己的高贵而去维护他的尊严。在革命浪潮的感召下,克里斯汀知道"革命需要的是男人,不是父亲"(*LV* 200),为此堕胎变成例行的、自然而然之事。

一九五五年埋下的革命意识,到一九六五年开花了,一九六八年就愤怒地成熟了。到了一九七〇年,一个个葬礼破坏了革命,以至于她觉得那几乎要消散了。妮娜·西蒙①让那结束开始得晚了一点。那声音让女性的降服有了地位,让生硬的越界有了浪漫。因此当结束来临时,倒难以辨认了。马桶轻轻地,静静地,无关紧要地一冲。又一次例行堕胎,七次中的最后一次。(LV 199)

堕胎对克里斯汀来说,无法与种族革命相提并论,因为革命使她从小缺乏的存在感得以满足,"火热的兴奋感与目标感鼓舞了她;克里斯汀的小虚荣变成了种族合法性,她发脾气的天赋变成了勇敢"(LV 199)。然而,在第七次堕胎之后,克里斯汀的感觉却似乎有所不同。

在那里,一团模糊的红色血块中,她觉得她看见了一张脸。侧面。不到一秒的时间里,那断无可能的形象浮了上来。克里斯汀洗了澡,回到床上。她向来对堕胎无动于衷,觉得那让锁链又少了一环。况且她不想做母亲,永远不想。(LV 202)

由于从小就不曾享受过母性关怀,克里斯汀产生了对母亲以及做母亲的抵触情绪,由此,堕胎对她而言既是符合种族运动需求的,又是报复母亲的手段。可以说,克里斯汀的人格异化具有内在(家庭)和外在(民权运动)两大成因。在克里斯汀的眼中,梅不像是个母亲,不尊重、不爱护自己的孩子。小时候的克里斯汀为了迎合母亲,选择与母亲站在同一边,牺牲与朋友之间的友谊。选择做母亲的战友却没有让克里斯汀快乐,更没有使她得到母亲的女性指导,她只懂得为自己的家族利益而战,"她从不知道,像她这样生活在四十年代的黑人姑娘,受的教育都是关于如何做一

① 妮娜·西蒙(Nina Simone,1933—2003),美国黑人女歌手、作曲家,民权运动期间创作了大量反映黑人不平等境遇的歌曲。

个合格妻子的,所以厄尔尼·候德当晚就轻而易举地领走了她。别了,独立。别了,隐私。他把她带到了最没有隐私、规矩最多、选择最少的地方——世界上最大的男性群体之中"(*LV* 113)。克里斯汀投身于轰轰烈烈的民权运动,却失去了女性的独立自主性,而这一点是她在运动中逐渐意识到的。倘若说梅的母性缺失源于她对父权文化盲目的追随以及对美国梦不切实际的追逐,那么,女儿克里斯汀的母性幻灭则是由于轰轰烈烈的民权运动对性别问题的遮蔽。

莫里森作为非裔美国女性作家在小说《爱》中再次表明她对黑人社区内部矛盾的极大关注,并对这些矛盾冲突进行着与时俱进的揭示与探讨。小说《爱》的故事背景被设置在 20 世纪 40 年代至 60 年代的美国社会,此时民权运动思潮逐渐高涨,运动在为美国黑人同胞赢取利益与权利的同时,也暴露了黑人内部的性别歧视问题。在种族运动面前,黑人女性的权利被忽略。男女两性之间的问题让步于对种族权利的追求。

莫里森以细腻的笔触描述了一件发人深思的事件。民权运动中,一位男性战友侵犯了一位女性同胞,克里斯汀要求讨回公道,惩罚有过之人。然而,经过几番争论,此事还是不了了之,因为大家认为"那姑娘受的伤害比起更大的伤害——对男性友谊的伤害来说,是无足轻重的"(*LV* 203)。

> 果子(克里斯汀的革命男友)可以训斥,可以开除,可以揍一个叛徒、一个懦夫,或者随便什么白痴,只因为他们一点小小的冒犯。但不是这种冒犯——强暴一个 17 岁的姑娘,还算不上他的"不可接受行为"清单中匆匆加上的一个脚注。因为被强暴的不是他的人。克里斯汀列了个种族方程:受害者是黑人,强暴犯是白人;两个人都是黑人;两个人都是白人。哪种组合会影响果子的决定呢?可惜其他姑娘对受害者的哀叹也加上了这些恼人的问题:她做什么了?她为什么不……?(*LV* 203)

从此,克里斯汀明白她为之奋斗的革命不关乎女性的命运,女性被侵犯往往只会归罪于女性自身。

> 克里斯汀去质问果子,他告诉她那个同志(侵犯姑娘的男性)说的:不是他的错人家姑娘不戴胸罩衣冠不整地对他投怀送抱甚至还拍了拍她的屁股警告她为了他着想结果她没有打烂他下巴而是偷笑着问他想不想来杯啤酒。(*LV* 202-203)

克里斯汀的性别斗争就这样草草收场,"最后克里斯汀闭嘴了,继续着公民的不服从和个体的服从"(*LV* 203)。莫里森通过对民权运动的反思,揭示在这场运动中黑人女性所做的牺牲。如果说梅从家族利益出发抵触运动有其个人的阶级局限性,克里斯汀对运动"拥护"却导致母亲身份的丧失则具有了讽刺意义。

希德出生在贫穷落后的上滩,家里缺乏温情。当柯西决定娶她为妻时,父母"像丢弃小狗一样把她丢了出去"(*LV* 131)。正是这种成长经历让小时候的希德与克里斯汀成为一对心心相印的好朋友,也让她对柯西家族充满期待和依赖。关于柯西为什么会娶她,镇上的人有不同的看法,而柯西的忘年交好友桑德勒(Sandler)的说法似乎最有道理,"他(柯西)希望娶一个女人,把她塑造得适合自己的口味"(*LV* 136)。L的说法则反映出柯西的商业头脑,"但我们都知道柯西先生从不买便宜货,即使买了,过些日子也会变得值钱。比如一个孩子很快就会长大,生出更多的孩子"(*LV* 172)。此外,这桩买卖中也有赎罪的成分,但无论如何,柯西与希德的夫妻关系呈现出极大的不平衡性,在二人的关系中,柯西高高在上,而希德毫无自我主体性。她被自己对柯西的崇拜,以及自己被关怀的迷恋所蒙蔽,一度失去判断能力,把自己的好友克里斯汀视为仇人。

此外,婚后希德未能为柯西生下一儿半女。和镇上其他人的想法一样,希德认为不能生育是自己的原因造成的,而不敢怪罪于自己的丈夫。然而,婚后第十六年,希德爱上了从印第安纳州来丝克镇认领自己兄弟尸体的诺克斯(Knox),两人产生了私奔的念头。在和诺克斯的交往中,希德意识到她根本就不是不能怀孕。这段无果的爱情让希德也失去了做母亲的机会(故事中有情节表明她怀上了诺克斯的孩子),因为要想在柯西家族活下去,她不能要诺克斯的孩子。是 L 让她正视现实,同时也让她永远享受不了为人母、被人需要的幸福。希德的母性幻灭同样源于父权文化对女性的经济控制,以及由此产生的情感束缚。

生活在柯西巨大的权力网下,希德不敢对柯西的行为进行任何评价。虽然知道婚后的柯西和许多其他女人有染,希德慑于柯西的淫威从不发表意见。在克里斯汀的毕业派对上,由于梅母女俩的羞辱,希德虽孤立无援,但仍在无比恼怒的冲动下进行了反抗。为此,柯西打了她,并和梅她们一起出去兜风。希德被羞辱到绝望的境地,便来到酒吧与别的男人一起跳舞。结果,柯西无声但有力地制止了这一切:

> 乐队奏着乐。人群分开了。比尔·柯西把餐巾放在桌子上,站了起来。客人们侧目看着他走过。穿佐特套装的人停下舞步,口袋里的链子低低地晃着。希德的礼服好像一条红衬裙,肩带滑落在肘上。比尔·柯西没有看那男人,没有喊叫,也没有把希德拉走。事实上他都没碰她。乐手们对人群的一举一动异常警觉,于是安静下来。然后大家都听见了比尔·柯西的驱赶与命令。(LV 205-206)

故事中虽没清晰交代希德失去孩子的直接过程,但也以简短的叙述给予了暗示:

> 她破碎的心很快就修复了,因为她发现,十五年的疑问与怜悯之后,她怀孕了。尽管总是"不在家"的诺克斯让她伤心,但她随时愿意用父亲来交换孩子。她满脸笑容,满心期待,感觉自己有了很多的慈爱与慷慨。独一无二,但并不孤单;无比珍贵,且无须证明。开始是一点点滴血,之后是大量的血块,但她并没有警觉,因为她的乳房一直在胀大,她的食欲也一直非常好。拉尔夫医生告诉她可以放心,一切都很平安。她的体重增长像梅的

眼神一般凶猛,像阿爸的微笑一般稳定。她已经十一个月没来
月经了,而且还可能有十一个月不来,假如不是 L 让她坐下来,
扇了她一耳光——狠狠地——然后看着她的眼睛说:"醒醒吧,
姑娘。烤箱都凉了。"……几个月的黑暗,还有人们的窃笑和阿
爸的躲避之后,她确实醒来了。瘦得像个巫婆,骑在扫帚上飞入
白昼。(LV 213)

　　从上述的叙述中可以推测出,在 L 的提醒下,希德放弃了对柯西的反
抗,同时失去了做母亲的机会与权利。就这样,希德的母亲身份被剥夺,
遭遇母性幻灭,成为父权文化下的另一个牺牲品。

　　克里斯汀与希德都成长在母爱缺失的环境中,又遭遇柯西强势的父
权影响,最终二人双双失去做母亲的机会,遭遇母性幻灭。所以,当无依
无靠的朱尼尔(Junior)来应聘工作时,克里斯汀尽管疑虑重重还是为她
打开了门,因为她发现那"姑娘看起来惊恐不安,像个营养不良的小孩。
那种很缺乏爱的小孩,你会想抱她,或者想扇她"(LV 26)。希德同样在
朱尼尔身上看到自己的影子以及想去关怀只为找个立身之处的黑人女
性。克里斯汀与希德的悲剧无疑说明在 20 世纪民权运动前后黑人女性
的生存状况仍不理想,成为母亲都不是一件容易之事。克里斯汀与希德
犹如《秀拉》中的秀拉与奈尔,构成莫里森笔下又一对重要的人物并置。
她们的女性存在,因遭遇母性幻灭,为读者留下更大的反思空间,同时再
次体现出作者莫里森对黑人女性的密切关注。

第三节　叙述者 L 的超越性母性

　　L 是整个故事中的灵魂人物,她的叙述在保持故事完整的同时,层层
揭开柯西家族的各种秘密,是解码人物关系和人物性格的一把钥匙。如
果从审视人物关系与人物成长的角度来看,L 以母性本能和母性胸怀保
护希德和克里斯汀,引导她们成长,并调和大家的矛盾冲突。L 以超越母
性的做法保证柯西家族的女性不被驱逐,并促使她们在交流之中达成和

解。此外,她还以客观的态度解释柯西所作所为的动机,还原柯西作为平常人的一面。这充分体现了作者莫里森对爱的主题的高度定位。

小说起篇、结尾以及多个章节的最后部分都是 L 的自述内容,补充交代诸多细节,是帮助读者理解人物性格与命运的重要环节。和莫里森的另外一部小说《所罗门之歌》中的佩拉特一样,L 承担起了主人公成长的精神母亲的职责。首先,L 尽自己之所能帮助柯西家族的弱势群体(梅、克里斯汀与希德)生存下去。而《所罗门之歌》中佩拉特发挥自己对药物的识辨能力帮助露丝成功受孕并生下奶娃。L 威胁柯西不能凌辱希德,保护克里斯汀不被母亲鞭打,甚至擅改柯西的遗嘱以保证家族女性获取生活下去的资本,而不至于流落街头。其次,L 与佩拉特一样发挥出黑人母亲的传统智慧,引导黑人子女认识到自己的生存价值和力量渊源。而《所罗门之歌》中奶娃在佩拉特的启发下寻找属于黑人的传统文化,获取立身之本。L 则通过自己"设计"出的家族遗嘱留给克里斯汀与希德能够化解仇恨的情感纽带。正如学者克里斯蒂安(Barbara Christian)所总结的,黑人母亲往往承担两种责任,"一是养育子女,二是充当整个黑人社区的精神归宿"①。L 虽然不是克里斯汀和希德的亲生母亲,却充当起了整个柯西家族的精神归宿。

从 L 的自述中,读者可以发现她是柯西家的厨师兼管家,也是柯西先生的一位爱慕者。究竟为什么柯西会听取她的建议,甚至是她的威胁,小说并没有给出更多的信息,读者只是知道 L 做事态度中立,不偏袒任何人,事事从全局出发进行考量。而对克里斯汀与希德而言,L 的存在是她们能够在柯西家族坚持下去的主要力量源泉。从出嫁之日起,希德一直得不到柯西家族的认可,梅和克里斯汀合力排挤她。在克里斯汀的毕业派对上,由于希德冲撞梅母女两人,柯西出手打了她。视柯西为救命稻草

---

① Christian, Barbara. "An Angel of Seeing: Motherhood in Buchi Emecheta's *Joys of Motherhood* and Alice Walker's *Meridian*". *Mothering: Ideology, Experience and Agony*. Eds. Evelyn Glenn, Grace Chang & Linda Forcey. New York: Routledge, 1994: 96.

的希德完全处于无助的状态之中,是 L 出面保护希德,"以后不管发生什么,别再动她一根手指。不然我肯定走人"(*LV* 174)。此外,L 还教给希德很多东西,挽救了她的生活,甚至包括希德痴心等待情人来接她的时候。希德自己也感慨不已,"倘若没有 L 这股暗流,她永远没法在那片危机四伏的水域找到方向"(*LV* 90)。

在母子/女关系处理上,L 虽然不曾生育子女,却具有超越一般母亲的宽容与理解,而不像梅一样采取权力关系。笔者之所以把 L 身上的母性定义为超越性母性,主要是想强调 L 的母性行为超越了父权文化对母性的定义与控制,摆脱了制度化母性的规约与限制。借助美国母性理论学者里奇的观点,"制度化母性束缚并贬低了女性的潜能……要求女性具有母亲的'本能'而不具有智慧,要求她们无私而不是自我实现"[①]。L 除了提供克里斯汀与希德本能性的母性保护之外,还传授给她们生存智慧,为后来她们冰释前嫌、达成和解做好了铺垫。L 以超越母性的做法对父权文化对于女性的束缚与控制进行了揭示以及消解。

多年后,在希德生命垂危之际,她与克里斯汀终于达成和解。回首往事,她们终于明白对方才是自己最在乎的那个人。希德当年选择嫁给比自己年长如此之多的柯西先生是出于自己从此可以与克里斯汀在一起的天真想法。希德和克里斯汀之间的珍贵友情是梅和柯西根本无法理解的,只有 L 以博大的爱给予了真实的诠释。

> 希德和克里斯汀就是那样的孩子,无法收回爱,也无法停止爱。一旦那样,分离就是彻骨的。倘若分开还是强迫的,挤出血来,汩汩流下,为了孩子的好处,那就足以毁掉一颗心灵。倘若他们甚至被要求彼此憎恨,那就可以在一个生命还没有开始生活前就全然将其扼杀。我责怪梅把仇恨放在她们心中,但我得批评柯西先生做了贼。(*LV* 246)

---

① Rich, Adrienne. *Of Woman Born：Motherhood as Experience and Institution*. New York：W. W. Norton and Company, 1986：48.

对克里斯汀而言,L同样给予了她母性引导。当和梅站在同一战线对付希德时,克里斯汀希望L能够帮助她把希德赶走。然而,L并没有遂了她的心愿,而是继续保持她的中立态度。L看似无情,却是在以她自己的方式防止仇恨的种子在她们俩中间根植下来。在柯西的葬礼上,克里斯汀与希德不顾形象地大打出手,又是L出面制止,没让仇恨继续蔓延。

> 之后到了墓地,看到假惺惺流泪和夸张地抽动肩膀的希德被乡亲们当作唯一的哀悼者,而柯西家的两位真正的成员被当作不受欢迎的客人,想把戒指戴在柯西手上又被拦住时,克里斯汀爆发了。她把手伸进口袋,跳向希德,然后抬起手。L突然站出来了,把她的手拉到身后。"那我说了。"她轻轻说,对她,或者对她,抑或谁也不对。希德见事态安全了,把脸凑到克里斯汀面前,马上又退回来。L从来不说空话。(LV 122)

克里斯汀和希德知道"L从来不说空话",便顺从地收起战争。多年之后,克里斯汀和希德回忆起L时,都说道:"上帝啊,我真想她。"(LV 231)

L的母性智慧充分体现在建立女性之间的纽带关系上,这种基于母女以及姐妹纽带的母女关联是冲破父权束缚、重构女性主体性的前提所在。柯西家族的女性长期生活在父权代表柯西的控制以及凝视之下,"虽然柯西已逝,但是他的容颜却定格在挂相中,他的灵魂仍然回荡在莫纳克大街上。死亡并没有阻挡家族女人对柯西的'爱戴',他依然凝视着她们的生活以及构建着她们之间的关系"(LV 205)。梅崇拜柯西的"丰功伟业",心甘情愿跟随他的脚步,追逐他的梦想,不惜牺牲对女儿的母性关爱。希德把柯西视为帮助她逃离贫穷、无情家庭的救命稻草,把自己的女性主体完全湮没在对父权文化的遵循之中。而克里斯汀则从小就不曾得到祖父柯西的亲情关爱,遭遇情感创伤。L面对柯西的父权态度,敢于据理力争,甚至做出要挟的姿态。L的独立、勇敢与睿智让柯西选择让步。可以说,柯西家族的女性离开L的保护可能会失去生存下去的机会。克里斯汀与希德最后的交流中也处处透露出她们对L的认同与尊重。

你不是谁的酒。

你也不是。

那是什么？

是个小女孩。想找一个地方安身，却无路可寻。

L从前也这么说。

上帝啊，我真想她。

我也是。一直都很想。（LV 231）

　　克里斯汀与希德都是特别渴望亲情关爱的女孩，在父权文化中"无路可寻"，是L保护她们，引导她们认识女性的生存处境。同时，身为厨师的L也让她们感受到母爱的温暖。克里斯汀与希德贪恋的美食成为母爱的能指，透露出她们对L的情感依赖。

　　我倒是宁愿和你一起去野餐。记得不？

当然。我们宝贝露丝放在篮子里。

还有柠檬汁。

没籽的。L把籽都舀了出来。

是熏肠还是火腿？

是火腿，姑娘。L从来不用熏肠。（LV 237-238）

　　克里斯汀与希德对往事的回忆中饱含着对L的思念，L是两位孤独女孩的情感依赖。相比之下，在她们的回忆中，梅的母亲形象以及希德的母亲形象始终与缺位、异化分离不开。

　　你知道梅根本不像个母亲。

至少她没把你卖了。

但她把我送走了。

枫林谷？

枫林谷。

我以为是你想去的。

才他妈不是呢。就算想又怎么样？我才13岁。她是妈妈。
她想让我走是因为他想，他要什么她就做什么。除了你。她才
是阿爸的小女孩。不是你。

你以为我不知道。

我打赌她把你的生活变成了恐怖片。(*LV* 224)

在克里斯汀与希德看来，梅不是个合格的母亲，她把自己完全奉献给
柯西，把女性存在湮没在对父权文化的信仰之中。

相比之下，L的母性力量则是积极的、伟大的。对整个家族而言，L
不仅提供了难得的情感支持，还尽自己最大的努力（伪造柯西遗嘱）保住
柯西的财产，使梅、克里斯汀和希德不至于身无分文，流落街头。对于只
为在世上找到一个安身立命之处的希德和克里斯汀，本领超群的柯西未
能提供任何帮助，相反还差点让她们无家可归，是L出面避免了最糟糕的
结局。柯西对"里面是聒噪的母螃蟹"(*LV* 248)的家厌烦至极，便立遗嘱
把所有的财产留给情人赛莱秀(Celestial)。L坚决不支持这种把家人都
扔到大街上的行为，便撕了遗嘱，重新在油乎乎的菜单上冒名写下新的遗
嘱。L的这份遗嘱不仅挽救了她们的生活，还"给她们一个互相联系的理
由"(*LV* 248)，为后来希德和克里斯汀达成和解埋下了伏笔。L的爱是无
声却有力的，以出于保护孩子的母性智慧击碎了柯西一意孤行的父权思
维。因此，L擅改遗嘱的做法也得到了真正继承人赛莱秀的谅解。赛莱
秀是柯西生前最爱的情人，在后者死后经常来到他的坟墓前唱他们最喜
欢的歌曲，每次她都允许L的陪伴和随唱。颇具反讽意味的是，赛莱秀对
柯西墓碑上的字很是不悦，"她跷着腿坐在上面，红色连衣裙的皱褶藏起
那侮辱：'理想的丈夫。完美的父亲。'"(*LV* 249)

在小说《爱》中，L发挥出重要的情感纽带作用，她的名字本身就蕴含
着深刻的情感寓意。L是英语单词 Love 的首字母，不少学者与读者都把
L定位为爱的化身，是小说题目的承载体。L自己在故事中多次讲述到
很少有人记得住她的名字，多是直接称呼她为"L"。由此，L的情感纽带

作用得以充分体现,也应和着作者莫里森一直以来的创作主题——"我始终在写一个主题,那就是爱或爱的缺失"①。具体到以"爱"为题的小说《爱》中,莫里森则重点探讨了女性之间的爱,尤其是母女之爱。伊里加蕾曾强调"女人必须相互热爱,既以母亲的身份怀着母性的爱去爱,也以女儿的身份怀着儿女的爱去爱。这样就可以找到一条永远开放的、通往无限的路"②。L以母性之爱把克里斯汀与希德连接在一起,并引导她们学会分享,学会体谅。美国女性心理学者卡普兰也曾分析道:"真正破坏母女关系的是父权文化,让父权文化深感恐惧的是女性之间会形成过于亲密的关系,而这种亲密关系又会促进女性产生独立意识和团结精神。"③在L的保护与引导下,柯西家族的女性最终联手对抗父权文化,致力于构建女性自我。

小　结

"爱"是小说《爱》中的重要主题,以不同形式、不同力量得以充分呈现。其中,家族核心人物柯西的爱最为危险,"柯西作为父权制的'自由'之人,来自他的'爱'并不安全,实际上他的存在和他的遗产毁掉了家族女人的一生"④。希德和克里斯汀,还有柯西身边所有的女人,都是这个"大男人"的傀儡,被玩弄于股掌之中。她们甚至还在不知不觉中做了他的帮凶,如莫里森在采访中所说的,"毁掉她们彼此之爱的原因是她们都将注意力转向了他。她们证明了他的存在。他是让她们争夺遗产的人。他是

---

① Taylor-Guthrie, Danille. *Conversations with Toni Morrison*. Jackson, MS: University Press of Mississippi, 1994: 40.

② Irigaray, Luce. *An Ethics of Sexual Difference*. Trans. Carolyn Burke & Gillan C. Gill. London: The Athlone Press, 1993: 106.

③ Caplan, Paula J. "Making Mother-Blaming Visible: The Emperor's New Clothes". *Woman-Defined Motherhood*. Eds. Jane Price Knowles & Ellen Cole. New York: Routledge, 2013: 65.

④ 荆兴梅. 凝视与反凝视:莫里森小说《爱》的意识形态批判. 外语研究,2014(6):90.

把她们的生活破坏到不可收拾地步的人"①。

黑人母亲梅把自己的爱奉献给家长制人物——柯西与柯西所追逐的梦想。由于对父权文化以及父权美国梦的盲目追随,她疏于对女儿克里斯汀的情感关爱,甚至不惜把女儿视为争夺财产过程中的一枚棋子。母女之间的关系演变成利用与被利用的权力关系,极大破坏了母女之间的人伦情感。梅的母性缺失影响了克里斯汀的一生。由于梅的干预与柯西的插足,克里斯汀失去了最后的情感依赖——希德,甚至与希德产生误解与仇恨。长大后,无家可归的克里斯汀投身于轰轰烈烈的种族革命事业,借革命情谊来治愈内心的情感创伤。然而,民权运动中暴露出的性别问题让克里斯汀深刻意识到女性的存在危机。顺应革命而失去做母亲的权利让克里斯汀遭遇母性幻灭,再次沦为父权制的牺牲品。

希德被家人"卖给"柯西后,把所有的生存希望寄托在柯西身上,但是,二人之间极不平衡的地位关系让希德遭遇女性存在危机与母性幻灭。与儿时好友克里斯汀之间的友谊也由于这种不相称的婚姻而宣告终结,演变成难以化解的仇恨。由爱生恨让女性之间的纽带关系遭遇断裂。柯西家族的女性们生活在柯西的权威影响之下,女性之间的爱无从构建。然而,极为关注黑人内部矛盾的莫里森还是借助 L 这一"爱"的化身为如何重构女性身份提供了一种参照路径。而且,L 的爱是一种超越制度化母性的关怀情感,彰显出莫里森对母性的深刻思考。

从理论层面上讲,L 超越制度化母性的母性关怀与女性主义关怀伦理学的相关主张遥相呼应。女性主义关怀伦理学(ethics of care)立足于母性特质,提倡一种广义的关怀伦理观。关怀伦理学把关怀分为自然关怀和伦理关怀。自然关怀源于爱的情感,如母亲照顾自己的孩子,是一种自然反应,不需要伦理上的努力;伦理关怀源于对自然关怀的记忆,要以自然关怀为基础。由此,以母性思考走向和平未来是关怀伦理学的理论

---

① Silverblatt, Michael. "Talks with Toni Morrison about Love". *Toni Morrison: Conversations*. Ed. C. C. Denard. Jackson, MS: University Press of Mississippi, 2008: 221-222.

核心。女性主义学者提出关怀伦理,对应的是传统的义务伦理观。以康德哲学为代表的义务伦理观强调人的理性、原则、权利和自主性等,而关怀伦理学则强调一种女性的视角与声音,注重情感和人们之间的关系,及同情、仁慈等。具体到小说《爱》中的 L 身上,她以母性关怀消解柯西所构建起的父权制家族体系,以情感关爱取代梅所采取的权力关系,最终帮助克里斯汀与希德重塑女性之间紧密的纽带关系。此外,L 的情感关爱并不是一种放弃权利、只关注女性生活的消极主张,相反,她清晰地意识到母性关怀的目标就是要重构女性主体身份,构建属于女性自己的话语体系。L 同样崇拜柯西,但她的崇拜并不盲目。与梅不同的是,L 佩服柯西的头脑与拼搏精神,但并不接受他的父权作风。L 一次次出面保护克里斯汀与希德,使她们免遭柯西的强势影响便是例证。L 的母性关怀充分体现出黑人社区母亲的文化力量,正如科林斯所言:

> 黑人女性的社区母亲经历是黑人女性参与社会变革的一种路径。在养育、照顾黑人子女的过程中,社区母亲展现出一种广义的关怀伦理观,使更多黑人从中受益。①

作为故事中的灵魂人物,L 所发挥的作用不仅仅是保护柯西家族的女性获取生存下去的资本与动力,更是引导这些女性学会自爱、自尊,并以女性的同情、关爱与慈悲等特质去理解与宽容别的女性,共创属于女性自身的话语体系。小说最后,克里斯汀与希德在 L 的精神导引下,冰释前嫌,恢复女性之间的纽带关联。她们虽已年迈,但不再放弃对女性主体的追求,在把控制她们的男权代表从记忆中抹除之后重塑属于她们自己的天地。L、克里斯汀与希德的故事充分体现出一种基于关怀,但不忘权利斗争的伦理观,正如女性主义伦理学理论家拉迪克在一次访谈中所讲到的,"我并不否认权利与公正……相反,权利对于被虐待的人是必不可少

---

① Collins, Patricia Hill. *Black Feminist Thought*, *Knowledge*, *Consciousness*, *and the Politics of Empowerment*. New York: Routledge, 2002: 49.

的。关怀伦理赞赏的是保护性距离和不可侵犯的完整性,而这正是'权利'一直要保障的。我们的任务是将'权利'发展的情景重新概念化,以便权利不再保护一个被辩护的和去辩护的个体,而是去证明支持尊重人的行为和集体的责任,'一个社会靠的是它自己'"①。基于此,作者莫里森在小说中把母性的探讨深入到关怀伦理层面,在保持母性的黑人传统精神之外,将母性话题上升到人伦关怀的高度,彰显出作者高度自觉的人文关怀意识。

---

① 肖巍."关怀伦理学"一席谈——访萨拉·拉迪克教授.哲学动态,1995(8):38-40.

第七章 《上帝救助孩子》中
母女关系的伦理解读

　　正如美国黑人学者格瑞尼所言,"美国黑人女性作家通常把母女关系而非母子关系作为讲述重点,原因在于黑人母亲深知黑人女性在种族、性别以及阶级等多种压迫下的发展机会最小,同时,黑人母女关系也最易出现问题"①。莫里森也不例外,在其作品中,母女关系往往成为她热衷的话题。从《最蓝的眼睛》中波琳对女儿佩科拉的厌弃到《秀拉》中母女之间的相爱相杀,从《宠儿》中塞丝亲手杀死亲生女儿到《慈悲》中无名黑人母亲选择卖女为奴等,莫里森无处不流露出她对母女关系的密切关注。在最新力作《上帝救助孩子》(*God Help the Child*,2015)中,莫里森一如既往地拷问如何建构理想的母女关系。本章将随着故事发生背景的转移,转向分析小说中所涉及的母女关系的新层面——伦理。

　　在《上帝救助孩子》中,莫里森把故事放在当下,探讨童年创伤、肤色政治、家庭伦理等社会热点话题。起初,莫里森为该小说所设定的书名是《孩子的愤怒》(*The Wrath of Children*),意在表明故事的讲述重心在于儿童成长与心理问题。由此,关于该小说的解读大多集中在对儿童成长创伤的探讨上。学者拉米雷兹(Manuela López Ramírez)在考察美国黑人生存历史的基础上,分析小说中黑人母亲甜甜(Sweetness)母性虐待行

---

　　① Greene, Beverly. "Sturdy Bridges: The Role of African-American Mothers in the Socialization of African-American Children". *Woman-Defined Motherhood*. Eds. Jane Price Knowles & Ellen Cole. New York: Routledge, 2013: 214.

为的各类成因以及对女儿成长的负面影响。① 国内学者王守仁、吴新云重点论证了"肤色和种族关系给黑人儿童打下的烙印，性暴力等对各种族儿童的打击，以及如何通过'言说'的疗伤作用走出童年创伤的阴影，走向心灵的自由与安宁之路"②。庞好农则以社会伦理学为分析视角，"从亲情创伤与亲情异化、视觉创伤与性情异化、司法创伤与身份异化三方面探析美国社会的儿童创伤与心灵扭曲问题"③。焦小婷也认为，"莫里森在新作中把野蛮的创伤及其不堪的后果放置于日常生活的情景里，把布莱德的创伤记忆与母亲的自责感、布克的羞辱感以及白人女孩瑞恩的自卑感等外围故事交织在一起，追溯人物坎坷的过往，让小说人物在讲述、阐释和表征创伤记忆的过程中达到疗愈"④。

孩子的心理创伤与家庭伦理、学校教育与社会环境等因素存在关联，而最初最严重的创伤往往来自家庭，尤其是父母。在孩子年幼之际，母亲的引导作用甚于父亲，由此，母子/女关系的健康与否对子女的成长发展影响深远。在《上帝救助孩子》中，浅肤色的黑人母亲甜甜对女儿露拉·安(Lula Ann)黝黑的皮肤深感不安，甚至厌烦，由此秉持"女家长"的作风而疏于对女儿的情感关爱。在"女家长"的外衣下隐藏着甜甜对母亲地位权力的坚守，以及对女儿享受母爱权利的剥夺。一度深受母亲情感虐待的露拉·安成人后改名为布莱德(Bride)，并对母亲进行情感报复，其报复的武器是事业成功所带来的经济权力。布莱德是母亲晚年不得不依靠的经济支柱，却从不归乡探望母亲，剥夺了母亲享受天伦之乐的权利。母女之间的伦理关系在"地位权力—经济权力"的角逐与转化中遭遇异化。经

① Ramírez, Manuela López. "'What You Do to Children Matters': Toxic Motherhood in Toni Morrison's *God Help the Child*". *The Grove: Working Papers on English Studies*, 2015(22): 107-119.

② 王守仁，吴新云. 走出童年创伤的阴影，获得心灵的自由和安宁——读莫里森新作《上帝救助孩子》. 当代外国文学，2016(1): 107-113.

③ 庞好农. 创伤与异化——社会伦理学视阈下的《上帝会救助那孩子》. 北京社会科学，2017(6): 4-11.

④ 焦小婷. 又一个不得不说的故事——托尼·莫里森的新作《天佑孩童》解读. 西安外国语大学学报，2017(3): 108-110.

历一系列的成长事件之后,母女双方最终通过反思自身不当的权力行为冰释前嫌,达成和解,表达出对健康的母女伦理关系的强烈诉求。由此,本章继续以西方母性理论为参照,首先分析"女家长"黑人母亲甜甜由于过度行使地位权力带给女儿的童年创伤,以及成人后的布莱德借助21世纪美国社会的文化转向获取事业成功,借助手中的经济权力对母亲进行的情感报复。笔者认为,母女伦理关系的重塑有赖于母女间真挚的情感关怀,而非权力关系的错用。深具人文关怀意识的伟大作家莫里森对母性的新特征与新困惑进行了深度解读与诠释,同时也对如何构建母女伦理关系做出了新的思考。

第一节 "女家长"的外衣

"女家长"(matriarch)是美国主流社会赋予专注工作、情感粗糙的黑人母亲的一种命名,与"保姆"(mammy)、"福利皇后"(welfare queen)一起构成对黑人母亲的刻板化定位。[①] 小说中,黑人母亲甜甜是位典型的"女家长",她独自抚养女儿,依靠双手而不是社会救济生活,日夜忙碌的她疏于对女儿的情感关爱。然而,不同于一般意义上的"女家长"的是,甜甜对待女儿不止于情感粗糙,而是情感伤害。她厌恶,甚至憎恨女儿的深黑肤色,拒绝触碰女儿,更谈不上言语关爱。把"白即是美"完全内化的甜甜事实上在以"女家长"为保护衣简单粗暴地行使母亲的地位权力,导致女儿在年幼时期遭遇严重的情感创伤。可以说,除了外部社会因素(包括种族与阶级)的深远影响之外,甜甜的母性行为背后隐藏的是社会权力关系在家庭中的错位使用。

甜甜出生在一个浅肤色的黑人家庭中,她的祖母是肤色与白人无异的黑白混血儿,通过种族越界进入白人社会后,就毅然断绝了与所有子女的联系。甜甜的丈夫路易斯也是浅肤色,可上帝似乎给她开了一个玩笑:

---

① Collins, Patricia Hill. *Black Feminist Thought*, *Knowledge*, *Consciousness*, *and the Politics of Empowerment*. New York: Routledge, 2002: 54.

她的女儿露拉·安出生后肤色迅速变成深黑色，"午夜般的黑，苏丹人般的黑"（GHC 1）①。"一定是哪里出了问题""这不是我的错。你们不能责怪我"（GHC 1）表明甜甜当时的不知所措，也为她对女儿的厌弃和冷漠埋下了伏笔。甜甜甚至想过把女儿送到孤儿院。丈夫路易斯同样对女儿的肤色极为不满，怀疑妻子与他人有染，才生下皮肤黝黑的女儿，把女儿视为"敌人"（GHC 5）。面对丈夫的误解与指责，甜甜直接反击，声称是丈夫家族血统的不纯正导致女儿的黑皮肤，为此，路易斯"暴跳如雷，愤然离开，结果，甜甜不得不另找住所"（GHC 6）。沦为单身妈妈的甜甜并没有被生活打垮，相反，她独立、坚强，秉承"女家长"黑人母亲的作风。她不依靠社会救济，而是选择外出工作赚钱养家，处处维护黑人的自尊，不愿意遭遇白人的冷眼，她发现"社会救济机构的工作人员总是把黑人穷人看成乞丐，尤其是当甜甜手牵着女儿领救济时，他们会觉得甜甜是在骗取金钱"（GHC 7）。也就是说，甜甜选择做"女家长"而不是"福利皇后"。尽管二者都是白人主流社会强加于黑人母亲的控制性命名，但"女家长"似乎更有助于维护黑人母亲的人格尊严。

学者安德森曾借助社会学与心理学的知识概括出"女家长"的四大特点："一是认为黑人男性不能依靠，独立承担养家重任；二是有虔诚的宗教信仰；三是视照顾家庭为人生最重要的使命；四是保护子女不受种族主义的伤害，抑或帮助子女接受种族歧视的事实"①。甜甜便是这样一位"女家长"，她独自抚养女儿，口口声声强调自己对女儿的严厉教导是为了让女儿能够认识世界，适应社会。虽然"女家长"常被认为是工作狂人，感情粗糙且疏于对子女的管教，甜甜却乐于接受，然而，细读文本会发现，这种接受中实际上暗含着两大原因。首先，做"女家长"可以维护人格尊严；其次，成为"女家长"可以为她不"爱"女儿的行为开脱。事实上，对于甜甜而言，第二个原因更为真实，只是隐蔽在前者之下，甜甜是在"女家长"外衣的"保护"下做出导致女儿心理创伤的反母性行为的。莫里森以文学叙述

---

① Anderson, Mary Louise. "Black Matriarchy: Portrayals of Women in Three Plays". *Negro American Literature Forum*, 1976(10): 93-95.

的方式在展现人性复杂性的同时,对美国黑人遭遇的新的时代问题进行了反思。

甜甜以"女家长"的称号为外衣,行使看似合理实则自私的地位权力。她不让女儿喊自己"妈妈"而是"甜甜",理由是"这样做会更安全。长着那样的黑皮肤,那么厚的嘴唇,她不该喊我妈妈,因为很容易让别人感到疑惑"(GHC 6)。很明显,甜甜努力摆脱与女儿之间的关系,而不仅仅是不让他人迷惑。在甜甜与女儿的关系之中,母亲拥有绝对的权力,高高在上,而女儿只能顺从。权力关系的介入使母女伦理关系产生扭曲、变形。在小说中有一段甜甜的内心独白,非常能够说明她身上异化了的母性伦理行为。

> 在养育女儿时,我格外小心。我不得不严格,非常严格。露拉·安需要学会如何做事,如何把她的头低下,不制造任何麻烦。我不管她曾几度更改自己的名字。她的黑皮肤是她终生需要背负的十字架。但这不是我的错。不是我的错。不是我的错。不是。(GHC 7)

黑人母亲甜甜对女儿严格的理由看似合情合理,她对女儿母爱的吝啬是由于"她的黑皮肤是她终生需要背负的十字架"。在充满敌意的生存环境中,她坚持女儿必须从小学会坚强、独立,母爱不是女儿所应当享受的奢侈品。甜甜在故事中讲述道:"有时候我会对自己对待露拉·安的态度感到内疚。但是她必须明白:我是在保护她。她不懂这个世界……她根本意识不到她的黑皮肤会把白人吓坏,更让白人嘲笑她,甚至玩弄她。"(GHC 41)"我是在保护她""我是为她好"(GHC 6)等话语中往往隐藏着不容子女辩解的家长权力。在甜甜与露拉·安的母女关系中,甜甜始终处于绝对的权力高地,她的行为、眼神以及言语都透露出对女儿的冷漠。在露拉·安的记忆中,妈妈从不喜欢碰触她:

> 在我小时候,她的脸上净是不耐烦,有时候她不得不给我洗

澡,事实上,只是用半温的水简单给我冲洗一下。我甚至祈祷她
能给我一巴掌,让我感受她的触摸。我故意犯些小错,但她总能
找到不直接触碰我的体罚方式,比如:不让吃晚饭,把我锁在房
间里。但对我而言,最糟糕的是她对我的大声训斥。我害怕极
了,只有顺从才是生存之道。后来,我特别擅长顺从,一直顺从。
所以,当我站在法庭上,我同样害怕极了,只好按照老师——心
理辅导员期望我做的那样去做了。干得不错,我知道,因为在法
庭审判之后,甜甜变得更像一位母亲了。(GHC 32-33)

可以说,正是甜甜的母性行为让露拉·安从小形成懦弱、被动甚至谄
媚型的人格。在学校受到欺凌时,她从不反抗;看到房东里先生(Mr.
Leigh)猥亵幼童时,她惊恐万分,却佯装不知。因为害怕母亲失望,担心
教师不满,她在法庭上做伪证,不仅使索菲亚(Sofia)身陷牢狱之灾,同时
自己也一直背负巨大的良心债。此外,甜甜虽然声称要培养女儿独立的
生存能力,从根本上讲,却是一种责任推卸,而且,这种责任推卸源于她对
女儿的厌弃,因为她从不提供任何生存技能的指导。露拉·安曾回忆道:

> 母亲的家中充斥的是淡漠、冷酷甚至敌意的气氛。我从来
> 不知道如何做才是对的,规则到底是什么。是该把勺子放在碗
> 的里面还是旁边? 系鞋带是该打死结还是活结? 中筒袜是该放
> 下来还是拉到小腿肚处? 规则到底是什么,何时又会变?
> (GHC 78-79)

对于黑人母亲而言,由于她们深知社会生存环境的残酷,往往会传授
给子女一些必需的生存技能,包括自尊、自卫以及学会应对痛苦与失望。
然而,甜甜的母性行为却表明她只要女儿绝对的顺从,毫无指导意义的顺
从。更为糟糕的是,她灌输给女儿的是白人主流价值观,把自我憎恨的情
绪传染给女儿。

当露拉·安月经初潮弄脏了床单,甜甜都不曾表示她的关心与照顾,

相反,她给了女儿一巴掌,并把她推进盛满冷水的澡盆里。反讽的是,露拉·安并不惊恐而是欣慰,因为在推搡的过程中,她与母亲有了肢体接触,而这种接触是甜甜在平日中唯恐避之不及的。甜甜不可思议的母性行为背后是"白即是美"种族偏见的内化,是对种族偏见的恐惧。甜甜的母亲露拉·梅本来可以凭着自己的浅肤色成功越界至白人社会,但她选择保留自己的黑人身份。结果,她的一生都深受种族偏见的困扰,甚至在婚礼宣誓时"不能和白人手按同一本《圣经》"(GHC 4)。甜甜也不断遭遇同样的种族问题,比如在被丈夫赶出家门之后,她到处寻找住所,却发现即使当时的法律已经明文禁止种族歧视,但不少白人房东仍然置若罔闻,"不会把房子租给黑人,即使是浅肤色的黑人"(GHC 6)。可以说,甜甜在20世纪90年代的生存遭遇与《最蓝的眼睛》中黑人母亲波琳的遭遇相差无几。学者沃克(Kara Walker)曾指出,"像甜甜一样遭遇肤色政治带来的情感创伤与情感焦虑的黑人即使到新世纪之初仍然不少见"[1]。从小说中的情节中可以推断出甜甜深受"一滴血原则"[2]的伤害,同为浅肤色的夫妇生出皮肤黝黑的女儿,毫不留情地暴露出甜甜与丈夫的黑人身份。由此产生的母性行为被拉米雷兹称为"毁灭型/虐待型母性(destructive/toxic mothering)"[3]。更为巧合的是,甜甜与波琳都把种族偏见完全内化,并以此为借口吝啬对女儿的情感关爱,行使不当的母亲权力。美国母性研究理论家里奇曾分析道:"母亲与子女之间的权力关系通常是父权制

---

① Walker, Kara. "Toni Morrison's *God Help the Child*". (2015-04-19)[2017-12-29]. https://www. nytimes. com/2015/04/19/books/review/toni-morrisons-god-help-the-child. html.

② 在种族隔离的年代,美国绝大多数的州都立法通过"一滴血原则"(one drop rule),只要当事人的祖先有任何非洲裔的血统,哪怕只有几十分之一,州政府划分民众族裔时,即可据此法则判定其为非洲裔。该法则背后的真正用意,是为了防止不同族裔间通婚,进而保持白人血统的纯净。虽然联邦最高法院于1967年判决"一滴血原则"违宪,但这个观念仍然深植在一部分美国人的心中。

③ Ramírez, Manuela López. "'What You Do to Children Matters': Toxic Motherhood in Toni Morrison's *God Help the Child*". *The Grove: Working Papers on English Studies*, 2015(22): 107-119.

度下权力关系的一种彰显……父权社会中不具备任何权力的女性往往会把母性视为行使权力的途径……"①

通过对美国黑人家庭模式的分析,学者埃尔维(Kerby Alvy)指出,由于特殊的历史遭遇,美国黑人父母对子女的养育方式往往更为苛刻、严厉。②在黑人父母看来,只有管教严格,子女才能养成坚韧、独立的品格,以便适应充满敌意的生存环境。甜甜对女儿缺乏温情的高压管教模式,在学者拉米雷兹看来,正是父权文化语境下制度化母性的产物。③制度化母性要求母亲依循父权文化的理性思维养育子女,而不倡导母亲的情感关爱。甜甜以父权文化原则为准绳践行母道,沦为专制型母亲(authoritative mother)。专制型母亲往往采取以权力为导向的方式养育子女,她们强调子女的服从,经常对子女进行体罚、命令,而很少给出解释。甜甜身上的父权制母性体现在控制、服从以及绝对的遵从上。按照学者盖伊(Roxane Gay)的说法,甜甜的母性行为有其不得已之处,"很难对甜甜的母性行为进行道德判断。她是应该做得更好,可是我们也不得不承认她的选择建立于对白人社会中黑人生存处境的思考之上。在这个社会中,肤色越浅,前途越光明"④。然而,除了种族原因之外,甜甜的母性行为同时也深受父权文化制度化母性的控制。制度化母性不仅要求母亲放弃女性主体性,把自我完全置放于母性职责/母道经验之中。正如里奇所深刻揭示的,"制度化的母性束缚并贬低了女性的潜能……要求女性具有母亲的'本能'而不具有智慧,要求她们无私而不是自我实现,要求她

① Rich, Adrienne. *Of Woman Born*: *Motherhood as Experience and Institution*. New York: W. W. Norton and Company, 1986: 38.

② Alvy, Kerby. *The Soulful Parent*: *Raising Healthy*, *Happy and Successful African American Children*. Los Angeles: The Center for the Improvement, 2011.

③ Ramírez, Manuela López. "'What You Do to Children Matters': Toxic Motherhood in Toni Morrison's *God Help the Child*". *The Grove*: *Working Papers on English Studies*, 2015(22): 107-119.

④ Gay, Roxane. "*God Help the Child* by Toni Morrison Review—'Incredibly Powerful'". (2015-04-29)[2017-12-29]. https://www. theguardian. com/books/2015/apr/29/god-help-the-child-toni-morrison-review-novel.

们建立同他人的关系而不是创建自我"①。此外,父权文化规约下的制度化母性还要求母亲参照男性权力体制践行母道,忽视母性情感的力量。甜甜以权力为导向的母性行为恰好说明她对白人主流价值观的彻底内化与遵循。然而,不同于波琳的是,甜甜的母性行为在女儿成人之后遭遇了报复。

第二节 "地位权力—经济权力"的角逐与转化

生于 20 世纪 90 年代,成长于 21 世纪的露拉·安不顾母亲反对改名为布莱德,并受益于"白即是美"到"黑也是美"的社会文化转向。布莱德利用自己的黑人之美获得了经济利益与事业成功;她成为一家化妆品公司的区域经理,前途光明。此时,母女伦理关系发生了不可思议的反转,布莱德切断了与母亲的情感纽带,仅提供金钱上的帮助,并利用手中的经济权力对母亲进行报复。母亲甜甜在对时代感到错愕之余,已然失去了控制女儿的母亲权力。在甜甜与布莱德母女之间,地位权力向经济权力的转变引发了母女伦理关系异化的加重。

《上帝救助孩子》与莫里森第一部小说《最蓝的眼睛》具有极强的互文性,都对"白为美"还是"黑为美"的文化命题进行了拷问,然而,同样的问题在不同的时代背景中却有着不同答案以及影响。《最蓝的眼睛》中的佩科拉生活在种族主义甚嚣尘上的 20 世纪 40 年代,而布莱德处于"后民权时代",待其成年,已到了 21 世纪的多元文化时代,"黑色已是新的黑色"(GHC 6)。布莱德的肤色让其"因祸得福",她的丑变成了有商业价值的美。造型师告诉她,"黑色好卖,是文明的世界中最畅销的商品"(GHC 36)。布莱德总是身穿白色来突出自己的"黑"之美,小心地"只穿白色",而且是各种各样的白色,"象牙白、牡蛎白、大理石白、纸色白、雪白、奶油白、米色白、香槟白、鬼魂白、骨头白等等"(GHC 33),

---

① Rich, Adrienne. *Of Woman Born*: *Motherhood as Experience and Institution*. New York: W. W. Norton and Company, 1986: 48.

以"白"衬托自己的"黑",使得自己像"雪中猎豹"(GHC 34)以引人注目。最终,合乎新时尚的深黑肤色不仅使她外貌动人,也助她在美容界打拼出一片事业,成为一护肤品牌的区域经理。而且,她发现人们不再像她小时候那样投来厌恶的目光,而变成了赞叹、欣赏的注视。美国社会关于"何为美"的文化转向让布莱德比佩科拉幸运得多,用布莱德自己的话讲,"我把自己优雅的黑色出售给那些在我小时候诅咒过我的白人,现在他们要偿还给我。我必须得承认,让那些欺负过我的白人用羡慕的眼神重新看待我,对我而言,不只是一种偿还,而是一种胜利"(GHC 57)。

21世纪美国社会文化环境发生巨变,母亲甜甜面对崭新的时代面貌,尤其是关于黑人和白人种族美的概念转变,顿感无措,"深肤色黑人到处可见,电视上,时尚杂志里,广告中,甚至电影主演都有黑人的身影"(GHC 176)。显然,囿于自己狭小的生活圈子,甜甜无法理解与回应社会变化,而获益于这种变化的布莱德并没有启发与帮助母亲跟上时代步伐,相反,她疏于与母亲的联系,她们之间仅存的是一张张汇款单。在阐述母女关系时,法国精神分析女性主义学者伊里加蕾曾讲道:"女人必须相互热爱,既以母亲的身份怀着母性的爱去爱,也以女儿的身份怀着儿女的爱去爱。这样就可以找到一条永远开放的、通往无限的路。"①正如当年母亲没能提供女儿积极正面的生存经验,成人后的布莱德同样不曾引导母亲适应新时代,导致到故事结束,甜甜仍然坚守着自己保守的生活态度和价值观念:"我只知道在当时,我只能对她严厉。在她父亲抛弃我们之后,露拉·安就成了一个负担,一个我不得不承担的负担。"(GHC 177)

在事业与经济上取得巨大成功的布莱德以自己的方式对母亲甜甜进行着报复。首先,她选择离母亲越远越好的地方读书、工作,从不回家看望母亲,仅是寄钱维持母亲的生活。在母亲甜甜看来,"我知道她寄钱给我是为了离我远远的,并使自己仅存的良知得以安放"(GHC 177)。经济上的依赖让母亲甜甜处于弱势的一方,与当年年幼的女儿始终处于

---

① Irigaray, Luce. *An Ethics of Sexual Difference*. Trans. Carolyn Burke & Gillan C. Gill. London: The Athlone Press, 1993: 106.

被动地位如出一辙，"我不得不说我很感激她给了我足够多的钱，我不必像其他父母那样唯唯诺诺地索取更多的生活费"（GHC 177）。63 岁的母亲最后寄居养老院，"孤独与无聊比起腿关节的疼痛更令我难以忍受"（GHC 176）。可以看出，比起金钱，甜甜更加希望女儿能够回来看望她、陪伴她。当收到女儿怀有身孕的消息后，她欣喜若狂，到处炫耀，像自己要被"加冕"（GHC 176）了一样。然而，寄来的信件上却没有布莱德自己的收信地址，甜甜明白"自己仍是到死都要被惩罚的坏母亲，因为不当却必要的养育方式而终生不能被原谅"（GHC 177）。布莱德的报复方式虽然看起来情有可原，但同样具有极强的伤害性，正如母亲当年不愿碰触，甚至不愿看见自己的黑色皮肤一样，布莱德以从不陪伴甜甜的方式剥夺了母亲享受天伦之乐的权利。布莱德的做法恰巧印证了男友布克（Booker）对金钱功能的看法和怀疑。布克攻读经济学硕士学位的目的是想了解"金钱是如何影响世上的每一种压迫，并和上帝及上帝的敌人一起，创造出所有的王国、民族、殖民地，创造出富人甚至掩护富人的"（GHC 110）。当然，布莱德的经济权力谈不上压迫与欺诈，但却极大地伤害了家庭伦理关系。

其次，布莱德以向索菲亚老师进行赎罪的方式对母亲当年不恰当的教育方式进行了揭示与指责。索菲亚当年因布莱德在法庭上做伪证而无辜入狱，承受十五年的牢狱之灾。而布莱德做伪证的初衷是为了让母亲感到骄傲与自豪，"一个黑人小女孩公开指控白人可不常见"（GHC 42）。母亲甜甜以极为严厉的教育方式养成布莱德顺从、被动的性格特点，同时她们之间的情感疏离让布莱德从小有种母爱饥渴，只要能讨母亲开心，布莱德甚至愿意去做有违自己良知的事情。果然，在法庭审判结束后，甜甜因为看到女儿"勇敢"的表现而"以一种我（布莱德）从未见到的微笑方式笑了，而且嘴巴和眼睛也在笑"（GHC 31）。正是甜甜不正常的养育方式让布莱德性格扭曲，行为异化。然而，十五年里布莱德一直为自己的荒唐行为背负着良心债，在索菲亚出狱当天，她驱车迎接却未能如愿。在她拿给索菲亚她用心准备的让其重新开始新生活的金钱与度假机票时，索菲亚选择拒收，并对布莱德大打出手，导致后者差点残疾。然而，这次"重遇"让二者都卸下了多年积累的压抑情感，索菲亚后来就感慨道：

现在想来，我觉得那个黑人女孩确实帮了我个忙。这个忙不是来自她脑子的愚蠢想法，也不是她手里拿的钱，而是超出我俩计划的礼物——积压了十五年的眼泪终于可以纵情释放。无须再压抑，无须再诅咒。现在的我既清清白白，又无所不能。(*GHC* 70)

甜甜给予布莱德的教育是被动的、顺从的，要求她适合充满种族歧视的生存环境，并变相鼓励她做出有违良知的反种族的事。事实上，甜甜所应该做的是引导女儿认清种族环境，以一种积极的态度辨别种族问题，并做出相应的对抗行为，而不是以污蔑无辜之人发泄对白人的报复情绪。总之，在甜甜与布莱德母女之间，权力关系的角逐与转化不仅和母女双方的性格有关，同时也反映出时代变迁带给美国黑人的生活变化，反映出作者莫里森对美国黑人生存与时俱进的思考。制度化母性要求母亲依循父权文化的权力模式养育子女，而不倡导母亲的情感关爱。由此，布莱德从母亲身上习得的不是情感关爱，而是简单的权力关系，甜甜所依仗的是地位权力，布莱德则利用经济权力。"地位权力—经济权力"的角逐与转化让母女二人发展成对立的双方，同时，由于权力关系的介入，母女双方遭遇情感缺位以及严重的女性存在危机。可以说，在故事中，莫里森一如既往地探讨并行不悖的两大主题——"如何成为母亲，以及如何摆脱母亲的控制"[①]，并对美国黑人女性的存在问题进行了与时俱进的反思。

第三节　母女伦理关系的重塑

母亲甜甜与女儿布莱德在权力角逐中两败俱伤。布莱德虽然凭着独特的黑人之美获取了事业上的成功，然而在与男友布克的相处中却遭遇

---

① Daly, Brenda & Maureen Reddy. *Narrating Mothers: Theorizing Maternal Subjectivities*. Knoxville: University of Tennessee Press, 1991: 2.

再次被抛弃的情感创伤。身体器官的退化暗示出她对重续母女纽带的潜意识渴望。而母亲甜甜面对新时代变迁产生的复杂情绪以及得知女儿已有身孕消息后的欣喜若狂则预示着母女之间达成和解的希望。莫里森在故事中设计出了一系列异化的母女伦理关系,并让遭遇亲情创伤的女儿在交流中,增强对母亲的理解,同时治愈情感创伤,表达出重塑新时代母女伦理关系的强烈诉求。

在《上帝救助孩子》中,莫里森延续以往的魔幻式写作手法,通过描述布莱德身体器官不断退化这一情节,强调重构前俄狄浦斯阶段母女同一感(oneness)的重要性。布莱德在被当年因自己作伪证而服刑十五年的索菲亚老师狠揍一顿之后,几近残疾,在接受手术与治疗之后,发现身体在迅速痊愈的同时,某些身体器官也随之开始退化。先是发现自己的耳洞消失不见,耳垂处的皮肤变得像婴儿般光滑,接着腋下也成为光秃秃的一片。后来,在寻找男友布克的途中,布莱德发现自己的身材也在变小,原来的衣服突然大出两个码。更不可思议的是,布莱德在遭遇车祸,被伊芙琳(Evelyn)一家收留照顾的六个星期后,她好好洗了个澡,却惊奇地发现她的乳房也不见踪影,只留下胸前平平的一片(GHC 92),整个人的身材也明显变得瘦削,竟与伊芙琳的小女儿瑞恩(Rain)穿同一码的裤子。看到自己的身体变化,布莱德伤心欲绝,认为"这一切并不是男友布克离开之后发生的,而是因为他的离开才出现的"(GHC 93)。在布莱德离开母亲出来打拼事业之后,她遇到很多人,然而,布克是她最为亲密的陪伴者。她愿意把过去的一切全盘托出,通过向布克滔滔不绝地诉说使自己逐渐走出童年的创伤。所以,从某种程度上讲,布克是布莱德从小渴望与之交流、与之亲密的母亲的替身。这位"母亲"虽然能够聆听,但从来不向布莱德祖露心扉,最终以一句"你不是我要的女人"(GHC 8)使布莱德再次陷入被抛弃的境遇之中。

布莱德的身体变化暗示出她向婴儿状态的回归,是对母女同一感的渴望。正如学者怀亚特所言,"身体器官往婴儿状态的退化揭示出布莱德对变成母亲厌弃的'可怜的黑人小女孩'既向往又惧怕的复杂情绪"①。莫里森对母女关系的象征性重塑在其另一部小说《秀拉》中同样有所刻画。秀拉在 12 岁时听到母亲汉娜说过"不喜欢自己"的话，从此与母亲产生了情感隔阂，甚至仇恨。然而，一生对母亲充满敌视的秀拉在临死前也表达出回归母体的渴望。

> 就在这里，也只有在这里，在这间有着高于榆树的黑暗窗子的房间里，她才可能屈膝靠向胸部，闭上两眼，把拇指放进嘴里，顺隧道漂流而下，不碰到阴暗的四壁，下沉，下沉，直到她闻到雨水的气息，知道水已经近了，就蜷起身子进入那沉重的柔软中，让它将她包裹起来，承载着她，把她困倦的肉体永远地冲刷下去。(SL 149)

不同于秀拉的是，布莱德最终在男友布克，尤其是男友的姨妈奎因（Queen）的情感引导下获取对母爱的新认知：母亲在养育子女的过程中可能会采取不恰当，甚至是冷酷的行为，但每个母亲都爱自己的孩子。奎因在家中墙上贴满了孩子们的照片，这面照片墙"不仅是为了展览，更是为了纪念"（GHC 171）。奎因姨妈对布莱德的贴心照顾和情感开导让她产生了一种移情，无意识之中把奎因看成自己的母亲，并和布克一起悉心照顾被大火烧伤的奎因，直至其生命结束。在照顾期间，布莱德第一次与"母亲"有了亲密的肌肤接触。而且，在她情急之下，脱掉 T 恤救助被大火呛得窒息了的奎因时，惊喜地发现她的乳房重新出现，完美如初。这里，莫里森再次运用象征手法强调健康的母女关系是子女重获自我的关键前提，并有力印证了小说的主题——"上帝救助孩子"。事实上，救助孩子不仅要靠上帝的力量，更需要家长与社会的关爱。布莱德的身体变化表明即使在她成人之后，潜意识之中仍然渴望恢复与母亲之间的亲密联系，而且，也只有重续母女纽带才能够帮助女儿重塑

---

① Wyatt, Jean. *Love and Narrative Form in Toni Morrison's Later Novels.* Athens, GA: The University of Georgia Press, 2017: 280.

自我主体,正如伊里加蕾所言,"女性只有分享劳动果实,摒弃仇恨和忘恩负义,她们之间才能建立起一个女性谱系"①。

女性谱系的建立需要母女双方的共同参与,布莱德与奎因成为对方各自渴求对象的替代品(奎因的女儿汉娜因为早年受到继父的性骚扰向母亲求救,奎因却未能及时给予援助,由此,汉娜和布莱德一样对母亲的行为怀恨在心,在成人之后从未归乡看望过母亲),建立起不以血缘关系为纽带的母女谱系。正是这种新型的母女关系让布莱德重新反思她与母亲甜甜的爱恨纠葛,并决定放下自己的经济权力,给母亲写了一封家书,而不再是冷冰冰的汇款单——"S女士(从小时候起,布莱德被要求只能称呼母亲为甜甜,而不是妈妈。S是Sweetness的首字母),猜猜发生了什么?我很高兴与您分享这个消息。我就要做母亲了。我太兴奋了,希望您也是"(GHC 176)。这封简短的家书成为母女二人冰释前嫌、重续纽带的良好契机。母亲甜甜也由此开始反思自己不当的权力行为,"给了我一个早该明白的教训。对待孩子的态度影响极大,他们永远不会忘记的"(GHC 43)。当得知布莱德怀有身孕的时候,甜甜更是开心,并希望布莱德能够做得比自己好。可见,母女双方都表达出对健康的母女伦理关系的诉求与期待。

事实上,在小说《上帝救助孩子》中,莫里森直接聚焦"童年创伤"这个她一直以来密切关注的社会问题,并以此为切入点审视美国社会,"清白无辜的孩子无端承受了社会各色人等的'惩罚',而这些童年创伤也正是社会问题的聚积处,暴露出种族关系、暴力文化、人际隔阂等当代社会须得正视和审视的方方面面"②。的确,一个健康的社会需由有着健全人格的人们共同构筑,而健全人格则与童年的遭遇密切相关。故事中,布莱德的男友布克因哥哥亚当(Adam)被猥亵儿童的白人修理工杀害而一直心

---

① Irigaray, Luce. "The Bodily Encounter with the Mother". *The Irigaray Reader*. Ed. Margaret Whitford. Trans. David Macey. Cambridge: Blackwell, 1991: 34-46.

② 王守仁,吴新云. 走出童年创伤的阴影,获得心灵的自由和安宁——读莫里森新作《上帝救助孩子》. 当代外国文学,2016(1):107-113.

情抑郁,与家人关系紧张,并因为布莱德要去看望当年因"猥亵儿童"而入狱的索菲亚老师而倍感气愤,决定与她分手,置布莱德于再次被抛弃的孤独境地。此外,被伊芙琳夫妇收留的小女孩瑞恩同样遭遇过童年创伤,她的母亲是位妓女,强迫女儿在年仅 6 岁时就提供性服务,结果在女儿服务不到位时强行把女儿赶出家门。瑞恩的童年创伤在向布莱德倾诉中得以缓解,她十分感激布莱德的倾听,并亲切地把布莱德称为"我亲爱的黑姑娘"(GHC 104)。布莱德的好友布鲁克林(Brooklyn)平日里看上去风情万种、机智风趣,但同样在童年时期当遭遇叔叔的性侵犯时母亲却喝得醉醺醺而无法提供帮助。

显然,莫里森在该故事中重点审视了美国社会中的儿童创伤问题,并以小见大,突显了美国社会问题的症结所在。此外,在所有这些儿童创伤经历中,母亲的失职或者养育不当行为被推置到前景,成为莫里森一如既往系统探讨的重点(莫里森之前的多部小说都剖析过母性异化或母性缺失问题,包括《最蓝的眼睛》《秀拉》《宠儿》《家》《爱》以及《慈悲》等)。女儿布莱德与母亲甜甜之间母女伦理关系的重塑是小说的中心事件,也为其他人物走出童年创伤提供了一种参照。她们的反思意识显得极为重要,因为"反思的过程发生在现在,但却指向过去或虚拟的时空,使过去的时间和讲述行为发生关联,从而指向有意义的关系和有价值的生活"[①]。

小　结

《上帝救助孩子》作为莫里森最新的一部小说,与以往作品最显著的不同在于它"第一次"把故事背景放在"当下"。从以上各章节的分析中可以看出,莫里森以往的作品多是对历史的描写,比如《慈悲》反映出 17 世纪美洲殖民地的时代背景,《宠儿》聚焦 19 世纪中期的奴隶制年代,《秀拉》讲述的是发生 20 世纪二三十年代的故事,《最蓝的眼睛》则把故事放

---

① Bamberg, Michael. "Identity and Narration". *Handbook of Narratology*. Ed. Peter Huhn. New York: Walter de Gruyter, 2009: 133.

置在 20 世纪 40 年代,《家》关注朝鲜战争后的 20 世纪 50 年代,《爱》剖析了民权运动前后的美国黑人的生活状态。莫里森曾坦言,书写"当代"是一种"挑战","我紧张,因为当代像液体流变(fluid),我没有抓手"①。莫里森始终保持一种伟大作家的谦逊态度,正如学者王守仁、吴新云所言:"莫里森说得谦虚,其实《上帝救助孩子》'抓'点非常成功,即从'童年创伤'切入可深刻展现二三十年来美国社会生活的变迁:清白无辜的孩子无辜承受了社会各色人等的'惩罚',而这些童年创伤也正是社会问题的聚积处,暴露出种族关系、暴力文化、人际隔阂等当代社会须得正视和审视的方方面面。"②

"童年创伤"是莫里森作品中非常重要的一个话题,在小说《宠儿》《慈悲》《最蓝的眼睛》《秀拉》《家》《爱》等中都有涉及。然而,比较而言,莫里森在《上帝救助孩子》中把这一话题深入化、拓展化,即不仅探讨发生在黑人子女身上的童年创伤,也把白人子女纳入分析视域,以此突显当代美国社会的病灶所在。布莱德的白人女友布鲁克林从小受到叔叔的性骚扰;布莱德小时候目睹白人小男孩受到房东的猥亵。男友布克的哥哥亚当遭遇白人修理工的猥亵后被谋杀,成为布克一生难以逾越的心理创伤与情感问题。反讽的是,白人修理工被当地人视为"世界上最善良的人"(GHC 111)。这些细节充分说明"童年创伤"在美国社会的普遍性以及严重性。

对"童年创伤"等社会话题的拓宽与深入表明莫里森作为文学巨匠的人文关怀意识,也是她被评为美国的"社会良知""健在的最著名美国小说家、有巨大影响的公共知识分子"③的原因所在。细读文本,我们还会发现,莫里森把《上帝救助孩子》的故事背景放在当下,在聚焦儿童创伤的同时仍然继续思考母性话题。小说毫不避讳地罗列出一些因为母亲关爱缺

---

① Oatman, Maddie. "The New Black". *Mother Jones*, 2015(3): 60-66.

② 王守仁,吴新云. 走出童年创伤的阴影,获得心灵的自由和安宁——读莫里森新作《上帝救助孩子》. 当代外国文学,2016(1):107-113.

③ Michael, John. *Anxious Intellects: Academic Professionals, Public Intellectuals, and Enlightenment Values*. Durham, NC: Duke University Press, 2000: 31.

位所酿成的创伤印记：布莱德的女友布鲁克林说自己直觉灵敏，当叔叔"想再把手指伸到我两腿间"（GHC 139），自己就躲起来、跑开，或者假装肚子疼尖叫把醉醺醺的妈妈叫醒来看护自己；奎因的女儿汉娜告诉母亲她的继父"性骚扰"而母亲拒绝相信（GHC 170）。"醉醺醺""拒绝相信"都暗指母亲的关爱缺位。女孩瑞恩的母亲不仅未能提供母亲的关爱，相反还逼迫年幼的女儿卖身挣钱，在女儿不配合之时将其赶出家门。这些事情对孩子的影响都很深远：布鲁克林 14 岁离家出走；汉娜与母亲之间的"冰再没融化过"（GHC 170），而瑞恩也未打算回家。诸多案例中最突出的还是甜甜与布莱德之间的母女纠葛。

在小说中，如何践行母亲身份是黑人母亲甜甜面对的伦理难题，比民权运动时期"女家长"式的黑人母亲所遭遇的困惑更多，更复杂。由于对种族文化的认知内化，甜甜对肤色歧视怀有严重的惧怕心理。家族成员的生活遭遇、丈夫不负责任的离开都加剧了甜甜的焦虑心理。面对女儿黝黑的肤色，甜甜坚持以严厉、苛刻的教育方式管教她，因为她坚持认为"她的黑皮肤是她终生需要背负的十字架"（GHC 7）。结合美国黑人的发展历史，可以发现甜甜身上所体现出的是女家长的作风：情感粗糙、疏于对子女的管教。然而，细读文本则能看出甜甜女家长行为背后还隐藏着一种极具伤害性的情感虐待或者情感控制。她从不接触女儿的身体，为女儿洗澡时敷衍了事，对女儿的黑肤色表现出强烈的厌恶情绪，甚至想过把女儿丢到孤儿院，或者了结女儿的生命。甜甜对白人主流文化从惧怕到盲从的复杂态度让她的母性行为发生严重异化。笔者认为，甜甜所践行的母性行为是一种不自觉的以权力为导向（power-oriented）的非正常举动。她所依附的是父权文化所形塑的母性规范（institution of patriarchal motherhood），以权力而非情感践行母道。女儿布莱德所遭遇的童年创伤就来自母亲甜甜以权力为导向的母性管教之中，布莱德缺乏安全感，并形成被动、顺从甚至谄媚型的人格。

《上帝救助孩子》与互文文本《最蓝的眼睛》存在差异的地方在于女儿布莱德不像佩科拉由于母亲的异化行为而走向毁灭，相反，她借助新世纪文化转向带给黑人的发展新机遇而获取了事业上的成功以及经济上的独立。母亲甜甜则面对时代变迁顿感手足无措，她所秉持的女家长作风无法再为她提供保护外衣，她也在女儿长大取得事业成功之后遭遇后者的情感报复。布莱德不顾母亲的反对，多次改名，而且从不返乡看望生活在养老院里的母亲。可以说，母女双方把社会领域的权力关系运用到人类伦理关系之中，导致了双方的情感危机以及伦理困惑。

由于情感隔阂与关系疏离，甜甜与布莱德之间出现了母女纽带的断裂。这种断裂显然不利于母女双方主体身份的重塑，而莫里森对此已经在小说《秀拉》中给予了深刻诠释。伊娃、汉娜、秀拉之间发生不幸的"弑母"事件，引发了家族女性的悲剧结局：伊娃在养老院孤独终老、汉娜被大火烧死、秀拉英年早逝。伊娃家族女性的内部矛盾以及悲剧命运都揭示出切断母女纽带关联的不良后果。在小说《上帝救助孩子》中，莫里森虽然延续了母女纽带话题，但并不再以悲剧收尾，而是让女儿布莱德经历"向北旅行—身体器官退化—体悟母爱—身体还原—怀上身孕"等一系列仪式性的事件，使她放弃手中的经济权力，选择原谅母亲。莫里森继续采用她所擅长的魔幻手法，让布莱德经历无理由的身体器官的退化，表明女儿对重返母性空间、重续母女纽带的渴望。与奎因的相处更让布莱德有机会对母亲与母亲的行为进行深度反思，使她最终选择与母亲甜甜冰释前嫌，而得到女儿消息的甜甜也对自己当年不当的母性行为感到抱歉。母女二人最终达成精神上的和解，为故事中乃至人类社会中遭遇童年创伤的人们提供了一个极佳的出路例证。莫里森又一次以自身独特的叙事方式以及浓厚的人文关怀奉献给读者一部优秀的文学作品。

第八章　莫里森小说中制度化
母性的存在悖论

通过以上几章的分析，我们可以发现，莫里森对美国母性话题有着不同角度、不同层面的理解与诠释。笔者认为，莫里森之所以能够书写母性的多层内涵以及多维建构与她对西方母性理论的反思态度分不开。让我们再次回味一下莫里森在《宠儿》序言中所进行的感慨：

> 我回头想，是思想解放的冲击令我想去探究"自由"可以对女人意味着什么。20世纪80年代，辩论风起云涌：同工同酬，同等待遇，进入职场、学校……以及没有耻辱的选择。是否结婚。是否生育。这些想法不可避免地令我关注这个国家的黑人妇女不同寻常的历史——在这段历史中，婚姻曾经是被阻挠的、不可能的或非法的；而生育则是必须的，但是"拥有"孩子、对他们负责——换句话说，做他们的家长——就像自由一样不可思议。在奴隶制度的特殊逻辑下，想做家长都是犯罪。（BL ii）

作为一名美国黑人女性作家，莫里森始终把黑人女性的生存命运作为重点关注对象，对美国黑人母亲的生存诉求、身份特质以及种族内涵等话题进行追问与反思。本章将以莫里森对制度化母性的反思为例，透析莫里森对母性的深刻思考。总体而论，莫里森对制度化母性一直持有极其矛盾的审视态度。一方面，制度化母性有助于黑人女性获取合法化的母亲身份；另一方面，制度化母性同时又是黑人母亲被刻板化、被污名化的源头，是压制女性主体性的外在力量。莫里森通过《宠儿》《慈悲》《秀拉》以及《爱》等多部小说对制度化母性进行了深刻反思：黑人女奴塞丝亲手杀死亲生女儿、无名黑人母亲卖女为奴等极端行为表达出她们对黑人母亲身份合法化的诉求、对得到制度化母性庇护的渴望。塞丝、无名黑人母亲因母亲身份缺失而做出伦理失范行为成为白人社会诋毁黑人母亲的借口，反映出母性制度化压制人性的一面，而塞丝、海伦娜等在以白人母性标准践行母亲权利时同样滑入主体迷失的状态。莫里森笔下多位母亲的母性经历成为黑人母亲拥护或摒弃制度化母性的一个个典型案例。本章不再以单篇作品作为分析重点，而选择以"制度化母性的存在悖论"为核心话题对莫里森多部小说中的母性话题进行系统梳理，审视作者对美国母性的深刻思考，以及对西方母性理论的回应与反思。

第一节　一把双刃剑：制度化母性的本质

在女性主义者看来，做母亲是父权社会所有女性的最终归宿。里奇、乔德罗与美国母性理论学者哈弗等都曾对父权制度对母亲身份的塑造以及影响进行过鞭辟入里的剖析，认为"在父权制度下，做女人就意味着做母亲"[1]，而做母亲就意味着接受父权文化的角色规约，接受女性主体性被压制、被湮没的可能。由此，制度化母性成为女性主义学者重点剖析的对象，旨在为重塑女性/母亲主体性寻找出路。然而，与西方第二波女性主义对母亲身份的否定与摒弃主张有所不同的是，后现代母性理论学者对制度化母性，即母亲身份的建构性展开辩证式的认知解读，强调重塑母亲主体性的前提是冲破制度束缚、拓宽母性内涵以及提防生理本质论。

制度化母性一词是由里奇首次提出使用的，她在《生于女性：经历与制度化的母性》中强调，母性既是一种人生经历，又是一种体制，并与其他体制（包括种族、宗教以及阶级等）有着互动关系。把母性视为一种体制，揭示其背后的压迫逻辑显然有助于把母亲从制度化的牢笼中解放出来，

---

① Huffer, Lynne. *Maternal Pasts*, *Feminist Futures*: *Nostalgia*, *Ethics*, *and the Question of Difference*. Stanford: Stanford University Press, 1998: 15.

释放母性力量,使重构女性/母亲主体成为可能。这是母性研究的突出理论贡献之一。然而,虽然里奇提出"制度化母性"这一概念,也把母性视为社会文化的制度化产物,是否定与压制母亲/女性主体身份的主要束缚力量,呼吁推翻制度化母性,但是,不同于波伏娃的是,里奇并不主张放弃母亲身份,而是鲜明地提出"摧毁这一制度并非要废除母亲身份"。而且,里奇在书中把作为经历与作为制度的母性并置讨论,表明她强调作为经历的母性对女性自身的赋权意义,这种提法显然与波伏娃的母性观背道而驰。

乔德罗从心理学角度以"母道的再生"为核心审视了母性制度化的形成过程,指出制度化母性的观念顽固性,为此,她倡导男女两性共同承担母职,逐渐把女性/母亲从制度化母性的束缚中解放出来,并以此拓宽母性内涵。乔德罗对母职的重提同样表明她不主张放弃母亲身份。可以说,里奇与乔德罗的母性观都成功规避了波伏娃以主张放弃母亲身份而再次滑入的本质论陷阱。以后现代主义哲学为思想武装的母性研究理论家辩证审视母性的制度化特质,延续女性主义前辈对父权文化体制的批判,同时绕开了男权文化所竭力维护的生理本质论,强调母性的积极力量,肯定母性经验的价值。

可以看出,里奇和乔德罗分别从不同角度阐释了制度化母性,强调母性不仅是一种重要的人生经历,同时也是一种建构概念,包含一系列对母性行为的规约与限制。此外,不同于前辈女性学者(包括波伏娃与贝蒂·弗里丹等)的是,里奇与乔德罗并没有简单地否定母亲身份,单纯地强调母道职责与母亲主体性之间的抵牾关系,而是以辩证、审慎的态度把母性放置于父权文化中加以考量,指出女性主义者需要推翻与摆脱的是父权文化对母性的束缚,而非母亲身份本身。西方母性研究学者自提出母性理论之初便能以解构主义为思想武器,辩证审视母性的制度性,体现出理论自身的先进性。然而,受女性主义思想与运动实践的影响,母性研究同样以白人女性为主要研究对象,探讨立场与关怀诉求均以白人女性的利益为出发点,而对少数族裔以及第三世界的女性则观照不足,呈现出同质化的研究局限性。以制度化母性为例,其概念本身兼具保护与束缚的双重意蕴。立足于她们的生活现实，西方主流社会的女性更大程度上把制度化母性视为一种压制与束缚，致力于对其进行消解，甚至抛弃。然而，对少数族裔的女性而言，她们的母亲身份则可能因种族的制约而得不到保障。

回到母性概念本身，母性包含"母亲身份""母性气质"以及"母性制度"等多层含义。而从词源学上看，母性的首要含义则是母亲身份。而且，从历史发展的角度讲，母亲身份的确立与形成也经历了一个相对漫长的过程，这从另外一个侧面也揭示出母亲身份对女性具有一定的保护作用，是女性权利的象征。由此，在审视母性内涵时，有必要对母性的最初所指进行反思，要意识到母性作为一种身份的双刃剑的作用。聂珍钊认为，"人的身份是一个人在社会中存在的标识，人需要承担身份所赋予的责任与义务"[1]。身份具有两层含义：一是存在的标识，二是需要担负的责任与义务。作为存在的标识，身份赋予人相应的权利与保护，而作为责任与义务，身份则对人提出一定的行为要求，甚至是束缚。

鉴于身份有保护性与束缚性为一体的特性，在审视身份的内涵与功能时需持谨慎态度。母亲身份作为人类伦理身份中的重要一种，对每位母亲而言既是保护，又是束缚。然而，随着女性主义运动的不断向前推进，女性主义对母亲身份的认知经历了"身份被剥夺—抗争、获取身份—身份困扰—摆脱束缚—重新审视"的复杂过程。可以说，西方女性主义学者始终对母亲身份进行着反思与追问，促成母性理论的渐次发展与转向。借用中国母性研究学者李芳的观点，"西方女性主义学者的母性建构大体上经历了抵制母亲身份的（20世纪）60年代、寻找母性力量的70年代、转向身体与伦理的80年代、走向多声部的90年代等四个阶段"[2]。李芳主要聚焦现代西方母性理论的发展轨迹，而对20世纪中期之前的母性发展则没有深入探讨。正如上文所讲，母性作为一种显性概念，是在19世纪

---

① 聂珍钊：文学伦理学批评导论. 北京：北京大学出版社，2014：253.
② 李芳. 当代西方女性批评与女性文学中的母性建构. 西南大学学报（社会科学版），2016(2)：147-154.

末期才逐渐形成的。而且，在母性概念提出的早期，女性主义学者关注更多的是如何获取母亲身份，如何以此赢得相应的女性权利，比如对子女的抚养权，对财产的继承权等。由此，如果要对母性/母亲身份话题进行整体观照，辩证审视母亲身份的双重性则变得尤为必要。简单而言，母亲身份的双重性即表示身份带来的保护与束缚，而在母性理论视域中，这种双重性则主要体现在对制度化母性的不同认知与接受上。

制度（institution）一词本身蕴含着规约、保护等多层含义，而制度化母性则自然成为一把既保护母亲权利又压制母亲主体的双刃剑。随着女性主义运动的不断深入，20世纪80年代的西方女性主义已经转向关注如何冲破制度化母性的束缚，以及如何构建母亲/女性的自我主体性。耐人寻味的是，莫里森则在女性主义的权利斗争日益高涨之际，出版了小说《宠儿》，并在小说序言中表达出黑人女性对于母亲身份的独特认知。莫里森的母性态度似乎构成一种变调，然而，意识到莫里森所强调的黑人母亲群体，审视这一特殊母亲群体的历史遭遇，则能进一步洞悉莫里森的历史忧思以及对女性主义的辩证态度。

论及制度化母性对于黑人母亲的影响，黑人女性主义学者科林斯的"圈内局外人"（outsider within）立场论颇能说明问题。黑人母亲既是母亲，又不是母亲。她们游离式的身份特征是制度化母性之于黑人母亲的悖论性存在的最佳注脚。作为美国黑人女性"圈内局外人"的立场也赋予莫里森反思主流母性理论的宝贵机会，使她审视制度化母性的双刃剑特性。下面将结合黑人母亲经历的"渴望母性制度保护—深陷制度化母性困扰—冲破命名，解构制度化母性"的复杂过程，通过文本细读的方式，体察莫里森对黑人母亲，甚至全人类母亲的密切关怀。

第二节 "不浓的爱不是爱"：对制度化母性的渴求

从历史发展的角度来看，母性作为一种制度、一种经历以及一种身份，对很多女性来说，并不是可供选择的，也不是一定能够拥有的。对莫里森笔下的黑人母亲而言，情况更是如此。她们或是为白人奴隶主生产更多奴隶的孵化器，或是白人雇主家的保姆妈妈。对众多美国黑人女性而言，"做母亲"成为一种奢望，"像自由一样不可思议"，是种"犯罪"行为。为此，黑人母亲以极端的反母性行为对剥夺她们母亲身份的奴隶制度与种族歧视进行了有力控诉。《宠儿》中塞丝杀死亲生女儿、《慈悲》中无名黑人母亲卖女为奴等反母性行为都强烈地表达出黑人母亲对制度化母性的诉求和渴望。

在《宠儿》中，黑人女奴塞丝作为白人奴隶主的私有财产，不仅要提供无偿的劳动，还是"免费的再生产的财产"（BL 291），她清楚地知道，在奴隶主"学校老师"的眼中，自己是一个难得的奴隶。在"甜蜜之家"时，塞丝先后生下三位子女，儿子霍华德、巴格勒与女儿宠儿。子女是塞丝生命中最重要的财富，是她生存下去的精神支柱。她受尽白人奴隶主的凌辱与压榨，依然坚持自己做母亲的权利。"学校老师"和他的两个侄子把黑人视为动物，拿塞丝的身体做实验。两位侄子甚至去吸吮塞丝的奶水，全然不顾当时的塞丝已经怀上第四个孩子。塞丝拼命反抗，不顾白人奴隶主的残酷鞭打，誓死保护肚子里的孩子以及留给小女儿的奶水。结果，塞丝的后背被抽打得皮开肉绽，留下一道道永久的伤疤，活像一棵"苦樱树"（BL 101）。

经受毒打之后，塞丝意识到"甜蜜之家"不再能提供任何庇护，她的子女将遭遇更多奴役与不公。塞丝决定逃跑，投奔居住在北方自由城市的婆婆贝比。塞丝的逃亡之途危险丛生，惊心动魄。

逃亡之旅让塞丝更加自信，意识到作为母亲的生命潜力与存在价值。"在肯塔基不能正当地爱他们（子女）"表明奴隶制度下黑人女性不具备做母亲的权利与资格，塞丝的逃亡与途中自救式的生育活动都说明塞丝为了做母亲愿意付出的沉重代价，以及对获取身份保护的强烈诉求。

> 一走近这条河，塞丝自己的羊水就涌出来与河水相聚。先
> 是挣裂，然后是多余的生产的信号，让她弓起了腰。
> ……
> 塞丝想不出什么地方好去，只想上船。她等待着阵痛后甜

蜜的悸动。再次用膝盖爬行，她爬上了小船。船在她身下晃动，她刚把裹着树叶口袋的脚放到长凳上，就被另一阵撕裂的疼痛逼得喘不过气来。在夏日的四颗星星下面，她气喘吁吁地大叉开双腿，因为脑袋钻了出来……(BL 107)

来到婆婆贝比身边后，塞丝与她的四个孩子一起享受了 28 天的幸福日子。在这些幸福日子里，她可以自由地爱自己的孩子。然而，"甜蜜之家"的奴隶主一路追到北方，要把塞丝和她的子女带回昔日的噩梦生活。情急之下，塞丝采取极端的反母性行为对奴隶主的恶行进行了最有力的控诉。

她蹲在菜园里，当她看见他们赶来，并且认出了"学校老师"的帽子时，她的耳边响起了鼓翼声。小蜂鸟将针头一下子穿透她的头巾，扎进头发，扇动着翅膀。如果说她在想什么，那就是不。不。不不。不不不。很简单。她就飞了起来。收拾起她创造出的每一个生命，她所有宝贵、优秀与美丽的部分，拎着、推着、拽着他们穿过幔帐，出去，走开，到没人能伤害他们的地方去。(BL 189)

笔者在第二章对小说中的杀女情节进行过分析，指出这一情节是塞丝母性愤怒的最强有力的表达。塞丝愤怒行为指向的正是剥夺黑人女性母亲身份的奴隶制度，表达了对"做母亲"的强烈诉求。

塞丝声声控诉的是奴隶制度对黑人人性的否定与剥离，并以自己的切身体验去揭示它，挑战它。在莫里森的作品中，与塞丝拥有共同诉求与一致行为的黑人母亲还有《慈悲》中的无名黑人母亲。《慈悲》中的故事发生在前殖民地时期的美国大陆，其时，奴隶制度已经开始暴露出它的深远影响。奴隶买卖现象接连发生，骨肉分离是黑人的生活常态。

正如塞丝不知道自己的母亲是谁，贝比不清楚自己的子女流落何方，无名黑人母亲对自己的出生、子女的下落也毫无线索。她同样清楚地意识到身为黑人,尤其是黑人女性,对自己以及子女不具有任何把控权利。故事中,无名黑人母亲是白人庄园里的一名奴隶,下地干活、照顾主人起居、烧饭都是她分内之事,此外,为奴隶主生产更多奴隶更是她的主要任务。由此,在故事开头处,无名黑人母亲已是两个子女的妈妈:她一手牵着一个七八岁的小女孩,身后还背着一个不满周岁的小男孩。然而,作为奴隶的无名黑人母亲根本不具备"做母亲"的权利。庄园主人由于生意失败,要拿奴隶抵债。债主雅各布点名要无名黑人母亲作为债务抵押品,致使无名黑人母亲再次陷入骨肉分离的悲惨境地。在此紧要关头,无名黑人母亲采取了与塞丝初衷一致的反母性举动——卖女为奴。

无名黑人母亲看似采取了放弃母亲身份的顺从行为,然而,通读文本,我们会发现卖女为奴行为背后则深藏着无名黑人母亲对奴隶制度的强有力控诉,以及自主行使母亲权利的基本诉求。从母性的视角来看,卖女行为蕴含着两层含义。一是对母亲权利的自主把控:奴隶买卖的盛行让黑人母亲随时面临骨肉分离的危险,母亲身份随时可能被剥夺,所以她主动提出卖女,行使自己做母亲的权利,是对奴隶制度下黑人女性不具备母亲身份权利的批判式回应。二是对黑人子女,尤其是女儿的保护:无名黑人母亲选择卖女,而不是卖子,有其深层次的考虑。在奴隶制盛行的年代,黑人女性比黑人男性面临的危险更大,遭遇的创伤更深。黑人女性不仅被视为生育工具,也是男性的性对象。《慈悲》中的诸多细节表明无名黑人母亲正是白人奴隶主的性对象。所以,当无名黑人母亲发现 8 岁的女儿过早发育,已经引起白人主子的注意,才下定决心卖女为奴,把女儿交给"眼里没有兽性"的白人商人雅各布。可见,无论从哪个层面来讲,无名黑人母亲的卖女为奴行为都透露出黑人母亲对真正"做母亲"的诉求,对得到制度化母性保护的渴望。值得补充的一点是,《宠儿》中塞丝选择杀女,而不是杀子,是出于同样的考虑,揭示出奴隶制度给黑人女性造成的无比沉重的伤害。

此外,无名黑人母亲以朴素的生存智慧与价值观不仅表达出对"做母亲"的基本诉求,同时也对构建独立的个人主体做出了颇具哲理的反思。

在《慈悲》的最后一章，黑人母亲终于发声，为自己当年卖女为奴的行为进行解释。

无名黑人母亲以不断推进的方式列举人性中的"恶"，不仅告诫女儿要学会独立、自主，同时也揭示出奴隶制度对黑人人性的压制，更是透露出奴隶制度下身为母亲，但无法享受母亲权利的无奈。

奴隶制度剥夺了黑人最基本的人权，母性/母亲身份更是可望而不可即之物。以《宠儿》中的塞丝、《慈悲》中的无名黑人母亲为代表的黑人女奴被迫履行繁殖、生育的义务，却不具备做母亲的权利，缺乏制度化母性的保护。黑人母亲经常陷入母爱被剥夺、骨肉分离的困境，对此，塞丝发出"不浓的爱根本不算是爱"的呐喊，并以浓烈的母爱表达出对制度化母性的强烈诉求。无名黑人母亲也以颇具哲理的劝诫让读者对奴隶制带给黑人生存的创伤进行反思。制度化母性的保护性在黑人母亲发出强烈的诉求声中得到深刻与立体的呈现，正如美国黑人女性学者科林斯所论述的，"虽然母性对一些女性而言意味着压迫之源，但对其他女性人群而言，不管在个人还是集体意义上，都是一条通向自我实现之路。母性可被看作一个场域：在那里，女人可以行使表达自我、定义自我的权利，还可以引导他人成就自我，找到确认自我、赢得黑人社区信任以及参加社区活动的基石"①。

第三节　"你才是最宝贵的"：制度化母性的束缚

制度化母性是确定母亲身份的前提保障，唯有具备制度的保护，母亲的合法地位才能确立，母亲们才能行使做母亲的权利，进而通过母性经历实现自我赋权。然而，制度化母性的双刃剑特质，也会在为母亲赋权的同时，构成对母性主体性的羁绊。对于黑人母亲而言，她们同样在获取母亲身份之后（无论制度、法规承认与否），沉浸于母子/女互动的关系之中，过

---

①　Collins, Patricia Hill. *Black Feminist Thought*, *Knowledge*, *Consciousness*, *and the Politics of Empowerment*. New York: Routledge, 2002: 46.

度珍惜成为母亲的机会，比白人母亲更为容易地陷入自我主体迷失的状态之中。《宠儿》中的黑人母亲塞丝即是最为典型的一位。

塞丝在杀死亲生女儿之后，一直活在自责与愤怒之中。蓝石路124号的家中时常充斥着鬼魂的冤屈与责备。塞丝深陷于母亲权利被剥夺的情感困境之中，直到宠儿借体还魂归来之后，塞丝被失而复得的母亲身份弄得头晕目眩。宠儿不停地责备母亲把自己抛弃，塞丝以忏悔式的解释乞求女儿的谅解。

宠儿无休止地索回母爱，塞丝竭力偿还，导致母女二人间的地位关系发生转化，结果，塞丝的自我主体完全湮没在这种非正常的母女互动之中，甚至差点丢掉性命。

塞丝的母性行为，亦如当年的亲手杀女举动，让人感到匪夷所思。事实上，如若结合奴隶制时期美国黑人母亲的生活现实，就能体察出制度化母性之于黑人母亲的存在悖论。奴隶制时期，黑人母亲被迫尽生育的义务，但无法享受做母亲的权利。美国黑人女性主义学者科林斯曾强调为了赢取做母亲的权利，黑人女性需要进行三方面的抗争："首先是控制自己的身体——行使做母亲的权利；其次，保护子女，免遭骨肉分离之苦；再者，努力不让子女受白人主流价值观的控制。"[1]由此，对于经常被剥夺母性权利的黑人母亲而言，能够享受母子/女亲情，拥有做母亲的机会是无比珍贵的，是确立自我身份的体现。用莫里森自己的话讲，"在奴隶制环境中，如果黑人做出了某种声明，某种不会被人听到的声明——即你是那些孩子的母亲，对于一位奴隶母亲来说，这种声明是令人吃惊的。一旦她敢确定自己是母亲，就意味着她在一个本来自己不被当作人的环境下确定自己是一个人"[2]。

---

① Collins, Patricia Hill. "Shifting the Center: Race, Class and Feminist Theorizing about Motherhood". *Representations of Motherhood*. Ed. Bassin, D. New Haven: Yale University Press, 1994: 56-74.

② Taylor-Guthrie, Danille. *Conversations with Toni Morrison*. Jackson, MS: University Press of Mississippi, 1994: 134.

　　塞丝在受尽肉体与精神的凌辱之后,拖着即将临盆的身体逃亡北方,为自己做母亲的基本人权而艰苦抗争。她还以杀女的疯狂方式向白人进行宣战,换取自己的自由之身。然而,随着宠儿的离开,塞丝的母性权利被剥夺,塞丝的斗争演变为荒诞的悖论行为。这份荒诞始终影响着塞丝一家人的正常生活:婆婆贝比失去对上帝的信仰,儿子纷纷离家出走,小女儿丹芙性格孤僻、一度失语。而这一切随着宠儿的重归发生了彻底的反转。塞丝重获母亲权利,加倍偿还对女儿的母爱,过度践行母道职责,直至出现母女地位交换的一幕。

　　塞丝不仅把与宠儿之间的母女关系视为一种母爱的补偿,同时也将其看作是确立母亲身份的保障。这种潜意识的决定最终让塞丝失去了自我的主体存在。她心甘情愿把自己交给宠儿,不顾自己的生命安危。"宠儿,她是我的女儿。她是我的。看哪,她自己心甘情愿地回到我身边了,而我什么都不用解释……我会伺候她,别的母亲都不能这样伺候一个孩子,一个女儿。除了我自己的孩子,谁也不能得到我的奶水。"(BL 254)塞丝看似迷失在养育子女的母道职责之中,事实上,塞丝的自我主体性却湮没在对母亲身份的强烈诉求上。塞丝的主体迷失又构成了对奴隶制度的有力控诉。

　　莫里森通过塞丝的母性行为揭示出奴隶制度对黑人女性母亲权利的强势剥离,又以魔幻的、超现实的手法描述出由过度渴望母亲身份到迷失于母亲身份的悲剧存在。塞丝在宠儿再次离去之后,一蹶不振,精神萎靡,最后,在保罗·D的情感启发与感召下,逐渐意识到自身存在的价值,拥有了在做母亲之外建构自主身份的可能性。

　　"你才是最宝贵的"的劝导让塞丝最终意识到除了做母亲,她还应该努力构建自己的主体存在。莫里森再次以高超的叙事手法揭示出制度化母性之于黑人母亲的存在悖论:一方面,黑人母亲极为渴望得到制度化母性的保护,免遭骨肉分离的生存悲剧;另一方面,由于过度依附母亲身份,黑人母亲往往把自我主体迷失在对母亲身份的坚守之中,丧失构建女性主体的机会。对制度化母性存在悖论的揭示又构成对剥夺黑人人权的奴隶制度的有力批判。莫里森曾强调,"只要条件准许,女性就有潜能在身为母亲的情况下同时保全其个体性"①。这里所讲的"条件准许"暗指对黑人女性母亲身份的承认以及制度化母性对黑人母亲的保护。

关于制度化母性在美国黑人母亲群体中的存在悖论，莫里森在多部小说中给予了探讨与分析。塞丝的母性经历揭示出在奴隶制的影响下，黑人母亲对制度化母性的矛盾态度。而《秀拉》中的黑人母亲海伦娜则因为过度依附父权文化概念下的制度化母性，同样把女性主体迷失在母道职责之中。

在小说《秀拉》中，海伦娜的母亲罗谢尔是名妓女，不符合父权文化对母亲形象的期待。由此，海伦娜在皈依基督教的外祖母的要求下切断与母亲之间的纽带关系，全身心投入对圣母玛利亚的追随之中。成人、结婚后的海伦娜受父权文化的强势规约，尽心履行母性职责："总的来说，她的生活相当令人满意。她喜爱自己的房子，并以管理丈夫与女儿为乐。"（SL 21）她举止端庄，令人难忘，"一头浓密的头发盘成髻，一双乌黑的眼睛总是眯着审视他人的举止行为。她凭着强烈的存在感和对自身权威合法性的自信而赢得了一切人际斗争"（SL 18）。海伦娜以对传统家庭模式的坚守赢得自信，并以父权文化对女性的要求养育女儿。童年时代的奈尔一直生活在海伦娜的认真教导之中，按照母亲所奉行的价值观行事。

然而，海伦娜对父权文化规约下的母性职责的推崇不仅把自身的女性主体性湮没在这种制度化母性之中，同时也导致了女儿与自我的最终决裂。海伦娜把父权文化对母性的期待与塑造完全内化。在抚养女儿的过程中，海伦娜尽职尽责，并把女儿看成自我的一个延伸。海伦娜保护奈尔不受外界的负面影响，不让奈尔与家庭情况复杂的秀拉交朋友，不允许奈尔与具有妓女身份的祖母罗谢尔接触。秀拉与罗谢尔都不是父权文化所推崇的女性形象，也是海伦娜所不能接受的。此外，把女儿看作自我延伸的海伦娜也从不把奈尔看成独立存在的自由个体，相反，她在培养、训

---

① Ghasemi, Parvin & Rasool Hajizadeh. "Demystifying the Myth of Motherhood: Toni Morrison's Revision of African-American Mother Stereotypes". *International Journal of Social Science and Humanity*，2012(6)：477-479.

练奈尔的过程中不自觉地行使自己作为母亲的权力:"在海伦娜的亲手抚育下,小奈尔既听话又懂礼貌,所表现出的一切热情都遭到母亲的压制,直至她所有的想象力都沉睡了。"(SL 18)海伦娜竭尽全力为女儿举办一场让镇上所有人都羡慕的婚礼,以此彰显自己作为母亲的成功。可以说,海伦娜仅把奈尔看作自己的一个分身,"把自我关系的一切暧昧之处投射在女儿身上"①。

海伦娜的母性行为最终让曾一度拥有朦胧的女性独立意识的奈尔彻底失去建构自我的机会。奈尔在母亲的"操纵"之下,成长为海伦娜的形象翻版。当秀拉归乡看到成年后的奈尔"表现得与其他女人一模一样,秀拉为此感到一丝震惊和更深的伤心"(SL 120)。可以说,奈尔的生活深受母亲的影响与控制。伊里加蕾曾表示:"女孩在遵从现存社会秩序之前,她的原初本能是朝向母亲的。但是,女人无法解决同起源的关系,无法解决同母亲的关系,无法解决与同性的关系,这些都将影响到她的恋爱关系,她的第一次'婚姻'。这是可以想象的。女性要想逃离这些真实生活的故事,避免她所经历的所有斗争,唯一的方法显然就是怀有一个男性的、自恋式的理想。"②在父亲的律法里,女性只是一种"缺乏",是反映男性欲望的平面镜,女性的主体性不可能建构。最终,海伦娜与奈尔母女二人都未能成功建构女性的主体身份,而这种女性的存在危机与海伦娜对父权文化所产生的制度化母性的严格遵守有着密不可分的关系。

莫里森在谈到《秀拉》中的两位女性人物时表示:"奈尔没有'飞跃'——她不了解自己。即使到最后,她也不了解自己。她只是刚刚开始……但是秀拉知道怎样去了解自己,因为她反省自己,对自己进行实验,她十分愿意去思考不可想象的事情。"③奈尔"不了解自己"主要因为她在母亲的管教之下以及在实践母性经验的过程中,丧失了对自我进行

---

① 波伏娃.第二性.陶铁柱,译,北京:中国书籍出版社,1998:349.

② Irigaray, Luce. *Speculum of the Other Woman*. Trans. Gillian C. Gill. Ithaca, NY: Cornell University Press, 1985: 106.

③ Taylor-Guthrie, Danille. *Conversations with Toni Morrison*. Jackson, MS: University Press of Mississippi, 1994: 14.

反思的机会与能力。奈尔与《宠儿》中的塞丝一样忘记了自己才是最宝贵的,深受制度化母性的桎梏而丧失了成就母亲自我的机会。有所不同的是,塞丝是由于对"做母亲"的过度渴望而深受制度化母性的束缚,而海伦娜与奈尔则是因为切断了与母亲之间的纽带关系①,选择追随父权文化而身陷制度化母性的牢笼。

对于黑人母亲而言,奴隶制度、种族歧视连同父权文化一起构成了限制主体实现的外在力量。正如前文所论证的,制度化母性是把双刃剑,在提供身份确认、权利保障的同时,也成为母亲实现自我主体的限制性力量。母性理论家里奇认为母性不仅是一种经历,也是一种制度,并与其他体制交互影响。在母性理论学者们看来,制度化母性是父权文化的基石,父权文化是引发母性压制性的主要力量。当父权文化与奴隶制度、种族歧视、宗教规约交织起来,共同发挥作用时,制度化母性对母亲的压制性则会更强。以塞丝为代表的黑奴母亲由极为渴求制度化母性的保护,转向身陷制度化母性的束缚而无法自拔。以海伦娜与奈尔为代表的后奴隶制时期的黑人母亲则因受父权文化以及基督教文化的强势规约而受制度化母性所困。

塞丝、海伦娜以及奈尔等黑人母亲在制度化母性的强势影响下,失去构建母亲主体的机会,她们复杂的母性经历揭示出制度化母性对母亲主体性的压制与束缚。让读者感到欣慰的是,塞丝在保罗·D"你才是最宝贵的"的关爱感召下开始去发现、构建自我,而奈尔最后也在好友秀拉的坟墓前发出情真意切的感慨——"我们是在一起的女孩"(SL 174),透露出她对女性自我的重新认知,以及重构自我的期许。

小　结

在西方母性研究阵营里,围绕制度化母性的话题曾产生不同的流派分支与观念主张:传统派坚持恢复母亲在家庭中的核心地位,然而,制度

---

① 关于母女纽带的话题,本书第三章"《秀拉》中母女纽带的断裂与重塑"有专门论述,这里不再展开论证。

化母性所导致的性别不平等成为该派实现斗争目标的主要障碍。激进派则致力于解构母性的制度性,认为把母性视为女性的基本义务是不合法的、强迫性的,真正的母性应该是女性有权选择做或者不做母亲。处于两派夹缝的中间派强调打破对女性的角色定位,认为女性应该在做母亲的同时可以兼扮其他的角色。不同流派间的意见纷争为如何辩证审视制度化母性提供了一种极具价值的参照。制度化一方面构成女性/母亲实现自我的障碍,而另一方面则又是实现女性/母亲自我赋权的保障。这种自相矛盾性恰是制度化母性的真实内涵。

对黑人母亲而言,由于特殊的生存环境与种族文化,制度化母性的悖论性更为明显,更为复杂。奴隶制时期,黑人母亲的身份被否定,制度化母性不能提供任何的保障,骨肉分离、黑人母亲被物质化与客体化的现象司空见惯。为了获取"做母亲"的基本人权,黑人母亲从未停止过斗争,甚至不惜采取反母性的举动,比如塞丝杀死亲生女儿,无名黑人母亲卖女为奴等。制度化母性是黑人母亲可望而不可即的存在。只有得到制度化母性的保护,黑人母亲才能得到身份的确认,才能享受母亲的基本权利。塞丝与无名黑人母亲反母性行为的背后都深藏着黑人母亲行使母亲权利的决心,尽管这些举动不是葬送了女儿的性命(宠儿丧命于母亲的锯子之下),就是陷入骨肉分离(弗洛伦斯被母亲卖给他人)的局面,黑人母亲们都在努力践行作为母亲的自主选择权利,揭示出奴隶制度对黑人母亲身份的残酷剥夺。

正是由于对制度化母性的极度渴望,黑人母亲更容易陷入制度化母性的束缚之中,展现制度化母性的悖论性存在,"保护"还是"束缚"无法决然分开。塞丝通过亲手杀死女儿表达出她对制度化母性的强烈渴求。在宠儿戏剧般地归来之后,塞丝对失而复得的母性身份极为珍惜,全身心投入到母性职责之中,极力践行里奇提出的制度化母性。结果,塞丝的女性主体性完全湮没在这种制度化母性之中,她还甚至差点儿献出自己的生命。

而在后奴隶制时代,黑人母亲获得了制度化母性的基本保障,拥有了"做母亲"的基本人权。制度化母性压迫性的一面以更加复杂、交织的形式展现出来。在充满种族偏见与种族歧视的大环境中,美国黑人被白人主流价值观所控制,选择接受、内化白人价值观而确定自我身份,《最蓝的眼睛》中的波琳以及《秀拉》中的海伦娜与奈尔便是这类黑人母亲的典型代表。她们接受白人父权文化的行为规约,相信以此可以成就自我身份与存在价值。以海伦娜为例,可以看出,她彻底内化基督教-父权文化对母性的行为规范,认真践行制度化母性,结果,她与女儿奈尔的女性主体性被完全湮没,母女二人生活在被动、无我的状态之中。奈尔最终的彻悟恰恰说明了制度化母性对女性的长期压制,以及对女性自我的持久剥离。

　　此外,莫里森通过人物并置的方式突显制度化母性对黑人母亲的控制性。与海伦娜、奈尔母女并置存在的是另外一群母女:伊娃、汉娜、秀拉。伊娃家族有一个以女性为主导的反传统模式,三代女性都能勇敢地对抗父权文化、追求女性自主性。尽管伊娃家族的女性追求独立自我的方式(以追求女性身体欲望为主要路径)恰当与否值得商榷,然而,她们对女性主体的追求以及冲破制度化母性束缚的做法在揭示制度化母性蕴含的压制性方面确有一定的参照意义。从一般意义上讲,制度化母性是母亲身份的确认,在确认身份的同时也对母亲的主体性进行限制,"制度化母性不仅要求女性承担起延续后代所必需的痛苦与自我否定,还要求她们对此使命深信不疑"①。可以说,牺牲自我、以子女为重成为制度化的母性本能。对此,伊娃家族的女性进行了尝试性的反抗。伊娃、汉娜和秀拉都把成就女性自我视为人生追求的目标,而没有把自我完全湮没在制度化母性之中。她们在操演(perform)性别规范的过程中选择修正而非顺势引用传统的性别规范,并以身体为基点,逐步勾勒出女性自身的主体性,并以此构成对制度化母性的反抗。

　　在小说《秀拉》中,伊娃尽管为了获取保险金而失去一条腿,但依然保持着女性的优雅。女儿汉娜更是视男女性爱为一种获得自我愉悦的方式而非讨好男性的被动行为,而且,她从未企图拴住任何一个男性,再次屈

---

　　① Rich, Adrienne. *Of Woman Born: Motherhood as Experience and Institution*. New York: W. W. Norton and Company, 1986: 48.

从地建构女性的依附性主体,可以说,"汉娜对性的态度使她的身体从父权制建构的女性身体的所属关系中解放出来。她没有使身体委身于父权话语下的伦理牢笼,而是给身体享乐空间"①。汉娜的行为从某种程度上解构了传统的男女性别定位,并还原女性身体的自身欲望。新一代女性秀拉更是新型女性的代表,她独立自主、勇于尝试,以一系列冲破传统性别规范的试验性行动为如何重构女性主体身份提供了一种颇具价值的实践参照:积极利用女性身体,挑战命名背后的压迫性逻辑以及改变传统意识哲学对主体建构的僵化定位。她的女性经历表明"女性自身是一个过程中的术语、一种生成。作为一个进展中的话语实践,它对介入和重新意指是开放的"②。秀拉的一句"我不想造就什么人,只想造就自己"(SL 87)更是成为冲破制度化母性的宣言。虽然秀拉最后孑然一身,孤独离世,但她追求自我的经历的确对奈尔具有极大的启发意义,同时为如何摆脱制度化母性的禁锢提供了一种参照。

总体而言,在莫里森的小说创作中,制度化母性以不同的方式得以呈现,既为黑人母亲提供一种身份庇护,又构成黑人母亲实现自我的羁绊所在。莫里森通过展现制度化母性对于美国黑人母亲的存在悖论,做出对西方母性理论的反思式回应,在突出美国母性的种族特性的同时,拓宽了西方母性研究的整体视域。

① 李芳.母亲的主体性——《秀拉》的女性主义伦理思想.外国文学,2013(5):69-75.

② Butler, Judith. *Bodies that Matter: On the Discursive Limits of Sex*. London: Routledge, 1993:13.

余　论

　　美国母性研究的动因与契机与 20 世纪六七十年代美国民权运动及女权运动分割不开。受当时女性主义与母性研究思潮的影响，不少美国黑人女性主义学者和作家开始对美国黑人母亲群体给予极大的关注。其中，最具代表性的文学事件就是莫里森创作并出版《宠儿》。莫里森在序言中不无感慨地讲道："这些想法不可避免地令我关注这个国家的黑人妇女不同寻常的历史。"①非裔美国女性学者胡克斯也曾就西方母性研究对美国黑人母性话题的忽视提出类似看法："一些白人、中产阶级、受到高等教育的女性声称母性是女性受压迫之源。如果黑人女性的声音被听到，她们对母性的看法将会有所不同，因为对黑人女性而言，种族问题、工作机会均等、缺乏教育等是她们最需要考虑的问题，而不是母性。"②黑人母亲作为一个特殊的母亲群体有着特殊的历史遭遇，而母性随之具有特殊的文化内涵和身份功能。由此，系统研读黑人文学文本，结合黑人女性学者对母性的理解定位，有助于较好地总结美国母性的种族内涵、现实观照以及理论价值。这也是本书的研究出发点和目的所在。

　　参照西方母性理论，结合词源学的解释，本书把母性定义为"母亲身份""母性制度"以及"母性气质"，并以此为基点，把莫里森小说作品中的母性研究分为制度化母性、母性体验、母女关系以及母性伦理等几大关键议题。依循小说故事发展的时间背景，本书选择《慈悲》《宠儿》《秀拉》《最

---

① 莫里森. 宠儿. 潘岳，雷格，译. 海口：南海出版社，2006：ii.

② Hooks，Bell. *Feminist Theory*：*From Margin to Center*. Boston：South End Press，1984：133.

蓝的眼睛》《家》《爱》以及《上帝救助孩子》七部文学文本对黑人母性的历史演进进行剖析，呈现不同时期黑人母亲所遭遇的困惑与抉择，对制度化母性的批判与消解以及如何通过母性经验实现自我赋权与子女发展进行探讨。由于特殊的历史发展背景，美国黑人母亲所遭遇的制度性束缚更强，也更为复杂。西方母性理论强调母性不仅是一种经历，也是一种体制。作为一种体制，母性则呈现出性别、种族以及阶级等体制之间的交互影响。在历史发展的初期，美国黑人母亲努力冲破奴隶制度与种族制度对自身的控制与束缚，为自己争取做母亲的权利与机会。《慈悲》中的无名黑人母亲选择卖女为奴以及《宠儿》中的塞丝杀死亲生女儿都是黑人女性争取母亲身份的例证。黑人母亲以"正义"的反母性行为对毁灭人性的奴隶制度进行了最有力的控诉与反抗。

奴隶制度被废除之后，美国黑人母亲遇到了新的身份问题。虽然黑人女性获得了做母亲的资格与权利，但种族制度继续影响着黑人母亲的生活。《最蓝的眼睛》中黑人母亲波琳在遭遇一系列种族歧视带来的创伤经历之后，转而信奉并内化白人主流价值观，遭遇母性异化，是造成女儿佩科拉悲剧命运的主要原因之一。《秀拉》中的黑人母亲海伦娜则是切断与母性前辈的关系并追随父权文化的代表。海伦娜严格遵循父权文化对母亲的规范要求，压制女儿奈尔对女性主体性的追求，忽视女儿的个体独立性，导致母女关系演变成父权文化所生产出的消费与被消费的权力关系。母女二人的女性主体性最终湮没在父权文化对女性存在的控制之中。父权文化/性别制度对美国母性的束缚与压制在小说《爱》中则有着更为明显、更为直接的表现。

小说《爱》的故事背景是美国民权运动时期，黑人母亲梅完全信奉父权文化的美国梦，无比崇拜大家长——柯西先生。梅是柯西虚幻梦想的信奉者与追随者。为践行与实现"大人物"的梦想，梅宁愿舍弃母亲身份，置女儿克里斯汀的成长于不顾，甚至不惜把女儿当作争权夺势的棋子。梅身上的母性缺失带给克里斯汀不可弥合的心灵创伤以及不健全的人格。克里斯汀在成人之后选择投向当时如火如荼的民权运动，以期获得自身存在的价值。然而，民权运动中所暴露出的性别歧视让克里斯汀失去了做母亲的机会。为了革命事业，克里斯汀七次堕胎，她被"革命需要的是男人，不是父亲"的口号所蛊惑。克里斯汀在意识到黑人社区存在严重的性别压迫之后选择离开，遭遇母性幻灭。可以看出，母性的制度化控制随着历史的发展呈现出多种力量的更替与交集，黑人母亲的身份问题一直是复杂的、动态的。

后民权时期的文化转向同样带给黑人母亲难以摆脱的身份困惑。种族、性别以及阶级等多种制度性力量继续构成黑人母亲自我实现的禁锢。此外，时代环境的改变也让黑人母亲时常陷入不知所措的尴尬境地。《上帝救助孩子》中的黑人母亲甜甜受成长环境的影响，对白人至上的文化导向始终保持畏惧与认同并存的矛盾心理，由此，在养育女儿布莱德的过程中出现了伦理失范行为。甜甜对女儿黝黑的皮肤表现出了极为强烈的厌恶情绪，从不与女儿有任何肢体接触，母女关系演变成以权力为导向的非正常关系。然而，更让甜甜感到错愕的是，新世纪美国社会出现了从"白即是美"到"黑也是美"的文化转向，女儿布莱德凭借黑色皮肤赢得了事业上的巨大成功。女儿以手中的经济权力对母亲当年的情感伤害行为进行报复，加剧了母亲甜甜的无所适从感。作者莫里森以高度自觉的作家意识对时代变迁带给黑人母亲的身份困惑进行了与时俱进的诠释与分析，为读者理解母性提供线索参照。

此外，贯穿于不同时代、不同语境中的还有一些恒久不变的母性话题，包括母女关系、替养母亲与社区母亲等。母性是一种制度，也是一种经历。作为母亲的经历，母性以关注母亲与子女的关系为核心，其中母女关系是母性理论家与黑人女性作家格外关注的话题所在。学者司各特（Patricia Bell-Scott）编著的《双重缝制：黑人女性作家笔下的母亲们与女儿们》（*Double Stitch: Black Women Write about Mothers and Daughters*，1991）就是一本分析母女关系的代表著作，多维度地审视了黑人母女关系的复杂特征。莫里森同样以文本叙述的方式对黑人母女关系进行了多方位的解读与诠释。自奴隶制度以来，黑人女性遭遇不公的现象甚于黑人男性。在对黑人女儿的保护与引导上，黑人母亲表现出更多的困惑与迷茫，这成为莫里森关注黑人母女关系的主要原因之一。

《慈悲》中的无名黑人母亲与女儿弗洛伦斯、《宠儿》中的塞丝与宠儿、《秀拉》中的海伦娜与奈尔以及汉娜与秀拉、《最蓝的眼睛》中的波琳与佩科拉、《家》中的艾达与茜、《爱》中的梅与克里斯汀以及《上帝救助孩子》中的甜甜与布莱德等构成一幅母女群像图。她们之间的情感纠葛与伦理关系成为解读母性的一个重要切入点,同时,也呈现出母性的复杂性。

一方面,由于深知不利的社会环境可能带给女儿的种种危险,黑人母亲在养育方式上遭遇选择困境:是过度保护以免女儿遭受社会侵害,还是严厉管教以锻炼女儿的生存能力?在莫里森的小说作品中,黑人母亲往往由于母亲身份的缺失而选择第二种养育模式,导致众多反母性行为的出现,包括卖女为奴、杀死亲生女儿等等。除去这些极端的反母性行为,黑人母亲成为感情粗糙的"女家长"现象则更为普遍,给女儿们带来难以弥合的情感创伤。但最终黑人女儿们在经历一系列成长事件之后,重构对母性的积极认知,达成与母亲的和解。

另一方面,在与女儿互动的过程中,黑人母亲加深了对自身的女性主体性的认知与把握,逐渐意识到在承担母职之外实现自我的可能性。《宠儿》中的塞丝在亡女宠儿借体还魂归来之后,为了偿还对女儿的爱而选择把自我完全奉献给女儿。这份带有赎罪性质的母爱几乎击垮了塞丝。直到她生命垂危之际,保罗·D以一句"你才是最宝贵的"唤醒了塞丝的女性主体意识。《秀拉》中的奈尔在母亲海伦娜的严格管教之下,依循父权文化对母亲的行为规约践行母道,把女性自我完全湮没在对父权文化的追随之中。秀拉临终时启示性的言语留给奈尔反思自我、追求女性独立的机会。最终,奈尔在故事最后顿悟到构建女性自主身份的重要性。黑人母亲塞丝与奈尔都在与女儿(生理与精神上的女儿)互动的过程中,逐渐意识到女性可以在做母亲的同时成就女性的独立自我。莫里森笔下的黑人母亲具有极强的反思意识,这种反思意识与西方母性学者的发展性观点不谋而合:打破对母亲/女性的角色定位,女性应该在做母亲的同时兼扮其他的角色。

替养母亲和社区母亲是贯穿莫里森小说作品的又一重要主题。作为特殊的文化身份,替养母亲和社区母亲不仅解构了母性本质论,展现非生物性母亲的身份建构可能性,同时,也是引导黑人子女走出创伤、实现自我发展的重要力量。《慈悲》中的莉娜、《最蓝的眼睛》中的麦克希尔太太、《爱》中的 L 以及《上帝救助孩子》中的奎因姨妈等都是替养母亲的代表,她们虽然不是生物意义上的母亲,却承担起照顾黑人子女的责任,为后者提供生理保护,并引导他们尊重黑人的存在价值以及习得独立生存之道。《家》中为茜疗伤的社区女性以及《宠儿》中团结一致、挽救塞丝生命的社区女性则是社区母亲的代表,她们的母性行为彰显出黑人女性的集体智慧与爱的力量,正是这种智慧与力量赋予黑人子女成长的动力。替养母亲和社区母亲的出现与美国黑人的历史发展密切相关,是美国黑人生存需要下催生的文化现象,然而,这种文化身份的出现恰又构成冲破传统母性观念的解构力量,充分展现出非生物性母亲的能动性。黑人女性以多元、开放的母性体验拓宽了母亲身份的外延,彰显出黑人母亲天然的解构本能,也证明作者莫里森对母性话题的深入思考和反思意识。

莫里森以美国黑人女性作家的细腻眼光体察、审视美国黑人母亲在不同时期遇到的身份困惑,呈现母性的内涵特征,与时俱进地反思母性的重构策略,为当下黑人母亲的伦理选择与身份构建提供参照。

参考文献

Anderson, Mary Louise. "Black Matriarchy: Portrayals of Women in Three Plays". *Negro American Literature Forum*, 1976(10): 93-95.

Alvy, Kerby. *The Soulful Parent: Raising Healthy, Happy and Successful African American Children*. Los Angeles: The Center for the Improvement, 2011.

Bamberg, Michael. "Identity and Narration". *Handbook of Narratology*. Ed. Peter Huhn. New York: Walter de Gruyter, 2009.

Beauvoir, Simone de. *The Second Sex*. Trans. H. M. Parshley. Harmondsworth: Penguin Books Ltd., 1972.

Benjamin, Jessica. *The Bonds of Love: Psychoanalysis, Feminism, and the Problem of Domination*. New York: Pantheon, 1988.

Berkowitz, Leonard. "On the Formation and Regulation of Anger and Aggression: A Cognitive Neoassociationistic Analysis". *American Psychologist*, 1990(4): 481-496.

Bettelheim, Bruno. *The Uses of Enchantment: The Meaning and Importance of Fairy Tales*. London: Penguin, 1991.

Bouson, J. Brooks. *Quiet as It's Kept: Shame, Trauma, and Race in the Novels of Toni Morrison*. Albany: State University of New York Press, 2000.

Butler, Judith. *Bodies that Matter: On the Discursive Limits of Sex*. London: Routledge, 1993.

Bynum, Caroline Walker. *Wonderful Blood: Theology and Practice in Late*

Medieval Northern Germany and Beyond. Philadelphia: University of Pennsylvania Press, 2007.

Caplan, Paula J. *Don't Blame Mother: Mending the Mother-Daughter Relationship*. New York: Routledge, 2013.

Caplan, Paula J. "Making Mother-Blaming Visible: The Emperor's New Clothes". *Woman-Defined Motherhood*. Eds. Jane Price Knowles & Ellen Cole. New York: Routledge, 2013.

Carmean, Karen. *Toni Morrison's World of Fiction*. New York: Whitson, 1993.

Carden, Mary. "Trying to Find a Place When the Streets Don't Go There: Fatherhood, Family, and American Racial Politics in Toni Morrison's Love". *African American Review*, 2010(2): 131-147.

Carolyn, Denard C. *Toni Morrison: What Moves at the Margin*. Jackson, MS: University of Mississippi Press, 2008.

Chen, Angela. "Toni Morrison on Her Novels: 'I Think Goodness Is More Interesting'". *The Guardian*, February 4, 2016.

Chodorow, Nancy. *Femininities, Masculinities, Sex: Freud & Beyond*. Lexington: The University Press of Kentucky, 1994.

Chodorow, Nancy. *Feminism and Psychoanalytic Theory*. New Haven: Yale University Press, 1989.

Chodorow, Nancy. *The Reproduction of Mothering: Psychoanalysis and the Sociology of Gender*. Berkeley: University of California Press, 1978.

Christian, Barbara. "An Angel of Seeing: Motherhood in Buchi Emecheta's *Joys of Motherhood* and Alice Walker's *Meridian*". *Mothering: Ideology, Experience and Agony*. Eds. Evelyn Glenn, Grace Chang & Linda Forcey. New York: Routledge, 1994.

Cixous, Hélène. "The Laugh of the Medusa". Trans. Keith Cohen & Paula Cohen. *Signs: Journal of Women in Culture and Society*, 1976, 1(4): 160-172.

Collins, Patricia Hill. *Black Feminist Thought: Knowledge, Consciousness, and the Politics of Empowerment*. New York: Routledge, 2002.

Collins, Patricia Hill. *Black Sexual Politics: African Americans, Gender and the New Racism*. London: Routledge, 2004.

Collins, Patricia Hill. "The Meaning of Motherhood in Black Culture and Black Mother-Daughters". *Double Stitch: Black Women Write about Mothers and Daughters*. Ed. Patricia Bell-Scott. Boston: Beacon Press, 1991: 42-60.

Collins, Patricia Hill. "The Meaning of Motherhood in Black Culture and Black Mother/Daughter Relationships". *Sage: A Scholarly Journal on Black Women*, 1987(2): 4-11.

Collins, Patricia Hill. "Shifting the Center: Race, Class and Feminist Theorizing about Motherhood". *Representations of Motherhood*. Ed. D. Bassin. New Haven: Yale University Press, 1994: 56-74.

Cox, David E. & David W. Harrison. "Models of Anger: Contributions from Psychology, Neuropsychology and the Cognitive Behavioral Perspective". *Brain Structure Function*, 2008(3): 371-385.

Daly, Brenda & Maureen Reddy. *Narrating Mothers: Theorizing Maternal Subjectivities*. Knoxville: University of Tennessee Press, 1991.

Davies, Carole Boyce. "Mother Right/Write Revisited: *Beloved* and *Dessa Rose* and the Construction of Motherhood in Black Women's Fiction". *Narrating Mothers: Theorizing Maternal Subjectivities*. Eds. Brenda Daly & Maureen Reddy. Knoxville: University of Tennessee Press, 1991.

Davis, Jane. *The White Image in the Black Mind*. Westport, CT: Greenwood Press, 2000: 153.

Donchin, Anne. "The Future of Mothering: Reproductive Technology and Feminist Theory". *Hypatia*, 1986(Fall): 121-137.

Eckard, Paula. *Maternal Body and Voice in Toni Morrison, Bobbie Ann*

Mason, and Lee Smith. Columbia, MI: University of Missouri Press, 2002.

Ehrensaft, Diane. "When Women and Men Mother". *Women, Class, and the Feminist Imagination: A Socialist-Feminist Reader*. Eds. Karen V. Hansen & Ilene J. Philipson. Philadelphia: Temple University Press, 1990: 399-421.

Ferguson, Rebecca Hope. *Rewriting Black Identities: Transition and Exchange in the Novels of Toni Morrison*. Brussels: Peter Lang, 2007.

Freud, Hendrika C. *Electra vs Oedipus: The Drama of the Mother-Daughter Relationship*. Trans. Marjolijin de Jager. London: Routledge, 1997.

Frijda, Nico H. *Emotions and Beliefs: How Feelings Influence Thoughts*. Cambridge: Cambridge University Press, 2000.

Fultz, Lucie. "Images of Motherhood in Toni Morrison's *Beloved*". *Double Stitch: Black Women Write about Mothers and Daughters*. Ed. Patricia Bell-Scott. Boston: Beacon Press, 1991: 34.

Gates, David. "Another Side of the August Ms. Morrison". *Newsweek*, 2003 (9): 43-58.

Gay, Roxane. "*God Help the Child* by Toni Morrison Review—'Incredibly Powerful'". (2015-04-29) [2017-12-29]. https://www.theguardian.com/books/2015/apr/29/god-help-the-child-toni-morrison-review-novel.

Ghasemi, Parvin & Rasool Hajizadeh. "Demystifying the Myth of Motherhood: Toni Morrison's Revision of African-American Mother Stereotypes". *International Journal of Social Science and Humanity*, 2012(6): 477-479.

Gibson, Donald. "Text and Countertext in *The Bluest Eye*". *Toni Morrison Critical Perspectives, Past and Present*. Eds. Henry Louis Gates Jr. & K. A. Appiah. New York: Amistad, 1993.

Gilligan, Carol. *In a Difference Voice: Psychological Theory and Women's Development*. Cambridge, MA: Harvard University Press, 1993.

Glenn, E. N. "Social Constructions of Mothering: A Thematic Overview". Eds. E. N. Glenn, G. Chung & L. Rennie Forcey. *Mothering: Ideology, Experience and Agency*. London: Routledge, 1994: 1-32.

Gordon, Tuula. *Feminist Mothers*. London: Macmillan Education Ltd, 1990.

Greene, Beverly. "Sturdy Bridges: The Role of African-American Mothers in the Socialization of African-American Children". *Woman-Defined Motherhood*. Eds. Jane Price Knowles & Ellen Cole. New York: Routledge, 2013.

Gustafson, Diana L. *Unbecoming Mothers: The Social Production of Maternal Absence*. Binghamton: The Haworth Clinical Practice Press, 2005.

Hansberry, Lorraine. *A Raisin in the Sun*. New York: Vintage Books, 1994.

Harris, Angela. "Race and Essentialism in Feminist Theory". *Feminist Legal Theory: Readings in Law and Gender*. Eds. Katharine T. Bartlett & Roseanne Kennedy. Boulder: Westview Press, 1991.

Harris, Trudier. "*Beloved*: Woman, Thy Name is Demon". *Toni Morrison's "Beloved": A Casebook*. Eds. Andrews L. William & Nellie Y. Mckay. New York: Oxford University Press, 1999.

Hazel, Carby. *Reconstructing Womanhood: The Emergence of the Afro-American Woman Novelist*. New York: Oxford University Press, 1990.

Hirsch, Marianne. "Maternity and Rememory: Toni Morrison's *Beloved*". *Representations of Motherhood*. Eds. Donna Bassin, Margaret Honey & Meryle Mahrer Kaplan. New Haven: Yale University Press, 1994: 92-110.

Hirsch, Marianne. "Maternal Narratives: Cruel Enough to Stop the Blood". *Reading Black, Reading Feminist: A Critical Anthology*.

Ed. Henry Louis Gates Jr. New York: Meridian, 1990: 401-418.

Hooks, Bell. *All about Love: New Visions*. New York: William Morrow & Company, 2000.

Hooks, Bell. *Black Looks: Race and Representation*. Boston: South End Press, 1992.

Hooks, Bell. *Feminism Is for Everybody: Passionate Politics*. Boston: South End Press, 2000.

Hooks, Bell. *Feminist Theory: From Margin to Center*. Boston: South End Press, 1984.

Hooks, Bell. *Killing Rage: Ending Racism*. New York: H. Holt and Co., 1995.

Hooks, Bell. *Talking Back: Thinking Feminist, Thinking Black*. Boston: South End Press, 1999.

Hooks, Bell. *We Real Cool: Black Men and Masculinity*. New York: Routledge, 2004.

Hooks, Bell. *Yearning: Race, Gender, and Cultural Politics*. Boston: South End Press, 1990.

Huffer, Lynne. *Maternal Pasts, Feminist Futures: Nostalgia, Ethics, and the Question of Difference*. Stanford: Stanford University Press, 1998.

Irigaray, Luce. *An Ethics of Sexual Difference*. Trans. Carolyn Burke & Gillan C. Gill. London: The Athlone Press, 1993.

Irigaray, Luce. "And the One Doesn't Stir Without the Other". *Signs: Journal of Women in Culture and Society*, 1981(7): 60-67.

Irigaray, Luce. *I Love to You: Sketch for a Felicity Within History*. Trans. Alison Martin. New York: Routledge, 1996.

Irigaray, Luce. *Je, Tu, Nous: Toward a Culture of Difference*. Trans. Alison Martin. New York: Routledge, 1993.

Irigaray, Luce. *Speculum of the Other Woman*. Trans. Gillian C. Gill.

Ithaca, NY: Cornell University Press, 1985.

Irigaray, Luce. "The Bodily Encounter with the Mother". *The Irigaray Reader*. Ed. Margaret Whitford. Trans. David Macey. Cambridge: Blackwell, 1991: 34-46.

Irigaray, Luce. *Thinking the Difference*. Trans. Karin Montin. London: The Athlone Press, 1994.

Irigaray, Luce. *This Sex Which Is Not One*. Trans. Catherine Porter & Carolyn Burke. Ithaca, NY: Cornell University Press, 1985.

Johnson, Leanor Bowlin & Robert Staples. *Black Families at the Crossroads*. San Francisco: Jossey-Bass, 2005.

Jones, Jacqueline. *Labor of Love, Labor of Sorrow: Black Women, Work, and the Family from Slavery to the Present*. New York: Basic Books, 2009.

Kim, Sue J. *On Anger: Race, Cognition, Narrative*. Austin: University of Texas Press, 2013.

Knowles, Jane Price & Ellen Cole. *Woman-Defined Motherhood*. London: Routledge, 2013.

Kristeva, Julia. "About Chinese Women". *The Kristeva Reader*. Ed. Toril Moi. Trans. Sean Hand. New York: Columbia University Press, 1986.

Kristeva, Julia. *Powers of Horror: An Essay on Abjection*. Trans. Leon S. Roudiez. New York: Columbia University Press, 1982.

Lawson, Erica. "Black Women's Mothering in a Historical and Contemporary Perspective: Understanding the Past, Forging the Future". *Journal of the Association for Research on Mothering*, 2000, 2(2): 21-30.

Lawler, Steph. *Mothering the Self: Mothers, Daughters, Subjects*. London: Routledge, 2000.

Lewis, Desiree. "Myths of Motherhood and Power: The Construction of 'Black Woman' in Literature". *English in Africa*, 1991(1): 35-51.

McMillan, Terry. *Mama*. New York: Washington Square Press, 1987.

Mellard, James. "Families Make the Best Enemies: Paradoxes of Narcissistic Identification in Toni Morrison's *Love*". *African American Review*, 2009 (4): 699-712.

Michael, John. *Anxious Intellects: Academic Professionals, Public Intellectuals, and Enlightenment Values*. Durham, NC: Duke University Press, 2000.

Miller, Tina. *Making Sense of Motherhood: A Narrative Approach*. New York: Cambridge University Press, 2005.

Monk, Steve H. "What Is the Literary Function of the Motherhood Motif in Toni Morrison's *A Mercy*?". *Humanities and Social Sciences*, 2013(9):1-6.

Montgomery, Maxine. "Bearing Witness to Forgotten Wounds: Toni Morrison's *Home* and the Special Presence". *South Carolina Review*, 2015(3): 14-24.

Morrison, Toni. *A Mercy*. New York: Random House, 2008.

Morrison, Toni. *Beloved*. New York: Alfred A. Knopf, 1987.

Morrison, Toni. *God Help the Child*. New York: Vintage, 2015.

Morrison, Toni. *Home*. New York: Vintage Books, 2012.

Morrison, Toni. *Love*. New York: Alfred A. Knopf, 2003.

Morrison, Toni. "Rootedness: The Ancestor as Foundation". *Black Women Writers (1950—1980)*. Ed. Mari Evans. New York: Doubleday, 1984: 339-345.

Morrison, Toni. *Song of Solomon*. New York: Alfred A. Knopf, 1977.

Morrison, Toni. *Sula*. New York: Vintage Books, 2004.

Morrison, Toni. *The Bluest Eye*. New York: Plume/Penguin Books USA, 1994.

Moynihan, Patrick. "The Negro Family: The Case for National Action". *Articles on African-American Gender Relations*. New York: Hephaestus Books, 2011: 56-61.

Muraro, Luisa. "Female Genealogies". *Engaging with Irigaray: Feminist*

Philosophy and Modern European Thought. Eds. Carolyn Burke, Naomi
Schor & Margaret Whitford. New York: Columbia University Press,
1994: 318-335.

Naylor, Gloria. Mama Day. New York: Vintage Books, 1989.

Naylor, Gloria. The Women of Brewster Place. New York: Penguin
Books, 1984.

Noddings, Nel. Caring: A Feminine Approach to Ethics and Moral
Education. Oakland: University of California Press, 1984.

Oatman, Maddie. "The New Black". Mother Jones, 2015(3): 60-66.

Oliveira, Natália Fontes de. "Motherhood in Toni Morrison's Sula and
A Mercy: Rethinking (M)Othering". Aletria, 2015(3): 67-84.

O'Reilly, Andrea. Encyclopedia of Motherhood (1—3). Thousand
Oaks: Sage, 2010.

O'Reilly, Andrea. From Motherhood to Mothering: The Legacy of
Adrienne Rich's "Of Woman Born". Albany: State University of
New York Press, 2004.

O'Reilly, Andrea. Toni Morrison and Motherhood: A Politics of the
Heart. Albany: State University of New York Press, 2004.

Page, Philip. Dangerous Freedom: Fusion and Fragmentation in Toni
Morrison's Novels. Jackson, MS: University Press of Mississippi, 1995.

Page, Philip. "Shocked into Separateness: Unresolved Oppositions in
Sula". Modern Critical Interpretations: Toni Morrison's "Sula".
Ed. Harold Bloom. Philadelphia: Chelsea House Publishers, 1999:
183-202.

Patricia, Bell-Scott. Double Stitch: Black Women Write about Mothers
and Daughters. Boston: Beacon Press, 1991.

Pettis, Joyce. "Difficult Survival: Mothers and Daughters in The Bluest
Eye". Sage, 1987, 4(2): 26-29.

Podnieks, Elizabeth & Andrea O'Reilly. Textual Mothers/Maternal Texts:

Motherhood in Contemporary Women's Literature. Waterloo: Wilfrid Laurier University Press, 2010.

Porter, Marie, Patricia Short & Andrea O'Reilly. *Motherhood: Power and Oppression*. Toronto: Women's Press, 2005.

Putnam, Amanda. "Mothering Violence: Ferocious Female Resistance in Toni Morrison's *The Bluest Eye*, *Sula*, *Beloved* and *A Mercy*". *Black Women, Gender & Families*, 2015(5): 25-43.

Qiu, Xiaoqing. "Luce Irigaray's View on Mother-Daughter Relationship". *Comparative Literature: East & West*, 2009(Spring/Summer): 31-43.

Ramírez, Manuela López. "'What You Do to Children Matters': Toxic Motherhood in Toni Morrison's *God Help the Child*". *The Grove: Working Papers on English Studies*, 2015(22): 107-119.

Rapping, Elayne. "The Future of Motherhood: Some Unfashionably Visionary Thoughts". *Women, Class, and the Feminist Imagination: A Socialist-Feminist Reader*. Eds. Karen V. Hansen & Ilene J. Philipson. Philadelphia: Temple University Press, 1990: 537-548.

Reid, Pamela. "Socialization of Black Female Children". *Women: A Developmental Perspective*. Eds. Phyllis Berman & Estella Ramey. Washington, DC: National Institutes of Health, 1983.

Rich, Adrienne. *Of Woman Born: Motherhood as Experience and Institution*. New York: W. W. Norton and Company, 1986.

Richardson, Marilyn. *Maria W. Stewart, America's First Black Woman Political Writer*. Bloomington: Indiana University Press, 1987.

Roberts, Dorothy E. *Killing the Black Body: Race, Reproduction and the Meaning of Liberty*. New York: Pantheon Books, 1997.

Roberts, Dorothy E. "Race, Gender, and Genetic Technologies: A New Reproductive Dystopia." *Signs*, 2009, 34(4): 783-804.

Roberts, Dorothy. "Race and the New Reproduction". *The Reproductive Rights Reader: Law, Medicine, and the Construction of Motherhood*.

Ed. Nancy Ehrenreich. New York: New York University Press, 2008.

Ruddick, Sara. "Maternal Thinking". *Feminist Studies*, 1980, 6(2): 342-367.

Ruddick, Sara. *Maternal Thinking: Towards a Politics of Peace*. Boston: Beacon Press, 1989.

Samuels, Wilfred & Clenora Hudson-Weems. *Toni Morrison*. Boston: Twayne, 1990.

Sharon, Abbey & Andrea O'Reilly. *Redefining Motherhood: Changing Identities and Patterns*. Toronto: Second Story, 1998.

Siegel, Rachel Josefowitz. "Women's 'Dependency' in a Male-Centered Value System: Gender-Based Values Regarding Dependency and Independence". *Women and Therapy*, 1988(7): 113-123.

Silva, Elizabeth Bortolaia. *Good Enough Mothering? Feminist Perspectives on Lone Mothering*. London: Routledge, 1996.

Silverblatt, Michael. "Talks with Toni Morrison about Love". *Toni Morrison: Conversations*. Ed. C. C. Denard. Jackson, MS: University Press of Mississippi, 2008: 221-222.

Smith, Greg. *Film Structure and the Emotion System*. Cambridge: Cambridge University Press, 2003.

Staples, Robert. *Black Families at the Crossroads: Challenges and Prospects*. San Francisco: Jossey-Bass, 1993.

Surrey, Janet. "The 'Self-in-Relation': A Theory of Women's Development". *Work in Progress*, No. 13. Wellesley: Stone Center Working Paper Series.

Taylor-Guthrie, Danille. *Conversations with Toni Morrison*. Jackson, MS: University Press of Mississippi, 1994.

Vickroy, Laurie. "The Force Outside/The Force Inside: Mother-Love and Regenerative Spaces in *Sula* and *Beloved*". *Obsidian*, 1993(2): 21-32.

Visser, Irene. "Fairy Tale and Trauma in Toni Morrison's *Home*". *MELUS*, 2016(1): 148-164.

Wade-Gayles, Gloria. "The Truths of Our Mothers' Lives: Mother-Daughter Relationships in Black Women's Fiction". *Sage: A Scholarly Journal on Black Women*, 1984, 1(2): 8-12.

Wagner-Martin, Linda. *Toni Morrison and the Maternal: From "The Bluest Eye" to "Home"*. New York: Peter Lang, 2014.

Walker, Kara. "Toni Morrison's *God Help the Child*". (2015-04-19) [2017-12-29]. https://www.nytimes.com/2015/04/19/books/review/toni-morrisons-god-help-the-child.html.

Washington, Teresa N. *Our Mothers, Our Powers, Our Texts: Manifestations of Àjé in Africana Literature*. Bloomington: Indiana University Press, 2005.

Washington, Teresa N. The Mother-Daughter Àjé Relationship in Toni Morrison's *Beloved. African American Review*, 2005(1): 171-182.

Wyatt, Jean. "Failed Messages, Maternal Loss, and Narrative Form in Toni Morrison's *A Mercy*". *MFS Modern Fiction Studies*, 2012 (1): 128-151.

Waytt, Jean. *Love and Narrative Form in Toni Morrison's Later Novels*. Athens, GA: The University of Georgia Press, 2017.

Waytt, Jean. "Love's Time and the Reader: Ethical Effects of Nachtraglichkeit in Toni Morrison's *Love*". *Humanities International Complete*, 2008 (2): 193-221.

波伏娃. 第二性. 陶铁柱,译. 北京:中国书籍出版社,1998.

波伏娃. 第二性. 郑克鲁,译. 上海:上海译文出版社,2011.

都岚岚. 此心安处是吾乡:论《家》的创伤叙事与伦理取向. 当代外国文学, 2016(4):125-131.

郭棲庆,李毅峰. 痛定思痛　姐妹携手——托尼·莫里森小说《爱》中姐妹情谊与父权制的较量. 山东外语教学,2013(2):79-85.

胡俊.《一点慈悲》:关于"家"的建构.外国文学评论,2010(3):200-210.

吉尔伯特.生活的空袋子:略论文学女儿的命名//张中载,越国新.文本·文论——英美文学名著重读.北京:外语教学与研究出版社,2004.

焦小婷.又一个不得不说的故事——托尼·莫里森的新作《天佑孩童》解读.西安外国语大学学报,2017(3):108-110.

金雯.情感与形式:论小说阅读训练.外语教学理论与实践,2016(2):35-41.

荆兴梅.凝视与反凝视:莫里森小说《爱》的意识形态批判.外语研究,2014(6):89-93.

李芳.当代西方女性批评与女性文学中的母性建构.西南大学学报(社会科学版),2016(2):147-154.

李芳.母亲的主体性——《秀拉》的女性主义伦理思想.外国文学,2013(5):69-75.

刘岩.差异之美:伊里加蕾的女性主义理论研究.北京:北京大学出版社,2010.

鲁特尼克.动物的解放或人类的救赎:托尼·莫里森小说《宠儿》中的种族主义与物种主义.外国文学研究,2007(1):39-45.

莫里森.爱.顾悦,译.海口:南海出版社,2016.

莫里森.宠儿.潘岳,雷格,译.海口:南海出版社,2006.

莫里森.恩惠.胡允桓,译.海口:南海出版公司,2013.

莫里森.家.刘昱含,译.海口:南海出版公司,2014.

莫里森.秀拉.胡允桓,译.海口:南海出版公司,2014.

莫里森.最蓝的眼睛.杨向荣,译.海口:南海出版公司,2013.

聂珍钊.文学伦理学批评导论.北京:北京大学出版社,2014.

庞好农.创伤与异化——社会伦理学视阈下的《上帝会救助那孩子》.北京社会科学,2017(6):4-11.

庞好农.从《家》探析莫里森笔下的心理创伤书写.山东外语教学,2016(6):66-72.

尚必武.被误读的母爱:莫里森《慈悲》中的叙事判断.外国文学研究,2010（4）:60-69.

隋红升.莫里森《慈悲》对西方传统女性气质的伦理反思.外国文学研究,2017(2):93-100.

隋红升,毛艳华.麦克米兰《妈妈》中的黑人母性重构策略.浙江工商大学学报,2017(2):24-31.

王守仁,吴新云.超越种族:莫里森新作《慈悲》中的"奴役"解析.当代外国文学,2009(2):35-44.

王守仁,吴新云.对爱进行新的思考——评莫里森的小说《爱》.当代外国文学,2004(2):43-52.

王守仁,吴新云.国家·社区·房子——莫里森小说《家》对美国黑人生存空间的想象.当代外国文学,2013(1):111-119.

王守仁,吴新云.走出童年创伤的阴影,获得心灵的自由和安宁——读莫里森新作《上帝救助孩子》.当代外国文学,2016(1):107-113.

肖巍."关怀伦理学"一席谈——访萨拉·拉迪克教授.哲学动态,1995(8):38-40.

许克琪,马晶晶.空间·身份·归宿——论托妮·莫里森小说《家》的空间叙事.当代外国文学,2015(1):99-105.

伊瓦-戴维斯.妇女、族裔身份和赋权:走向横向政治//陈顺馨,戴锦华.妇女、民族与女性主义.秦立彦,译.北京:中央编译出版社,2004.

翟文婧.价值的载体与欲望的对象——托尼·莫里森小说《爱》中的女性身体.国外文学,2011(1):136-142.

张丽霞,杨晓莲.迷失·抗争·引导——解读莫里森笔下的黑人母亲形象.外国语文,2014(5):13-18.

张亚婷.《坎特伯雷故事集》中"不合适"的母亲.国外文学,2013(2):127-133.

赵宏维.回归的出逃——评莫里森的新作《家》.外国文学动态,2012(6):17-18.

索 引

S

T

W

X

Y

Z

图书在版编目（CIP）数据

托尼·莫里森小说中的母性研究 / 毛艳华著. —杭
州：浙江大学出版社，2018.6
ISBN 978-7-308-18230-0

Ⅰ.①托… Ⅱ.①毛… Ⅲ.①莫里森（Morrison，
Toni 1931— ）—小说研究 Ⅳ.①I712.074

中国版本图书馆 CIP 数据核字（2018）第 099244 号

托尼·莫里森小说中的母性研究

毛艳华　著

责任编辑	董　唯	
责任校对	吴水燕　杨利军	
封面设计	石　几	
出版发行	浙江大学出版社	
	（杭州市天目山路 148 号　邮政编码 310007）	
	（网址：http://www.zjupress.com）	
排　　版	杭州中大图文设计有限公司	
印　　刷	浙江省良渚印刷厂	
开　　本	710mm×1000mm　1/16	
印　　张	14.75	
字　　数	250 千	
版 印 次	2018 年 6 月第 1 版　2018 年 6 月第 1 次印刷	
书　　号	ISBN 978-7-308-18230-0	
定　　价	42.00 元